Im Namen meiner Seele

von

Samantha Bröchin

Samantha Bröchin:

Summer

ISBN-13: 978-1976356834

Originalausgabe

erschienen im 2017

Copyright 2015 - 2017 by Samantha Bröchin, Rheinfelden

eMail: samantha.broechin@bluewin.ch

Facebook : Samantha Bröchin

Idee, Text und Titelgestaltung: Samantha Bröchin

Lektoriert durch: Ivo Huber

Titelbild von: pixabay

Quellen: Wikipedia und Buch „ Das Necromonicon"

Liedtext: http://www.directlyrics.com/sam-hunt-take-your-time-lyrics.html

Weitere Bücher von Samantha Bröchin:

Vergessene Kriegerin ISBN-13: 978-1519388292

Wächter der Finsternis ISBN-13: 978-1518818127

Erhältlich bei Amazon

Für meine liebe verstorbene Mama,

Für meinen geliebten verstorbenen Bruder

Ich vermisse euch!

Für meinen lieben Papa, Monica und Sam... ich
denke an euch!

Und für Christian, ich danke Dir für alles!

Ich liebe euch!

Dieses Buch hat sicherlich Ecken und Kanten,
genau wie sein Autor auch. Doch freue Dich
darüber, denn so ist das Leben eben...!

Ich wünsche Dir genau so viel Spass beim Lesen
wie ich es beim Schreiben hatte.

In Liebe, Samantha

Inhalt

Prolog

In der Ferne konnte Summer auf einer kleinen Anhöhe ein Haus erkennen, direkt am Waldrand.

„Halte noch etwas durch Vater, wir haben es fast geschafft."

Besorgt blickte sie sich um, während sie weiterhin das Steuerrad fest in der Hand hielt. Ihr Vater lag in viele Decken eingehüllt auf der Rückbank. Die Reise hatte seinen kranken Körper noch mehr geschwächt. Es war bitterkalt und das alte Auto schaukelte auf dem steinigen Weg unnachgiebig. Aber es musste sein. Sie mussten fort von zu Hause, so schnell wie möglich. Diese Flucht konnte sie ihm nicht ersparen.

Ihr Blick kehrte wieder zu dem Haus zurück. Angst und Hoffnung erfüllte sie im selben Augenblick. Hoffentlich konnten sie dort Zuflucht finden, wenn auch nur für eine Nacht. Sie brauchten ganz dringend eine warme Mahlzeit und ein warmes Bett.

Aus ihren Augenwinkeln nahm sie ihren treuen Gefährten war. Er war es, der grosse, graue Wolf, welcher ihr den Weg hier her gezeigt hatte. Er war ihr Führer aus der spirituellen Welt, der sie seit ihrer Geburt begleitete, dem sie vertraute. In ihrer Welt war ein solches Krafttier üblich, nicht aber in der „normalen" Welt. Die „normalen" Menschen konnten ihn nicht sehen.

Schon bald hatten sie die Anhöhe erreicht. Mit grossen Augen stellte Summer fest, dass das kleine Haus eine Abtei war.

„Bist du sicher, dass wir hier willkommen sein werden?" murmelte sie leise, während sie weiter darauf zuhielt. Orcus knurrte leise bestätigend und rannte voraus den Weg hinauf.

Kapitel 1

Dubois, Wyoming

Es war Freitagabend und bereits am eindunkeln, als Summer das grosse Industriegelände verliess, um sich auf den Heimweg zu machen. Vor ein paar Tagen hatte sie hier eine Arbeit gefunden, endlich. Es war nicht leicht, ohne Papiere und Berichte zur eigenen Person etwas zu finden. Die Menschen in dieser Stadt waren zwar freundlich, jedoch nicht ohne eine gewisse Skepsis Fremden gegenüber. Das betraf aber auch Summer selbst, und somit hatte es einfach länger gedauert, bis man sie irgendwo einstellte. Zugegeben, der Job war alles andere als spannend oder abwechslungsreich. Alles, was sie tun musste, war Gegenstände und Schmuck bruchsicher einpacken, damit sie dann in Camions verladen werden konnten. Dieses musste sie auf einem Transportschein vermerken und ihrem Boss, und wirklich nur ihm, abgeben. Dieser Typ, also ihr Boss, war ein schleimiger, grosser Mann mit einem Wohlstandsbauch und zur Seite gegeeltem Haar. Ständig grinste er sie so abstossend gierig an und seine sonst eher laute Stimme war bei ihr immer gestellt lieblich. Doch andererseits hatte er sie eingestellt ohne gross Fragen zu stellen. Das einzige, was sie ihm versichern musste, war, selbst auch keine Fragen zu stellen und mit niemandem über die Arbeit zu reden, weder intern noch extern. Wenn das alles war, war es ihr einerlei, wie er sie ansah oder was sie zu tun hatte. Hauptsache sie verdiente gutes Geld, um dem Pater etwas für seine Grosszügigkeit zurück zu geben. Und das Geld war mehr als gut.
An manchen Tagen konnte sie sich vor Ladegut nicht mehr retten, an anderen Tagen war fast gar nichts zu verpacken. Und heute war einer dieser langweiligen Tage endlich vorbei. Der Boss war mies gelaunt und hatte sich in seinem Büro

verbarrikadiert. Hin und wieder konnte man ihn hören, wie er wieder irgendeinen armen Teufel anbrüllte, meistens durch sein Handy. Nur selten hatte er Gäste in seinem Büro, welche man auch ebensowenig zu Gesicht bekam. Sie betraten immer schnurstracks den Raum, und waren ebenso schnell wieder verschwunden.

Summer war bereits auf die Hauptstrasse der Stadt eingebogen und lief gerade am Blumenladen im Zentrum vorbei, als sie einen lauten Schrei, gefolgt von derben Flüchen hörte. Die Stimme kam aus einer Nebenstrasse, welche nur schwach beleuchtet war. Es hörte sich nach einer Frau an, die sich zu wehren versuchte, und als sie vorsichtig um die Ecke blickte, bestätigte sich ihre Vermutung. Nicht weit weg von ihr, hinter einem Müllcontainer, zerrte eine Frau verzweifelt an ihrer Tasche. Eine andere Person in einem schwarzen Kapuzenpullover riss an deren anderen Ende. Ein Raubüberfall, schoss es Summer augenblicklich durch den Kopf. Ohne weiter nachzudenken rannte sie los, um der armen Frau zu helfen. Der Angreifer sah sie nicht kommen und so rammte sie ihren rechten Ellbogen mit voller Wucht in seine Seite. Erschrocken liess er, wie sie nun erkennen konnte, die Tasche los und stolperte zu Boden.

„Alles in Ordnung?" wandte sich Summer an die Frau und half ihr vom Boden auf. Sie war kreidebleich, aber taff.

„Ja danke." murmelte diese, und dann schrie sie laut den immer noch verdutzten Mann an. „Du blödes Arschloch. Ich rufe die Polizei."

Schon kramte sie in ihrer fast entwendeten Tasche nach ihrem Handy.

Es ging ganz schnell, der Typ hatte sich wieder im Griff und sprang hoch, so dass er urplötzlich vor den beiden verdutzten Frauen stand.

„Das wirst du nicht tun, Schlampe." flüsterte er gefährlich und führte seine Hand zu seinem Hosenbund. Ein Bruchteil einer Sekunde später hatte er ein Messer in der Hand. Die taffe Frau war nun nicht mehr so taff und liess vor lauter Schreck ihre Tasche fallen.

Summer musste handeln, und ohne gross zu überlegen stellte sie sich zwischen die beiden, genau neben die Tasche, funkelte ihn an und murmelte beinahe unverständlich, während sie ihre Hand zum Messer hinbewegte:

„ Stuntisso!"

Das gemeine Grinsen im Gesicht des Mannes verzerrte sich zu einer schmerzvollen Grimasse. Seine Hand, mit der er das Messer hielt, verkrampfte sich und begann zu zittern, bis er es fallen liess.

„Was zum Teufel…" stöhnte er und hielt seine Hand vor Schmerz fest. Dann starrte er sie an, bevor er schliesslich panikartig die Flucht ergriff.

Summer schloss für einen kurzen Moment die Augen und konzentrierte sich auf ihre Umgebung. Alles war in Ordnung, sie war nicht aus ihrer sicheren Zone ausgebrochen. Sie hatte sich im Griff, musste sich im Griff haben. Niemals durfte sie sich gehen lassen. Und obwohl sie wusste, dass dieser kleine Kraftakt keine Auswirkungen hatte, wollte sie sich trotzdem vergewissern.

Dankbares Jauchzen holte sie aus ihren Gedanken zurück.

„Oh vielen Dank. Ich weiss nicht, was passiert wäre, wenn du nicht gekommen wärst."

Als sich Summer zu ihr umdrehte, erkannte sie, dass es eine junge Frau war, vermutlich in ihrem Alter. Sie war hübsch, hatte langes, braunes Haar und ihre nun wieder geröteten Wangen liessen ihr ovales Gesicht strahlen.

„Du hast dich tapfer gewehrt." lächelte Summer und freute sich, dass es ihrem Gegenüber gut zu gehen schien.

Diese Frau war keineswegs ein Opfer. Das gefiel Summer. Es machte sie sympathisch.

„Nun ja, aber ich habe ihm die Tasche praktisch ausgehändigt, als er das Messer hervorholte. Und das wäre fatal gewesen, denn ich habe es heute nicht mehr zur Bank geschafft und das Geld meines Chefs dabei."

Bei dem Gedanken, welche Folgen das gehabt hätte, schlug sie sich stöhnend mit der Handfläche auf die Stirn.

Lachend hob Summer die Tasche auf und reichte sie ihr hinüber. „Es ist ja alles gut gegangen."

„Darf ich dich zu einem Drink einladen?" Der Blick der jungen Frau war fast flehend. Diesen Drink konnte sie jetzt wohl gut gebrauchen. Und um ehrlich zu sein, Summer auch, also nickte sie.

„Gut. Lass uns ins Parsley gehen, das ist die Bar eines guten Freundes von mir." Und schon hatte sie sich bei Summer am Arm eingehackt und zog sie mit sich auf die Hauptstrasse zurück. „Ich heisse übrigens Lydia."

„Summer."

Die Bar war nicht weit weg. Schon nach ein paar Schritten standen sie vor einer kleinen Hausreihe. Es waren kleine Geschäfte und ein Friseur. Ganz rechts aussen, beim letzten Haus stand über einer grossen Holztür in Leuchtbuchstaben „Parsley" geschrieben.

Vor der Türe drehte sich Lydia zu Summer um. „Wie hast du das eigentlich gemacht?"

„Was meinst du?"

„Na, ihm das Messer entwendet?"

Summer grinste nur. „Ich habe kräftige Hände." Im übertragenen Sinne, fügte sie gedanklich hinzu.

Scheinbar zufrieden mit dieser Antwort zog Lydia sie lachend zur Tür hinein.

Das Innere der Bar entsprach genau dem Bild, welches Summer von dieser Art Lokalität erwartet hatte. Düster, aber trotzdem heimelig, mit Holz getäfert und ausgebaut. Auf der rechten Seite standen ein paar Sitznischen mit Holztischen und Stühlen, welche alle besetzt waren. Auf der linken Seite zog sich eine hölzerne Theke durch den Raum. Dahinter eine verglaste Wand mit vielen Flaschen davor. Alkohol in verschiedenen Variationen. Zwischen der Theke und der alkoholhaltigen Glaswand wuselte eine Barmaid hin und her, ein junger Mann mit halblangem, blond gelocktem Haar zapfte gerade ein Bier, während er zu der Eingangstüre hinüberblickte. Lydia lächelte ihm spitzbübisch zu, während sie ihre neue Bekanntschaft zum hintersten Teil der Theke führte.

„ Hi Greg." hauchte sie beinahe, als sie ihm, nur von der blöden Bartheke getrennt, gegenüberstand.

Auch er grinste liebevoll, und Summer hatte sogleich das Gefühl, dass zwischen den Beiden nicht nur eine Freundschaft im platonischen Sinn ablief.

Gerade, als sie sich etwas fehl am Platz zu fühlen begann, erinnerte sich Lydia offenbar wieder an sie. „ Darf ich dir Summer vorstellen? Sie hat mir gerade meinen Arsch gerettet."

Greg blinzelte erschrocken, zuerst zu Lydia, dann zu Summer. „ Wie den Arsch gerettet?"

Während Lydia erzählte und Summer sich wirklich völlig idiotisch dabei vorkam, veränderte sich sein Gesichtsausdruck von erschrocken über wütend, bis er schliesslich voller Dankbarkeit zu der neuen Freundin seiner Flamme, wie Summer nun kaum mehr bezweifelte, hinübersah. Noch bevor er etwas sagen konnte, winkte diese jedoch ab.

„ Eigentlich hatte Lydia alles sehr gut alleine unter Kontrolle."
Innerlich flehte sie darum, dass dieser Anflug von Heldentum,

welcher ihr angelastet wurde, blitzartig wieder verstummen mochte. Sie war alles andere als eine Heldin. Das wusste nur sie alleine, aber dieses nur zu gut.

Greg bemerkte, wie peinlich es ihr zu sein schien. Er bückte sich und holte eine grüne Flasche hervor, deren Inhalt er in zwei Kelchgläser goss. „ Die erste Runde geht aufs Haus." Mit einer Hand schob er Summer ein Glas zu, und als sie aufblickte, um sich zu bedanken, formten seine Lippen ein stummes „ Dankeschön" . Das andere Glas stellte er Lydia vor die Nase, dabei drückte er sanft ihre Hand als sie sich berührten.

„ Versprich mir bitte, dass du mehr auf dich aufpasst." Lydia lächelte unschuldig, doch ihm war offensichtlich nicht zum Lachen zu Mute.

„ Bitte. Nicht immer ist jemand da, der dir helfen kann. Das nächste Mal gib diesem Arschloch einfach die Tasche."

Jetzt nickte sie besänftigend.

„ Ich werde nie mehr so viel Geld mit mir rumschleppen, dann wird das auch nicht passieren." Einen kurzen Moment blieb Greg noch stehen, um Lydia eindringlich zu mustern, bevor er sich kopfschüttelnd, aber sichtlich erleichtert einem weiteren Gast widmete.

Lydia seufzte, und dann gehörte ihre ganze Aufmerksamkeit wieder Summer.

Kapitel 2

Der Wind blies unnachgiebig über die Anhöhe der kleinen Waldlichtung hinweg. Mit jeder neuen Böe schlugen die alten Fensterläden gegen die Mauer der kleinen Abtei. Ein paar gedämpfte Vogelstimmen waren schon zu hören, der Wald erwachte langsam aus seinem Schlaf. Summer sass mit geschlossenen Augen auf einer kleinen Holzbank unter einer grossen Linde, und genoss wie der Wind ihre langen roten Haare umherwirbelte.

Diese Zeit der Ruhe, kurz vor der Morgendämmerung, das war ihre Zeit. In diesem Moment existierte sie einfach nur, konnte sie nur sein und spüren.

Doch wie jedes Mal, wenn sie sich nur ein wenig ihrer Natur hingab, geschah es auch heute wieder... Sie liess sich so lange treiben, bis das Grosse Ganze sie vollkommen einhüllte und sie wegdriftete, in eine Welt, die sie nie mehr betreten wollte. Zuerst war es nur ein Flüstern, kaum hörbar. Bis die Stimmen in ihrem Kopf irgendwann lauter wurden, und lauter... Sie riefen nach ihr, riefen ihren Namen. Summer zog gequält die Stirn in Falten, während sie sich bereits wieder an die Oberfläche ihres Verstandes vorarbeitete. Das Geschrei in ihrem Kopf machte sie wahnsinnig und füllte sie mit einer eiskalten Panik.

Behutsam öffnete Summer ihre schweren Lider und atmete tief seufzend aus.

Einen Moment sass sie still da. Erst als sie sah, dass sich die grosse, runde Holztüre der Abtei öffnete, und Pater Noah ihr zuwinkte, stand sie endlich von der Bank auf, um zu ihm hinüber zu gehen.

„ Guten Morgen Summer. Wie geht es dir heute?"

Pater Noah legte seine schwielige Hand auf Summers Schulter und in seinem Blick lag so viel Hoffnung und Liebe. „ Es geht mir gut Pater, danke." Fürsorge spiegelte sich in seinen Augen wider, während er seinen Schützling betrachtete. Ein halbes Jahr war es nun schon her, als er die grosse, aber zierliche junge Frau mit dem roten, welligen Haar und ihren kranken Vater bei sich aufgenommen hatte. Halb erfroren stand sie in einer kalten Wintersnacht vor den Toren der Abtei und getraute sich nicht, anzuklopfen und um Einlass zu bitten. Pater Noah war gerade dabei, die Holzläden an den Fenstern von aussen zu verschliessen, weil der starke Sturm sie andauernd gegen die Mauern schlug. Natürlich musste er nicht lange überlegen und bat die armen Geschöpfe hinein in die Wärme, wo er ihnen zuerst eine heisse Suppe auftischte.

Als sie ihn schliesslich nach ein paar Tagen darum bat, ihren Vater in seiner Obhut zu lassen, gab es für ihn keine Zweifel. Zwar hatte er keine Ahnung, vor wem oder was sie sich versteckten, doch sein gläubiger Geist wusste genau, dass es richtig war. Natürlich hätte er auch Summer bei sich behalten, sehr gerne sogar. Er fühlte sich aus irgendeinem Grund für sie verantwortlich. Doch das stand für sie nie zur Debatte. Sie war voller Dankbarkeit ihren Vater beschützt zu wissen, dass sie ihm auf gar keinen Fall auch noch auf der Tasche liegen wollte, wie sie es auszudrücken pflegte. Seine ganzen Einsprüche halfen gar nichts, also hatte er ihr zu einer Wohnung in der Stadt verholfen. So oft sie konnte, kam sie vorbei, um ihren Vater zu besuchen, und Pater Noah zu helfen, wo sie nur konnte.

In diesen Monaten hatte er seinen Engel, wie er Summer gerne nannte, sehr gut kennen und lieben gelernt. Darum wusste er genau, wie er ihre Züge zu deuten hatte. Und diese traurigen und erschöpften Züge, welche sie an den Tag legte, wenn er sie am Morgen draussen fand, bedeuteten nur, dass sich in ihrem Herzen noch nichts verändert hatte. Das schmerzte ihn so sehr, denn wenn es auch ihr absolut abwegig vorkam, er wusste, sie hatte es verdient einfach nur glücklich zu sein.

„ Ach, meine Liebe, wann wirst du damit aufhören, dich selbst zu quälen?"

Sanft erhob er seine Hand und legte die Innenfläche auf Summers Wange. Summer sagte nichts, deutete lediglich ein schwaches Lächeln an.

„ Nun komm, lass uns an die Arbeit gehen." zwinkerte er ihr zu und liess die Hand wieder sinken.

Pater Noah hielt ihr die Türe auf und Summer ging voran in die Abtei zurück. Sie wusste, er meinte es gut mit ihr, doch sie selbst musste irgendwann mit ihren Dämonen der Vergangenheit fertig werden. Die Frage war nur, ob sie dafür jemals wieder bereit sein würde?

Summer setzte Kaffee auf und Pater Noah strich die Brote mit Konfitüre aus schwarzen Kirschen. Danach weckte Summer ihren Vater und holte ihn aus dem Bett, damit sie gemeinsam frühstücken konnten. Manchmal sassen sie einfach nur still da, jeder in seine eigenen Gedanken versunken, manchmal plauderten sie aber auch rege miteinander, während Summer das Marmeladenbrot für ihren Vater in mundgerechte Stückchen schnitt, damit er es besser essen konnte. Benjamin sprach kein Wort. Er war wie gefangen in seiner eigenen Welt. Er war nicht alt genug noch war er körperlich krank, um ein Pflegefall zu sein. Und doch war er es. Es war sein Geist, welcher verflucht war, und es zerriss Summer fast das Herz, ihn so zu sehen. Er war alles, was ihr noch geblieben war, und sie wollte alles in ihrer Macht stehende tun, damit es ihm wieder besser ging. Doch das Einzige, was ihm helfen konnte, war zu gefährlich für sie beide. Und darum versteckten sie sich hier, weit weg von zu Hause.

Heute war offensichtlich einer dieser Morgen, an dem geredet wurde, wie Summer schmunzelnd feststellte, als Pater Noah, kaum hatte er den ersten Bissen heruntergeschluckt, zu ihr hinüber blickte.

„ Du kennst doch die alte Miss Gravener? Weisst du, die mit der fürchterlichen Hochsteckfrisur..."

Summer musste lachen. Ja, sie wusste genau, wen er meinte. Miss Gravener hatte ihre langen, grauen Haare immer zu einem furchtbaren Dutt hochgesteckt, was aber mehr einem wilden Vogelnest glich. Sie nickte.

Mit einem Grinsen fuhr Pater Noah fort: „ Heute Nachmittag wird sie in die Kapelle kommen, um ihren Sohn die Beichte ablegen zu lassen."

Er lehnte sich noch etwas vor, fast so, als wollte er etwas sagen, was niemand anderes hören sollte. Was natürlich keinen Sinn machte, da sie ja alleine waren.

„ Sie sagt, er hätte gesündigt, weil er Alkohol getrunken habe."

Nun mussten beide laut lachen. Wenn man den jungen Pat Gravener kannte, dann wusste man, dass Alkohol wohl die geringste seiner Sünden war. Nur Miss Gravener war das wohl nicht bekannt.

„ Nun gut... dann werde ich den Beichtstuhl vorbereiten und vor allem den Wein aus der Kastei verschwinden lassen." grinste Summer schelmisch.

Pater Noah lachte und ass sein Brot schliesslich ganz auf. Wenig später gingen sie beide ihren jeweiligen Aufgaben nach. Summer räumte die Küche auf und erledigte schliesslich sämtliche Hausarbeiten, die notwendig waren, bevor sie dann zusammen mit ihrem Vater zur kleinen Kapelle rüberging und alles für die Messe und besagte Beichte vorbereitete. Sie war gerne in diesem Raum. Auch hatte sie das Gefühl, dass es Benjamin gut tat, hier zu sein. Er war durch die grossen, farbigen Fenster im oberen Teil der Kapelle lichtdurchflutet. Der Kreuzweg Jesu hing links und rechts der Sitzreihen in Form von Holztafeln an den Wänden. Vorne war ein kleiner Altar, nichts verschnörkeltes, ein einfacher Granitblock, jedoch mit einem wunderschönen Satz in alter Schrift verziert: „ Denn meine Schafe hören meine Stimme, und ich kenne sie, und sie folgen mir, und ich gebe ihnen das ewige Leben." Immer und immer wieder las Summer diesen Satz, wenn sie hier war. Er schenkte ihr einen kurzen Anflug von Hoffnung, auch wenn sie diese nicht verdient hatte.

Während sie alle Gebetsbücher ordnete, summte sie eine Melodie vor sich hin. Es war immer dieselbe. Irgendwo hatte sie sie einmal aufgeschnappt, und nun liess sie sie nicht mehr los. Wenn sie nur wüsste, wie das Lied hiess. Oder der Sänger.

Als in der Kapelle alles bereit war, ging sie wieder zurück ins Haus um das Mittagessen vorzubereiten.

„Komm Dad, setz Dich hier auf die Veranda, es ist so ein schöner Morgen heute." flüsterte sie liebevoll, während sie Benjamin auf einen bequemen Stuhl bettete.

Summer fühlte sich geborgen hier. Zu Hause. Sie konnte sich hier verstecken und Pater Noah behandelte sie wie eine Tochter. Sie war es ihm schuldig, alles nur Erdenkliche für diesen guten Mann zu tun. Und sie hatte Freude daran.

Während sie die Spaghetti ins kochende Wasser gab und die Tomatensauce umrührte, erinnerte sie sich daran, wie freundlich er sie hier aufgenommen hatte, und sie gebeten hatte, bei ihm zu bleiben. Am Anfang war es vielleicht nur, weil er ein Mann Gottes war und Gutes tun wollte. Doch mittlerweile war es viel mehr als das.

Nach dem Essen sass sie mit einem Kaffee in den Händen neben ihrem Vater und betrachtete die Bäume des Waldes von der Veranda aus.

„Wie läuft's bei der Arbeit?"

Pater Noah war um einen belanglosen Ton bemüht, was ihm jedoch nicht ganz gelang. Zwar hatte Summer ihm nie etwas Genaueres über ihre Arbeit erzählt, nur dass sie in einem Lager in der Verpackung arbeitete. Trotzdem hatte er so ein ungutes Gefühl im Bauch. Warum konnte er sich selbst nicht erklären.

„Wie immer. Im Westen nichts Neues." seufzte Summer nur leise. Und sie versanken wieder im Schweigen.

Kurz vor zwei war es so weit, sich für die Beichte bereit zu machen. Summer hatte sich in eine dunkelbraune Kutte gehüllt, die grosse, schwere Kapuze, die ihr Gesicht verhüllte, über den Kopf gezogen und half Pater Noah in sein Messgewand. Es war eine weisse Kutte geschmückt mit grünen, goldverzierten Bändern. Grün für die Hoffnung.

„Danke Summer. Dann wollen wir mal die Graveners begrüssen."

Er zwinkerte ihr zu, bevor er den Raum durch eine kleine Holztüre verliess und in die Kapelle trat.

Summer hörte sogleich die hohe, quitschige Stimme von Mrs. Gravener. „Ah Pater. Ich bin ja so froh, dass sie sich Zeit für meinen Sohn nehmen."

Sie selbst blieb im Hintergrund, denn sie wollte es vermeiden, erkannt zu werden. Es sollte niemand wissen, dass sie mit Pater Noah in Kontakt stand. Je weniger man über sie wusste, umso besser. Auf keinen Fall wollte sie ihm irgendwelche Probleme bereiten.

Es gab eine Ausnahme, nämlich Lydia. Seit sie ihr damals beim versuchten Raubüberfall begegnet war, waren sie gute

Freundinnen geworden. Lydia respektierte sie so, wie sie war. Oder besser gesagt, wie sie geworden war. Und Summer vertraute ihr. Früher einmal, da war sie offen und vertrauensselig, ja sogar naiv. Doch als sich ihr Leben auf so tragische Weise verändert hatte, hatte sie all jene Eigenschaften verloren. Sie hasste es, doch es musste sein.

Kapitel 3

Summer öffnete die knarrende, schwere Holztür und betrat die Bar. Kurz liess sie ihren Blick durch den Raum schweifen. Es war nicht viel los heute. Vereinzelt sassen ein paar Gäste an den hölzernen Tischen. Einige unterhielten sich vornübergebeugt miteinander, andere sassen einfach nur da und starrten ins Leere. An der langen Bartheke sass niemand. Summer stöhnte leise auf und ging mit schnellen Schritten ans hinterste Ende der Theke, an ihren Lieblingsplatz an der Bar. Diese Ecke war optimal, etwas im Dunkeln und man konnte den ganzen Raum überblicken, wenn man das denn wollte. Kaum hatte sie sich auf den hohen Stuhl gesetzt stellte ihr Greg ein Glas Weisswein hin. „Hey Summer."

Sie lächelte ihm zu, bevor sie einen grossen Schluck Wein nahm. „Danke Greg."

Er polierte weiter seine Gläser, und genau das schätzte sie so sehr an ihm. Als sie das erste Mal hier war, sass sie genau auf diesem Stuhl, an genau diesem Ende der Bar, und Greg, obwohl er sie noch nie zuvor gesehen hatte, behandelte sie wie eine alte Freundin. Natürlich vor allem auch dank Lydia. Er war zuvorkommend, aber nicht aufdringlich, und konnte sich fantastisch in seine Gäste einfühlen. So hatte er bald gemerkt, dass sie Zeit brauchte, um aus sich raus zu kommen. Wenn sie also hier war liess er sie ankommen und runterfahren.

Gerade in diesem Moment ging die Türe zur Bar erneut auf, und als Summer aufblickte, sah sie eine fröhliche Lydia auf sich zu stürmen.

Bei ihr angelangt drückte Lydia ihr einen Kuss auf die Wange. „Endlich Feierabend!"

Summer musste lachen. Sie mochte die aufgedrehte neue Freundin mit den langen, braunen Haaren und den frechen, blauen Augen. Im Gegensatz zu Greg nahm Lydia sie vom ersten Moment an völlig in Besitz. Und obwohl sie zuerst gar nicht wusste, wie sie damit umgehen sollte, hatte Summer sie noch am selben Abend ins Herz geschlossen. Ihre aufgeschlossene und ehrliche Art war eine willkommene Abwechslung zu all dem Lug und Trug in ihrem eigenen Alltag.

„Lydia, alles klar bei dir?" Greg stellte ihr auch einen Weisswein vor die Nase.

„Danke. Du bist so gut zu mir." zwinkerte sie ihm aufreizend zu.

Er grinste nur. „So bin ich halt. Nur das Beste für meine Gäste."

„So, na dann warte ich auf das, was noch kommen mag."
Alle drei lachten. Lydia und Greg waren schon so lange befreundet, weit mehr als das. Freunde mit Vorzügen nannten sie es. Doch Summer war sich sicher, dass da viel mehr Gefühle dahintersteckten, als die beiden zugeben wollten.

„Wie war dein Tag heute?" Lydia wandte sich wieder zu Summer und griff nach ihrem Wein.

„Wie jeder andere…" Summer zuckte mit der Schulter während sie mit ihrem Glas spielte. Montags war normalerweise viel los im Lager, jedoch nicht heute. Sie war praktisch alleine und hatte nur ein paar Aufträge, welche der Boss ihr am Morgen durchgegeben hatte, bevor er wieder verschwand.

Lydia hatte keine Ahnung, welcher Tätigkeit Summer tatsächlich nachging.

Sie selbst arbeitete als Rechtsanwaltsassistentin. Noch ein Grund mehr ihr nicht die Wahrheit zu erzählen. Wie gesagt, ihre Arbeit war mit sehr grosser Wahrscheinlichkeit alles andere als koscher.

„ Bei uns ging es heute recht zur Sache." unterbrach Lydia Summers Gedanken. „ Du kannst dir gar nicht vorstellen, wie kaputt manche Menschen sind."

„ Oh doch, das kann ich."

Mit dieser Antwort erntete sie aber nur einen Seitenblick mit hochgezogener Augenbraue. „ Irgendwann musst du mir mal etwas aus deinem Leben erzählen Süsse. Das geht so nicht. Ich weiss rein gar nichts von dir."

Doch Summer lächelte nur schwach bevor sie einen grossen Schluck Wein nahm.

„ Greg, ich nehme noch einen bitte." sagte sie leise.

Es war laut genug, dass der geschäftige Barkeeper sie hören konnte. Und Lydia wusste, sie würde darauf keine Erwiderung bekommen, daher sprach sie einfach weiter drauf los.

„ Weisst du, wir Frauen können einen Mann kaputt machen. Aber so richtig."

Nur ganz kurz schloss Summer die Augen und stöhnte. „ Auch das weiss ich."

Ein kurzer Anflug von Wehmut beschlich sie, und sie öffnete abrupt die Augen wieder und bemerkte sofort die Besorgnis ihrer Freundin. Doch noch bevor diese etwas sagen konnte, öffnete sich die Tür zur Bar erneut und ein paar junge Männer kamen johlend hinein. Somit war Lydias Aufmerksamkeit sofort abgelenkt, Gott sei Dank.

„ Ich glaub's ja nicht. Das sind Jonathan und seine Freunde." jauchzte sie.

Nun sah auch Summer auf. Natürlich hatte sie keine Ahnung, wen Lydia da meinte, sie kannte diese Männer nicht. Doch einer zog sofort ihren Blick auf sich.

Er war gross und sportlich. Schokoladenbraunes, wildes Haar umrandeten ein markantes, schönes Gesicht. Sein muskulöser Oberkörper steckte in einem weissen Hemd, die obersten Knöpfe waren geöffnet und Summer konnte etwas

von einem Tattoo über seiner starken Brust erkennen. Die Ärmel hatte er hochgekrempelt und seine Muskeln an seinen Armen waren nur allzu gut sichtbar. Dieser Anblick von einem Mann hätte jedes Frauenherz höherschlagen lassen. Während sie ihn so betrachtete bemerkte sie plötzlich, dass auch er sie musterte. Ertappt wandte sie sofort den Blick wieder ab. Gott wie peinlich. Doch Lydia entging natürlich wie immer mal wieder nichts. „ Er schaut zu dir rüber, Liebes."
„ Wen meinst du?" fragte sie so unschuldig wie möglich.
„ Na Jon, du meine Güte. Er ist der begehrteste Typ in der Stadt und vermutlich in der ganzen umliegenden Gegend."
Lydia stiess sie sanft an und grinste. „ Nur hat er seit ich ihn kenne keinerlei Interesse gezeigt. An Niemandem. Er starrt dich immer noch an, verdammte Scheisse."
Oh ja, verdammte Scheisse, wiederholte Summer in Gedanken, und unterliess es, nochmal in seine Richtung zu blicken. Das konnte sie gar nicht gebrauchen.
„ Soll ich ihn rüber rufen?"
„ Untersteh dich Lyd!" zischte Summer nervös.
„ Aber du gefällst ihm offensichtlich. Und unter uns, du könntest mal einen guten Orgasmus gebrauchen." lachte diese laut auf.
Summer strafte sie mit einem verärgerten Blick, wodurch das Lachen ihrer Freundin nur noch lauter wurde. Doch sie beliess es dabei. Und der Abend verlief wieder normal. Wenn man die Umstände ignorierte, dass sie Jons Blicke auf ihrem ganzen Körper spürte. Sie allerdings beachtete ihn nicht mehr, den ganzen Abend lang wandte sie den Blick nicht mehr in seine Richtung.

Kapitel 4

„ Summer!"

Es war die laute Stimme ihres Bosses, welche sie aus ihrer Monotonie riss. Bob Millers Organ war tatsächlich so ausgeprägt, dass es schlichtweg unmöglich war, ihn nicht zu hören.

„ Ja Bob?"

Es war nur ein Murmeln, doch mehr war auch nicht nötig. Er war sich nur zu bewusst, dass niemand ihn ignorierte. Auch wenn sie ihn nicht anschaute, wusste er genau, dass ihr Gehör ihm gehörte.

„ Beweg deinen verfluchten Arsch hierher!"

So wütend hatte er sie noch nie in sein Büro zitiert. Hier wurde zwar niemand mit Samthandschuhen angefasst, wie sie schon oft mitbekommen hatte. Dazu war es auch der völlig falsche Ort. Trotzdem war er ihr gegenüber bis jetzt immer nur umgarnend nett gewesen. Ihr war es jedoch so ziemlich egal, wie er mit ihr sprach. Gleichgültig hörte sie damit auf die goldenen Schmuckstücke in eine Kiste zu packen und machte sich auf den Weg zu Bobs Büro hinüber.

Als sie eintrat bemerkte sie den anderen Typen, welcher hinter ihm auf einem Stuhl sass, mit einem selbstgefälligen Grinsen im Gesicht.

Es war Duncan, und Summer konnte ihn vom ersten Augenblick an schon nicht ausstehen. Er war ein schleimiges und intrigantes Arschloch, sogar in diesen Kreisen. Doch vor allem zählte Bob ihn zu seinen Freunden. Warum wusste sie auch nicht. Duncan würde sogar seine eigene Mutter verkaufen, wenn er daraus Profit schlagen könnte.

„ So Summer. Duncan hat mir erzählt, dass du gestern deine Arbeit nicht zu Ende gebracht hast?"

Bob starrte sie mit hochrotem Gesicht an. Sie war sich sicher, dass er eines Tages einfach an einem Infarkt sterben würde, wenn er nichts gegen seinen Bluthochdruck unternahm. Nicht, dass es sie interessieren würde. Es war nur so ein Gedanke, der ihr in diesem Moment durch den Kopf schoss.

„ Darf ich fragen, was ich nicht fertig gemacht haben soll?" Summer stand kerzengerade vor dem Schreibtisch ihres Chefs.

Sie konnte sich beim besten Willen nicht daran erinnern, etwas nicht eingepackt zu haben. Ihr Auftrag war es, die Kunstgemälde anhand einer Liste zu kontrollieren und in die schlagfeste Folie einzuwickeln. Danach musste sie sie in den Abfertigungsraum bringen und die Liste in Bobs Büro legen. Und genau das hatte sie getan.

„ Heute Morgen stand ein Gemälde für den heutigen Abtransport immer noch in deiner Nische...nicht eingepackt. Zum Glück hat Duncan es bemerkt, sonst wäre die Lieferung nicht komplett gewesen und der Kunde verärgert. Ich kann mir solche Schlampereien nicht leisten, es geht schliesslich um viel Geld. Verdammt nochmal."

Bob machte eine bedeutende Pause. Hauptsächlich, um Luft zu bekommen.

Sie drehte sich zu Duncan um und funkelte ihn wütend an. Es war ihr sofort klar was hier gespielt wurde. Er hatte sie reingelegt. Aber warum? Sie hatte noch nie näher mit ihm zu tun gehabt oder gar mit ihm gesprochen.

Es gab da so ein Sprichwort: „ Wenn Blicke töten könnten..." . Nun ja, ihrer konnte bestimmt Schmerzen bereiten, wenn sie sich nicht im Griff hatte. Falls sie jedoch etwas Falsches tat, würde sie noch mehr Probleme haben als vorher.

Duncan grinste weiterhin fies.

„ Es tut mir leid Süsse, aber wir müssen den Boss auf dem Laufenden halten wenn ein Auftrag nicht ausgeführt wurde. Gehört zum Geschäft." Am liebsten hätte sie ihm die Augen ausgekratzt, diesem dämlichen Wichser. Sie wandte sich wieder an Bob.

„ Nun denn, zur Strafe wirst du am Mittwoch in einer Woche mit Duncan zusammen bei so einem Strassenkampf antanzen. Dort werdet ihr Mr. Goodwell antreffen. Die Beschreibung bekommt ihr noch. Der hat Kohle ohne Ende, und du wirst ihn bezirzen, während Duncan seine Schlampe ablenkt. Er steht auf schöne, junge Dinger, somit wirst Du leichtes Spiel haben ihn bei der Stange zu halten."

Energisch schüttelte Summer den Kopf. „ So etwas mache ich nicht Bob."

Es war eine Sache, Gegenstände einzupacken, die ganz bestimmt nicht legal in Bobs Lager gelangt waren. Wie gesagt, solange sie nichts wusste, tangierte es sie auch nicht. Aber es war etwas ganz anderes, andere Menschen auszunehmen. Egal wie reich und wohlhabend jemand war. Und ganz sicher wollte sie nicht mit Duncan zusammenarbeiten.

„ Das ist kein Wunschkonzert hier." schrie Bob.

Dann fuhr er etwas leiser fort. „ Ihr geht da gemeinsam hin. Ihr werdet vor ihm einen Beziehungsstreit führen, worauf hin Mr. Goodwell eingreifen wird. Weil du heiss bist und er einen Grund braucht, dich anzubaggern. Und dann hast du ihn."

Summer wollte sich erneut widersetzen, doch Bob hob nur die Hand.

„ Somit wäre das abgemacht. Mittwochabend in einer Woche, 20 Uhr in Abendgarderobe. Und du wirst hingehen, sonst wirst du mich kennenlernen."

Es hatte keinen Zweck mehr, sie musste sich geschlagen geben. Also machte sie auf dem Absatz kehrt und verliess das Büro, dicht gefolgt von Duncan.

„ Na, das wird ja ein Erlebnis, wir zwei." säuselte er hinter ihr. Die Galle stieg in ihr hoch als sie stehen blieb und sich zu ihm umdrehte.

„ Das ist das erste und letzte Mal, dass ich mit dir zusammenarbeite, du widerliches Arschloch."

„ Na na...komm schon. Das wird bestimmt lustig." Mit einer Hand griff er ihren Arm und zog sie zu sich heran. „ Du und ich ein Paar."

Sein Gesicht näherte sich dem ihren und Summer brauchte einen Moment, bevor sie kapierte, was er da gerade versuchte. Er wollte sie tatsächlich küssen. Angeekelt drehte sie den Kopf weg und riss sich heftig von ihm los. Perplex von ihrer Kraft stolperte er ein paar Schritte zurück. Doch dann grinste er bereits wieder, kam auf sie zu und holte mit einer Hand aus. Noch bevor seine Flache Hand auf ihre Wange klatschte hörte sie, wie er feixte: „ Dir wird das Lachen schon noch vergehen, du blödes Weibsstück."

Und dann wurde sie schon von einem brennenden Schmerz heimgesucht, vom linken Wangenknochen bis zum Kinn. Dieser Mistkerl hatte riesige Hände. Ihr Stolz liess es nicht zu, dass sie sich etwas anmerken liess. Doch sie musste die Augen schliessen, während sie ihre Zähne vor Wut zusammenbiss. Sie konnte die Hitze förmlich spüren, welche ihre Augen erfüllte. Auf keinen Fall durfte sie ihn jetzt ansehen, das war in diesem Moment zu gefährlich. Obwohl die Verlockung riesig war.

Duncan lachte nur laut auf, offensichtlich zufrieden mit dem Bild, welches sie abgab. Er täuschte sich, sie war nicht schwach, nur beherrscht. Doch das war im Moment nicht wichtig. Dann hörte sie, wie er davonlief.

Noch einen Moment blieb sie stehen, bis sie sich wieder gefangen hatte. Erst als sich ihre geballten Fäuste wieder lösten, öffnete sie ihre Augen und ging zurück an ihre Arbeit.

Der Tag verlief schleppend, es gab keine neuen Aufträge. Das einzige, was sie zu tun hatte, war, den goldenen Schmuck weiterhin sorgfältig in die Kisten zu verpacken, damit sie am späteren Nachmittag von einem grossen Camion abgeholt werden konnten. Emotionslos packte sie alles ein. Sie hatte beschlossen, den Vorfall am Morgen zu verdrängen und nicht mehr an diesen Duncan zu denken. Zuerst hatte sie grosse Mühe damit, beherrscht zu bleiben. Ausser der Tatsache, dass sie hereingelegt wurde, und sie nicht wusste, warum, war da noch etwas anderes, was sie störte. Es waren seine Augen. Summer war sich so sicher, sie schon mal irgendwo gesehen zu haben, ausserhalb der Arbeit. Doch sie kam nicht darauf, wo das gewesen sein könnte. Nach erfolglosem hin- und hergrübeln hatte sie es schliesslich aufgegeben. Es war zwecklos.

Wo war sie hier nur gelandet? Früher hätte sie niemals solch dubiose Arbeit gemacht. Dazu war sie eigentlich zu ehrlich und gutherzig. Erst die für Summer beinahe untragbaren Umstände hatten sie dazu gebracht, die Seiten zu wechseln. Trauer und Hilflosigkeit hätten sie um ein Haar umgebracht, was nicht weiter schlimm gewesen wäre. So gerne wäre sie ihren Liebsten gefolgt. Doch da war ja noch ihr Vater, um ihn musste sie sich kümmern. Noch mehr Verluste würde er nicht ertragen können. Darum hatte sie beschlossen, auf Gefühle so gut wie möglich zu verzichten. Der Schmerz und der Hass würden sie ansonsten auffressen. Sie war dazu verdammt, ihr befristetes Dasein zu ertragen. Und sie würde es tun. Ohne darüber nachzudenken. Ihrem Vater zuliebe.

Als sie am Abend an der Bar sass und an ihrem Wein nippte, runzelte sie kurz die Stirn, als sie Gregs besorgten Blick kreuzte. Er schien erschrocken zu sein und starrte sie einen Moment lang einfach nachdenklich an. Summer wollte ihn fragen, ob ein Geist hinter ihr stehen würde, als er sich schliesslich abwandte, um zwei Männern Bier auszuschenken. Gesagt hatte er nichts. Die Antwort darauf liess allerdings nicht lange auf sich warten.

„ Du meine Güte Summer...was ist denn mit Dir passiert?" hörte sie plötzlich Lydias besorgte Stimme neben sich. Sie hatte sie gar nicht kommen gehört.

Erschrocken drehte sich Summer zu ihr um und blickte sie fragend an.

„ Deine Wange! Was ist passiert? Sie ist ganz rot und blau." Verdammte Scheisse! Natürlich, das hatte sie ganz vergessen. Duncans Schlag war ziemlich heftig. Sie hätte daran denken müssen, dass er Spuren hinterlassen würde.

„ Ach das... „ versuchte sie sich so gleichgültig wie möglich aus der Situation hinaus zu manövrieren. „ Das ist nichts weiter. Ich hatte einen kleinen Unfall bei der Arbeit."

Innerlich aber verfluchte sie sich selber dafür, nicht daran gedacht zu haben. Sie wäre heute lieber einfach nach Hause gegangen, anstatt sich hier zum Affen zu machen. Nun ja, selber Schuld. Ihre Verdrängungstaktik hatte zumindest wunderbar funktioniert.

Skepsis lag in Lydias Blick. „ Lüg mich nicht an! Das sieht aus, wie wenn..."

„ Lass gut sein Lydia!" unterbrach Summer laut. „ Es ist nichts weiter passiert."

Dafür erntete sie einen wütenden Blick ihrer Freundin. „ Du musst dir das von Niemandem gefallen lassen."

„ Lyd! Bitte, lass dein Anwaltsgeplänkel sein. Ich hatte einen Unfall, nichts weiter."

Lydia seufzte kopfschüttelnd auf. Sie wusste inzwischen gut genug, dass es keinen Sinn hatte weiter zu bohren, wenn Summer nicht wollte. So versuchte sie nach einer kurzen Pause mit belanglosem Geplauder die Stimmung wieder aufzubessern. Es klappte. Schon nach kurzer Zeit waren beide Frauen wieder beruhigt und zwanglos miteinander. Nicht, dass Lydia dies hier einfach so vergessen würde. Aber für den Augenblick liess sie es dabei bewenden.

„ Wie war dein Tag heute sonst, Süsse?"

„ Nicht schlecht. Wie immer eigentlich."

„ Nicht schlecht... was soll das denn heissen?" spottete Lydia. „ Du musst dringend mal wieder Spass haben. So geht das nicht weiter."

Summer ignorierte sie einfach kurz.

„ Ernsthaft! Summer!"

„ Ich weiss nicht, warum du immer gleich daraus schliesst, wenn ich sage, ich hatte einen schönen Tag, er wäre zum Sterben langweilig gewesen."

Lydia verdrehte die Augen. „ Weil es so ist?!"

„ Und warum denkst du das?"

„ Na schön, was hast du heute gemacht? Oder willst du mir vielleicht doch noch etwas erzählen?" Herausforderung und Fürsorge lag in ihrem Blick.

Summer überlegte einen Moment. Sie war genervt, weil sie genau wusste, dass ihre Freundin recht hatte. Ihre Tage verliefen alle immer ziemlich ähnlich. Nicht dass sie heute keine Spannung und Herausforderung erlebt hätte. Aber Spass? Nun ja, den hatte sie wirklich schon lange nicht mehr gehabt.

Ein abfälliges „ Tssss" entfuhr Lydia, während sie an ihrem Glas nippte.

Mit gespielt genervter Stimme fluchte sie: „ Ich sag dir Süsse, ich hol dich aus deiner verfluchten Einöde raus. Am Samstag machen wir einen auf Party. Es gibt keine Widerrede."

Summer musste über Lydias quirlige und bestimmende Art lachen.

„ Warum nicht!"

Es war gar keine üble Idee mal wieder auszugehen und einfach nur mit Freunden abzuhängen.
Zufrieden lächelnd wurde die Neuigkeit so gleich an Greg weitergeleitet. „ Schau zu, dass du frei hast am Samstag. Wir gehen aus."
„ Ay Ay Boss." salutierte Greg und alle mussten lachen.

Einige Zeit später eilte Lydia auf die Toilette, aber nicht ohne Summer noch zuzurufen, inzwischen noch zwei Gläser Wein zu bestellen. Und schon war sie verschwunden. Doch bevor Summer die Bestellung an Greg weitergeben konnte, wurde ihre Aufmerksamkeit ganz plötzlich auf zwei schöne, grüne Augen neben sich gezogen.
„ Hi." lächelte Jonathan, zu dem diese Augen gehörten, sie an.
Verdammt nochmal, wie war der jetzt hier so plötzlich aus dem Nichts aufgetaucht?
Sein Blick scannte ihr Gesicht und verdunkelte sich für einen kurzen Augenblick, bevor er sich wieder ihren Augen widmete.
„ Was ist passiert?"
Mit dem Kinn deutete er auf ihre verschlagene Wange.
Nicht schon wieder, stöhnte sie innerlich, zuckte aber abermals so gleichgültig wie möglich mit den Schultern. „ Gar nichts."
Sie hatte nicht vor, ihm eine Antwort auf eine Frage zu geben, die ihn absolut gar nichts anging.
Seine Augen verengten sich ganz leicht, bevor ein sanftes Lächeln seine Lippen umspielte.
„ Möchtest du etwas trinken?" fragte er sie mit seiner dunklen, melodiösen Stimme, und Summer musste schwer schlucken.
Sie konnte nur nicken. So viel Sexappeal war kaum fassbar.

Während Jonathan Greg eine Bestellung zurief, legte dieser ein gönnerhaftes Schmunzeln an den Tag. Summer ignorierte ihn.

„ Wie heisst du?" hörte sie seine Stimme wieder ganz nah neben sich.

Sie spielte mit dem leeren Weinglas zwischen ihren Fingern und vermied es, zu ihm aufzusehen, während sie leise ihren Namen murmelte. Wieso nur hatte sie ihm diesen jetzt noch gleich mitgeteilt, fragte sie sich noch in diesem Augenblick.

„ Summer..." wiederholte er beinahe andächtig. „ Schöner Name. Ich bin Jonathan, also Jon."

Greg brachte die Getränke. Jon hob sein Glas. „ Na dann Summer. Es freut mich, dich kennenzulernen."

Summer blickte nun doch zu ihm auf. Das schiefe Lächeln um seine Mundwinkel war umwerfend. „ Prost." war das einzige, was sie sagen konnte.

Als ob er ihre Unsicherheit bemerkte, flüsterte er ihr zu: „ Ich muss wieder zu meinen Jungs, aber wir sehen uns wieder, versprochen?"

Er wartete ihre Antwort nicht ab, sondern zwinkerte ihr kurz zu, bevor er sich umdrehte und zu seinen Freunden zurückging.

Sie konnte nicht anders, als ihm nachzustarren, so dass sie gar nicht mitbekam, wie Lydia plötzlich wieder hinter ihr stand.

„ Verdammt, hat dieser Schönling einen Knackarsch, hast du das gesehen."

Beide musterten Jons Hintern, bevor sie sich lachend wieder dem Wein widmeten.

Kapitel 5

Die ersten Sonnenstrahlen fielen durch die halbgeöffneten Gardinen und bahnten sich einen Weg direkt in Summers schlafendes Gesicht, um sie in der Nase zu kitzeln. Verschlafen versuchte sie, die noch schweren Augenlider zu öffnen, welche sich wie schwere Teppiche anfühlten. Nach einigen Versuchen konnte sie sie endlich öffnen. Verschlafen rieb sie sich über das Gesicht und zuckte sofort zusammen. Die Erinnerung an den Schlag, den sie am Tag zuvor kassiert hatte, brach sofort über sie ein.

Duncan, dieses miese Arschloch!

Nach ein paar weiteren Minuten schlug Summer die Bettdecke zurück und schwang die Beine aus dem Bett, um ins Bad zu gehen. Im Spiegel über dem Lavabo blickte ihr eine junge Frau mit topasblauen, aber leeren Augen entgegen. Ihr rotes, vom Schlafen wirres Haar fiel ihr lockig über die Schultern. In dem Gesicht, wo früher einmal sanfte, verspielte Züge zu sehen waren, zeichnete sich ein grosser, grünblauer Abdruck auf der rechten Gesichtshälfte ab.

Seufzend wendete sich Summer von ihrem Spiegelbild ab, entledigte sich ihren kurzen Shorts und dem ausgeleierten Tanktop, stellte sich unter die Dusche und genoss das warme Wasser, welches ihren schlanken Körper hinunter rann. Ihre Gedanken wanderten zu dem vergangenen Abend zurück, zu Jon. Ein sanftes Kribbeln machte sich in der Bauchgegend bemerkbar. Sie hatte nicht mehr mit ihm gesprochen nachdem er sie an ihrem Platz zurückgelassen hatte. Jedoch waren seine Blicke nicht weniger intensiv. Summer konnte sprichwörtlich fühlen, wie er sie nicht aus den Augen liess. Das war schliesslich auch der Grund, dass sie sich von ihren Freunden bald verabschiedete. Diese Intensität war so schwindelerregend, dass sie den Gesprächen mit Lydia kaum mehr folgen konnte. Ohne Jon einen weiteren Blick zu schenken, verliess sie, wie vom Teufel gejagt, das Lokal. Sie konnte einfach nicht. Es war nicht der Zeitpunkt, Gefühle zuzulassen. Auch wenn diese vermutlich nur ihrer Libido entsprangen. Überhaupt glaubte sie nicht daran, dass dieser Zeitpunkt jemals wiederkommen würde.

Lydia ist noch dageblieben, und einmal mehr hatte Summer das Gefühl, dass sie später vermutlich nicht alleine nach Hause ging. Sie musste kurz lächeln, während sie schliesslich das Wasser abdrehte. Warum nur diese Geheimniskrämerei zwischen Lydia und Greg?

Kurze darauf verliess sie ihre karge Wohnung, um zu der Abtei und ihrer Bank zu marschieren und sank schliesslich in die geliebte Trance...dasselbe Spiel.

Als sie später vor dem Pater stand sah sie dieser mit traurigen Augen an, sagte jedoch nichts. Aus seinem Arzneikästchen holte er eine selbstgemachte Salbe aus Arnika hervor und betupfte damit sanft Summers Wange.

Dieser Morgen verlief wortlos.

Nach dem Frühstück wollte sie sich auf den Weg in die Stadt machen. Sie musste unbedingt einkaufen, ihre Vorräte waren ziemlich erschöpft und auch der lebenswichtige Kaffee ging langsam aus. Als sie ihren Vater gewaschen und angezogen hatte, setzte sie ihn in einen Rollstuhl und machte sich auf den Weg. Auch wenn Benjamin nichts sagte, sie wusste, er genoss diese kleinen Ausflüge mit ihr.

Nach einem halbstündigen Marsch erreichten die beiden die kleine Stadt. Zu ihrem Ziel, dem kleinen Supermarkt, waren es noch etwas mehr als 500 Meter. Im Laden angekommen, schnappte sich Summer einen Einkaufskorb und ging durch die Gänge.

Teigwaren, Brot, etwas Gemüse und Käse landeten in dem Korb, auch eine Flasche Rotwein, Kaffee und natürlich Marmelade für den Pater. Heute war es Aprikose. Damit schlenderte sie schliesslich zur Kasse. Wortlos legte sie die Sachen aufs Band, bezahlte, und packte alles in ihre mitgebrachte Tüte.

Als sie den Supermarkt wieder verliess, sah sie schon von weitem ein kleines Mädchen, welches draussen am Boden sass, machte sich jedoch keine Gedanken. Sie lenkte den Rollstuhl geschickt aus dem Laden und stiess ihn die Strasse hinauf.

Neugierig blickte das Mädchen zu ihr hinüber, während es mit einer Leichtigkeit vom Boden auf hüpfte.

„ Hallo." quietschte es fröhlich, als Summer nur noch wenige Schritte von ihr entfernt war. Summer nickte nur, und wollte bereits weitergehen.

„ Was hat er denn?" Die Kleine zeigte mit dem Finger auf ihren Vater.

Einen Moment lang kam kein Mucks aus Summers Kehle, bevor sie sich mit zusammengekniffenen Augen räusperte. „Er hat Alzheimer."

Vermutlich hatte das Kind keine Ahnung, was Alzheimer bedeutete, aber was Besseres kam ihr gerade nicht in den Sinn.

„ Oh."

Wieder wollte sie um das Mädchen herumgehen, was ihr jetzt auch gelang. Doch die Kleine verfolgte sie einfach, fröhlich weiter plappernd.

„ Meine Mama ist auch krank. Sie hat Krebs. Aber mein Bruder will nicht, dass ich darüber spreche."

Ein leises Stöhnen entfuhr Summer. Anspannung machte sich in ihr breit. Hoffentlich würde ihr das Kind nicht den ganzen Weg folgen.

„ Das tut mir leid." murmelte sie trotzdem leise und meinte es ernst.

„ Was hast du da im Gesicht?" wollte die Kleine plötzlich wissen, während sie sie unverhohlen ansah. „ Hat dich jemand geschlagen?"

Summer zuckte ganz kurz zusammen „ Du bist ziemlich neugierig, was?" stellte sie schliesslich eine genervte Gegenfrage.

Die Kleine lächelte und zuckte mit den Achseln. „ Mein Bruder sagt das auch immer..."

„ Dein Bruder scheint ein intelligenter Typ zu sein."

Diese Worte liessen der Kleinen sichtlich stolz die kleine Brust schwellen, während sie heftig nickte.

Nach ein paar weiteren Schritten und viel mehr kindlichem Geplapper hüpfte das Mädchen plötzlich an ihr vorbei in eine Seitenstrasse. „ Hier muss ich abbiegen. Mach's gut."

Dann hüpfte sie die Strasse hinunter und Summer stöhnte erleichtert auf.

„Ach Dad, ich weiss, du hättest deine Freude an ihr gehabt." Während sie das sagte, strich sie ihm sanft übers Haar. „Ich weiss nicht, was ich tun soll."

Die letzten Worte waren nur ein Flüstern.

Die nächsten Tage verliefen nicht anders. Summer genoss die schönen Sommerabende damit, nach der Arbeit hinter dem Haus auf einem Liegestuhl zu lesen oder im Wald spazieren zu gehen. Und später traf sie sich jeweils mit Lydia in Gregs Bar. Alles verlief wie immer, allerdings mit einer nicht ganz angenehmen Ausnahme: Dieser Jonathan war jedes Mal auch da. Er versuchte zwar nicht mehr, mit ihr zu plaudern, jedoch konnte sie seine Blicke brennend auf ihrer Haut spüren.

Als sie Freitagnacht schliesslich daheim im Bett lag, konnte sie es nicht verhindern, über diese neue Situation nachzugrübeln. Wieso ist er plötzlich aufgetaucht? Summer hatte ihn vorher noch nie gesehen. Und jetzt erschien er jeden verdammten Abend? Normalerweise war es ihr vollkommen egal, wer in die Bar kam und wer nicht. Sie nahm die meisten nicht einmal wahr. Aber Jonathan war etwas anderes. Er war anständig und liess sie in Ruhe, aber sie fühlte sich von ihm beobachtet. Nicht auf die übliche Weise, wie wenn gierige Blicke einem fast die Kleider vom Leib reissen. Nein. Sein Blick war interessiert und neugierig. Und das machte ihr fast noch mehr Angst.

Ohne auf eine Lösung für ihr neues Problem gekommen zu sein, schlief sie ein.

Die Samstagsmesse begann um zehn Uhr. Kurz vorher hatte Summer alles vorbereitet und wartete zusammen mit Pater Noah im Hinterzimmer auf das Einsetzen des Orgelspiels von Raymond. Seit Jahren schon ergötzte der erfahrene, junge Mann die Messe mit seiner Begabung.

„Seine Finger sind gesegnet." sagte Pater Noah immer wieder.

Als die Orgelmusik schliesslich ertönte und der Pater aus dem Zimmer schlüpfte, blieb Summer in der Türe stehen und lauschte den Tönen. Es beruhigte sie zu tiefst. Mit unter ihrer Kapuze gesenktem Kopf liess sie den Blick durch die halb volle Kapelle gleiten, bis er in der zweiten Reihe auf der rechten Seite hängen blieb. Da sass das kleine Mädchen von neulich, neben einer hageren Frau. Vermutlich ihre Mutter. Und zu Summers Entsetzen starrte die Kleine in ihre Richtung.

Trotz ihrer Kutte und ihrem versteckten Gesicht schloss Summer leise aber abrupt die Tür zur Kammer. Es war fast nicht möglich, dass sie sie erkannt hatte, trotzdem fühlte sie sich seltsam unwohl. Kinder waren furchtbar neugierig und das machte die Situation nicht gerade einfach.

Zur Sicherheit verhielt sie sich ruhig und blieb im Raum sitzen bis die Messe zu Ende war. Pater Noah fand sie zusammengekauert in seinem Sessel, als er die Hinterkammer betrat. Besorgt traf sein Blick ihr blasses Gesicht.

„ Was ist denn passiert Summer? Fühlst du dich nicht wohl?"
Summer, welche erst jetzt bemerkt hatte, dass sie nicht mehr alleine war, hob ihren Kopf und legte die Stirn in Falten.
„ Da war ein Mädchen in der Kapelle. Sie… ich weiss nicht, ob sie mich erkannt haben könnte."
Pater Noah trat ganz nah vor seinen Schützling und legte ihr seine Hand an die Wange. „ Warum denkst du, sie hätte dich erkannt?"
Summer überlegte einen Moment, bevor sie antwortete. „ Ich hab sie auf dem Heimweg getroffen, vor ein paar Tagen, als ich in der Stadt war, um einzukaufen… sie hat mit mir geredet und mich ein Stück weit begleitet, als wäre es das normalste auf der Welt mit einer Fremden zu reden. Was schon sehr seltsam war… sie schien gar keine Angst zu haben."
Wieder machte sie eine Pause.
„ Und heute hat sie direkt zu mir hinüber gestarrt…das macht mir Sorgen."
Pater Noah kniete sich nieder und sah ihr direkt in die Augen.
„ Summer, das bedeutet nichts. Sie hat dich gesehen… in einer Kutte mit verdecktem Gesicht. Jedes Kind würde da starren. Eine verhüllte Gestalt zieht jeden Blick auf sich, vor allem hier. Aber die Wahrscheinlichkeit, dass sie dich erkannt hat, ist gleich Null. Mach dir bitte keine Sorgen."
Nach einer Weile nickte Summer, die Anspannung verliess sie ein wenig. Er hatte bestimmt recht. Warum auch sollte das Mädchen die Gestalt in einer Kutte mit ihr in Verbindung bringen?

Erleichtert straffte sie ihre Schultern. „ Sie haben recht, Pater.
Ich möchte Ihnen einfach keine Probleme verursachen. Auf
keinen Fall."

„ Da mach dir mal keine Sorgen mein Engel." lächelte er völlig
selbstsicher.
„ Erstens ist dies nicht der Fall und zweitens habe ich noch
jedes Problem gelöst bekommen. Vertrauen, meine Gute.
Vertrauen."
„ Nun ja, wie sie wissen, mangelt es mir an eben diesem."
antwortete Summer seufzend, bevor sie sich vom Sessel
erhob und Pater Noah aus seiner Robe half.
„ Das wird noch kommen." sagte dieser leise und zwinkerte
ihr zu.

Es war bereits Abend. Summer war im Garten um Unkraut zu
jäten, während der Pater seine Heilsalben aus seinem eigens
dafür angelegten Kräutergarten zusammenbraute. Schon
mehrmals hatte er sie darum gebeten, ihm zu helfen. Doch
Summer verneinte vehement. Es war das einzige, was sie ihm
verweigerte. Jedoch wollte sie mit Heilkräutern nichts mehr zu
tun haben. Da war etwas in ihrem Innern, dass sich so sehr
dafür begeisterte, dass sie es auf gar keinen Fall mehr
annehmen wollte. Nur sie wusste auch, warum. Benjamin
sass lethargisch neben Pater Noah und trotzdem schien es
so, als liesse er Summer keinen Moment aus den Augen.
Plötzlich war ein Motorengeräusch zu hören und Summer
hörte sofort auf, die Hacke zu bewegen. Pater Noah zwinkerte
ihr beruhigend zu und stand auf, um um die Abtei herum zu
gehen und nachzusehen. Angespannt wartete sie auf ein
Zeichen, ob sie ins Haus gehen sollte oder nicht.
Da hörte sie auch schon Pater Noahs freundliche Stimme: „
Lydia, welch eine Freude, dich zu sehen. Wie geht es dir?"

Das ihr bekannte laute Lachen war zu hören. „ Pater Noah, mir geht's gut... und Ihnen?"

Lydia wartete seine Antwort wie immer nicht ab. Sie war ein energiegeladenes Vollweib mit sehr wenig Geduld, was sie so liebenswert und witzig machte. Sie war das genaue Gegenteil von Summer. Summer war zurückhaltend und vorsichtig, nicht wirklich wortgewandt und explosiv. Gerade das versuchte sie unter Kontrolle zu behalten, denn das war ganz und gar schlecht. Es durfte nicht ausbrechen. Nie mehr. Darum hatte sie gelernt abzuschalten, was Lydia immer als seeeehr geduldig einstufte. War es aber nicht. Es war einfach überlebensnotwendig für Summer.

„ Ich wollte Sum abholen. Sie muss mal raus und was erleben. Und da sie nicht zuhause war, nahm ich einfach mal an, sie ist bei Ihnen, Pater."

Verflucht, das hatte sie ja völlig vergessen. Es war Samstag, und Lydia hatte sie ja gewarnt dass sie zusammen etwas unternehmen wollten, schoss es Summer durch den Kopf, während die Schritte näher kamen.

Lydia starrte sie fassungslos an, als sie um die Ecke bog, und Summer im Garten sah. „ Sag jetzt bloss nicht du hättest gedacht, ich hätte Spass gemacht. Da hast du dich aber mächtig geschnitten, meine Liebe!"

Als Lydia schliesslich Benjamin ganz herzlich begrüsst hatte, stellte sie sich wieder aufrecht hin und stemmte ihre Hände gebieterisch in die Hüfte.

„ Jetzt mach, dass du aus diesem Garten kommst und geh dich waschen. Ich warte hier auf dich."

„ Lyd, ich habe irgendwie doch keine Lust..."

„ Jetzt mach, dass du Land gewinnst... Greg wartet auf uns. Oder soll ich dir nachhelfen?" unterbrach Lydia die Ausrede ihrer Freundin.

Pater Noah fing an zu lachen und setzte sich an seinen Tisch.„ Nun geh schon, Summer. Amüsier dich."

„ Danke für ihre Unterstützung, Pater." murmelte Summer gereizt, wohl wissend, dass es kein Entkommen gab.

Wenn Lydia sich etwas in den Kopf gesetzt hatte, erreichte sie es, was an ihrem zufriedenen Grinsen auch unschwer zu erkennen war. Mürrisch stapfte Summer aus dem Garten, an ihrer Freundin vorbei ins Haus.

Sie liess sich Zeit beim Duschen, denn sie hatte es weiss Gott nicht eilig. Als sie sich gerade wieder in ihre Bluejeans und das schwarze Top reinschälen wollte, trampte Lydia ungeduldig ins Zimmer.

„ Neeee, Süsse. Das wirst du schön lassen. Heute machen wir uns schick."

Erschrocken drehte sich Summer zu ihr um und stellte fest, dass Lydia sich tatsächlich rausgeputzt hatte. Sie trug einen mit Pailletten besetzten Mini, welcher silbern glitzerte, und eine weisse Bluse dazu, die mehr zeigte, als sie verhüllen sollte. Ihre Füsse steckten in weissen, hochhackigen Pumps.

„ Vergiss es." stöhnte Summer genervt. Auch wenn sie wollte, was nicht der Fall war, hatte sie gar keine anderen Kleider dabei.

„ Als ob ich es geahnt hätte… Du verhältst dich wieder völlig stur."

Mit einem Strahlen im Gesicht zog sie eine kleine Tasche hinter ihrem Rücken hervor. „ Ich habe dich natürlich nicht vergessen."

Hastig riss sie ein schwarzes Etwas aus der Tasche hervor und präsentierte es Summer. Es war ein schwarzes, knielanges, aber sehr eng scheinendes Kleid.

„ Nun komm schon…" bettelte Lydia, als sie den schockierten Gesichtsausdruck ihrer Freundin bemerkte. „ Wir gehen tanzen… ich hab dir extra etwas ausgesucht, was nicht zu steif, aber trotzdem edel ist."

„ Gib schon her, verdammt." fluchte Summer und riss ihr das Kleid aus den Händen, um es sich über zu streifen.

Angezogen sah es wirklich nicht schlecht aus, obwohl sie sich ganz und gar nicht wohl fühlte damit.

„ Ist es nicht ein wenig zu eng?" fragte sie deshalb unsicher.

„ Machst Du Witze??? Du siehst fantastisch aus!"

Frustriert setzte sich Summer aufs Bett, um ihre schwarzen Converse anzuziehen. Aber wieder hatte sie die Rechnung ohne Lydia gemacht, welche ihr ein paar Schuhe vor die Füsse warf. „ Kein Kleid ohne passende Schuhe, Herzchen."

Summer starrte die Schuhe an. Es waren schwarze Pumps, nicht ganz so hoch wie die, die Lydia trug, aber trotzdem hoch.

„ Lydia, ich…"

„ Papperlapapp." wurde sie wieder unterbrochen. „ Zieh sie an und lass uns endlich gehen."

Kapitel 6

Als die beiden Frauen schliesslich in der Disco im Nachbarort eintrafen, wartete Greg bereits ungeduldig an einem Tisch in einer Nische auf sie.

„ Na endlich." jauchzte er. „ Ich dachte schon, Summer hätte dich weich gekriegt, nicht zu kommen."

Lydia liess ein lautes „ Tssss" hören.

„ Hab ich schon jemals versagt, mein Guter?"

Sie lachte süffisant und Greg schüttelte bewundernd den Kopf. „ Noch nie, meine Liebe."

Zufrieden setzte sie sich an den Tisch und Summer liess sich seufzend an Gregs rechter Seite nieder.

„ Ich habe schon mal drei Martinis bestellt." meinte dieser völlig überdreht.

„ Ich meine, mein erster ist es nicht..."

Sie mussten lachen. „ Natürlich nicht." erwiderte Summer.

Ihre Abneigung wandelte sich langsam in Entspannung um. Es war vielleicht doch gar nicht so schlecht mal ein wenig Abwechslung zu haben. Normalerweise hingen sie immer in Gregs Bar im Ort herum. Aber ein bisschen tanzen, völlig unbeschwert, war wahrscheinlich gerade das, was sie wieder einmal brauchte.

Nach zwei weiteren Martinis und losgelösten Gesprächen war es dann so weit. Summer konnte nicht mehr ruhig sitzen.

„ Lasst uns tanzen." Kaum gesagt, war sie auch schon aufgestanden und schritt zur Tanzfläche hinüber.

„ Na sieh mal einer an." witzelte Greg und Lydia nickte bestätigend.

„ Ja, es ist immer dasselbe... zuerst ist es ein Kampf, sie raus zu kriegen, und dann sie wieder heim zu kriegen."

Beide lachten, während sie sich ebenfalls erhoben, um ihrer Freundin auf die Tanzfläche zu folgen.

Im Namen meiner Seele

Es war bestimmt schon eine Stunde vergangen, in der sich die drei Freunde ausgelassen und rhythmisch zu der Musik bewegten. Summer liebte es, sich zu Klängen gehen zu lassen. Sie konnte mit Musik völlig abschalten, hielt die Augen geschlossen und bewegte sich einfach nur mit.

„ Ich beneide dich für deine Bewegungen." hörte sie Lydia knurren und öffnete die Augen, um ihre Freundin anzugrinsen.

„ Da bist du wohl nicht die einzige."

Die beiden Frauen musterten Greg verwirrt. Dieser aber deutete nur mit dem Kopf in Richtung einer Nische an der Bar. Als Summer seinem Blick folgte, erstarrte sie augenblicklich in ihrer Bewegung. Das konnte doch nicht wahr sein.

„ Wie lange schon?" fragte sie kleinlaut, als sie Jon erblickte, welcher voller Bewunderung zu ihr hinübersah.

„ Schon eine Weile."

Für Summer änderte sich schlagartig alles. Sofort fing ihr verräterischer Unterleib wieder wie verrückt an zu kribbeln und die Lust am Tanzen ist ihr genauso plötzlich vergangen. Was war verdammt nochmal mit ihr los? Wieso nur konnte sie ausgerechnet dieser Typ so aus der Fassung bringen? Nein, sie brauchte das ganz und gar nicht.

„ Ich geh zum Tisch zurück."

Lydia und Greg folgten ihr erneut grinsend, aber ohne weiteren Kommentar. Am Tisch angekommen, setzte sich Summer hin, ohne noch einmal zu Jon hinüber zu sehen. Wieso nur musste er hier sein?

Während Greg an der Bar Getränke bestellte, setzte sich Lydia neben ihre Freundin und stupste sie an. „ Hey… was ist los?"

„ Ich mag es nicht, von Männern angegafft zu werden." antwortete Summer bestimmt, wohl wissend, dass sie dem nicht entgehen konnte. Und das war auch nicht die ganze Wahrheit. Es war die Art und Weise, wie dieser Mann sie anschaute. Es machte sie verlegen. Irgendetwas an ihm reizte sie auf eine Weise, wie sie es noch nie erlebt hatte. Das durfte sie nicht zulassen.

„ Sum... Jon ist nicht wie die anderen Männer. Glaub mir ruhig."

Greg, welcher gerade mit drei weiteren Martinis in den Händen zum Tisch zurückkam, hatte den letzten Satz von Lydia gerade noch mitbekommen und bestätigte dies kopfnickend.

„ Sie hat recht Summer. Auch wenn mir nicht unbedingt gefällt, wie sie ihn anhimmelt."

Er machte eine Pause und grinste frech in Lydias Richtung.

„ Noch nie habe ich Jon gesehen, dass er mit irgendeiner Frau in der Bar auch nur geflirtet hätte. Und glaube mir, es ist nichts unversucht geblieben, ihn rumzukriegen."

Lydia lachte auf. „ Ja, denk nur mal an Caroline."

Summer hatte keine Ahnung, wer diese Caroline war, und trotzdem spürte sie einen kleinen Stich in der Brust. War das etwa ein Anflug von Eifersucht? Welches Pferd hatte sie denn geritten, scholt sie sich innerlich.

„ Da kommt er schon." Lydias Worte liessen Summer zusammenzucken.

" Geniess es einfach, Süsse."

Und schon stand Jon da vor ihrem Tisch, in voller Grösse. Ein schiefes, einnehmendes Lächeln hob seinen rechten Mundwinkel und er wirkte auf gar keinen Fall nur im Ansatz irgendwie unsicher.

„ Hallo Summer."

Sie blickte zu ihm hoch und vergass beinahe zu atmen, so gut sah er aus in seinem weissen Hemd. Die schwarzen Tattoos schimmerten geheimnisvoll darunter hervor und endeten, wie

Summer bereits wusste, über seinem Schlüsselbein. Ihr blieben die Worte im Halse stecken.

Jon begrüsste Greg und Lydia und fragte dann wieder an Summer gewandt:

„ Darf ich mich kurz zu euch setzten?"

Als Summer nicht sofort antwortete, übernahmen ihre Freunde das Sprechen beinahe gleichzeitig.

„ Aber klar doch."

„ Setzt dich hin, schöner Mann."

Summer bestrafte beide mit einem tödlichen Blick, wurde aber ignoriert. Und schon setzte sich Jon auf die Bank, ausgerechnet natürlich neben Summer. Dabei berührte sein Bein das ihre und seine Wärme war ihr nur zu bewusst. Er drehte den Kopf zu ihr und zeigte erneut sein unwiderstehliches Lächeln.

„ Schön, dich wieder zu sehen."

Summers Blick streifte seine tiefgrünen Augen und blieb da auch hängen, während sie nach Worten suchte.

„ Lydia hat mich dazu überredet." stammelte sie unbeholfen.

Was war nur mit ihr los? Neben diesem Mann verlor sie beinahe ihre hart einstudierte Distanziertheit zu allem, was sie nicht zulassen wollte.

„ Dann muss ich Lydia wohl dafür danken." zwinkerte er zu dieser hinüber.

Erst jetzt stellte Summer fest, dass beide, Greg und ebendiese Lydia, grinsend das Schauspiel genossen, welches sich ihnen gegenüber abspielte.

Nein, die Frage war nicht, was mit ihr los war. Was zum Teufel war mit ihren Freunden los???

Um von ihnen abzulenken, denn es war ihr jetzt einfach nur noch peinlich, fragte Summer schliesslich an Jon gerichtet: „ Und du? Bist du oft hier?"

Sofort gehörte ihr wieder seine ungeteilte Aufmerksamkeit.

„ Nicht so oft... manchmal schleppen mich auch meine Freunde mit. Aber mein Lebensstil lässt dies nicht allzu oft zu."

Er betrachtete ihr Gesicht, seine Augen musterten sprichwörtlich ihre Lippen, und Summer stellte fest, dass er kurz den Atem anhielt, als er wieder in ihre Augen blickte. Es war ihr unangenehm. Um von sich abzulenken stellte sie einfach eine weitere Frage.

„ Dein Lebensstil?"

Jon lächelte. „ Ich kämpfe... ich mache Kampfsport."

„ Kickboxen?" hörte sie Greg fragen.

Lydia schüttelte sachte den Kopf, bevor sie unter dem Tisch gegen sein Bein stiess. Sie wollte ihm damit sagen, dass er die beiden jetzt in Ruhe lassen sollte. Greg sah sie entschuldigend an, jedoch antwortete Jon bereits völlig belanglos.

„ In der Art... Da wo ich kämpfe hat jeder seine eigene Weise."

Greg musterte ihn ungeniert. Seine Neugierde war geweckt. „ Da, wo du kämpfst?"

Doch die Frage schien Jon nicht mehr gehört zu haben, denn er stand urplötzlich auf und streckte Summer die Hand hin. „ Das ist einer meiner Lieblingssongs. Tanzt du bitte mit mir?"

Summer starrte völlig perplex seine ausgestreckte Hand an. Auch auf der Innenseite seines nackten Unterarms konnte sie nun mit schwarzer Tinte geschriebene Worte entdecken, Doch noch bevor sie reagieren konnte wurde sie von seinem starken Arm hochgezogen, und sie konnte sich noch nicht einmal wehren. Erst als er sie auf der Tanzfläche in seine Arme zog und sie seine Hände auf ihrem Rücken fühlen konnte, bemerkte sie, dass der DJ in Slow Motion gewechselt hatte. Sie spürte wie ihr die Röte ins Gesicht stieg. Jon sah sie mit einem Blick an, der so etwas wie Faszination ausdrückte, warum auch immer. Langsam bewegten sie sich zu der Musik. Trotz allem hatte er genug Respekt, sie nicht mit seinem harten Körper zu erdrücken. Er liess genügend Abstand zwischen ihnen, damit sie sich noch einigermassen wohl fühlte.

„ Warum wirst du rot? Nicht, dass es nicht wunderschön aussehen würde..." flüsterte er, ohne einen Hauch von Herablassung in seiner Stimme.

Gerade das liess nur noch mehr Hitze in ihr Gesicht steigen.

„ Vermutlich bin ich es mir einfach nicht gewohnt, so zu tanzen. Ich kann das nicht wirklich."

„ Ganz im Gegenteil. Du bewegst dich extrem sexy. Ich habe dich vorher tanzen gesehen, und jetzt spüre ich deine Bewegungen hautnah."

Sein Atem streichelte ihre glühenden Wangen und machte es nicht einfacher für sie.

„ Ach was." murmelte sie verlegen.

Jon zog eine Augenbraue hoch und musterte sie erneut. „ Hmmm..."

„ Was?" wollte sie erschrocken wissen und starrte ihm in die Augen.

Jetzt kommt es, wie immer, dachte sie sich und war auf alles gefasst. Es war immer so, die Hände rutschten plötzlich unter die Gürtellinie oder zum Busen, und man versuchte, einen Kuss zu erzwingen. Automatisch verkrampfte sie sich in seinen Armen.

Doch nichts dergleichen geschah. Im Gegenteil, sein faszinierter Blick wich Besorgnis. „ Entspann dich, Summer. Ich werde dir nichts tun."

Sie starrte ihn weiter unsicher an und wieder schien er in ihren Augen zu ertrinken.

„ Du bist wunderschön." flüsterte er beinahe unhörbar.

Doch noch bevor sie irgendetwas erwidern konnte, hörte sie ein Johlen hinter sich und spürte plötzlich, wie Jon sich nun selbst versteifte. Seine Augen blickten bedrohlich über ihren Kopf hinweg. Doch das Johlen kam näher, und sie spürte eine andere Hand um ihre Taille.

„ Oh Jon, was hast du hier ergattert..." und zu Summer gewandt: „ Wo kommst du denn her, sexy Lady?"

Erschrocken drehte sie sich zu der Stimme um und erkannte ihn auch sogleich. Es war Pat Gravener.

„ Pat, ich warne dich." zischte Jon, und für einen Moment war der andere ganz ruhig, bevor er anzüglich zu grinsen begann.

„ Ok, ok... du warst zuerst dran."

Dann gab er Summer einen Klaps auf den Hintern und geiferte: „ Ich bin der Nächste."

Dann lief er davon und verschwand in der Menge, noch bevor Summer reagieren konnte. Nicht aber Jon. Sein Körper schien vor Anspannung zu zittern, seine Fäuste waren geballt und er war drauf und dran, seine Kontrolle zu verlieren. Schon wollte er sich umdrehen und diesem Pat nachrennen. Innerlich tobte die Wut und er war nur sehr mühsam beherrscht. Das Einzige, was ihn jetzt davon abhielt, war Summers Hand auf seinem Arm.

„ Lass es." sagte sie ruhig.

Er starrte sie fassungslos an, wollte etwas sagen, hatte aber Angst, dass seine Wut ausbrechen würde. Er würde sich Pat vorknöpfen, aber nicht hier, und nicht jetzt, wo er diese wunderschöne Frau endlich einmal in seinen Armen halten konnte. Heute war sie nicht so distanziert, wie sie es war, als er sie zum ersten Mal getroffen hatte.

„ Es ist besser, wenn ich jetzt gehe."

Seine Gedanken wurden durch ihre sanfte Stimme unterbrochen, und ihm war klar, dass er verloren hatte, auch wenn er sie noch so sehr bitten wollte, zu bleiben. Sie wirkte zwar beherrscht, aber es waren ihre Augen, die sie verrieten. In ihnen loderte ein Feuer, welches sie zwanghaft zu unterdrücken versuchte. Unter keinen Umständen wollte er sie zu etwas zwingen, das sie nicht wollte. Also nickte er nur und liess sie los, worauf sie sofort auf dem Absatz kehrtmachte und zu ihren Freunden rüber marschierte. Diese waren bereits aufgestanden und warteten. Jon war nur zu bewusst, dass sie alles mitangesehen hatten und zweifelte nicht eine Sekunde daran, dass sie eingeschritten wären, wäre es nötig gewesen. Aber er hätte niemals zugelassen, dass Pat ihr etwas angetan hätte. Und jetzt, wo er merkte, dass er gerade wie ein begossener Pudel seiner Traumfrau hinterhersah, wie sie, ohne sich noch einmal zu ihm umzudrehen, die Disco verliess, wurde seine Wut nur noch grösser. Er musste dieses Arschloch, welches sich Freund nannte, unbedingt finden.

Greg und Lydias Gesichtsausdrücke sprachen Bände. Nur mit Mühe hatte Lydia ihren Freund zurückhalten können.
„So ein Arschloch." fluchte er ununterbrochen.
Doch Lydia liess seinen Arm nicht los.
„Warte noch. Lass Jon machen. Schlimm genug für Summer, wir müssen nicht auch noch eine Szene machen, wenn es nicht nötig ist."
Innerlich aber zerriss es sie schier und sie wäre am liebsten zu Summer hinüber marschiert, um Pat eine reinzuhauen. Jetzt hatte sie ihre Freundin schon mal dazu gebracht, hierher zu kommen und sie hatte sich ganz offensichtlich amüsiert und auch zu öffnen begonnen… und dann kommt so ein Wichser. Es war nicht so, dass sie naiv war, sie wusste, dass solche Dinge passieren, öfter als nicht… aber warum ausgerechnet heute?
„Verschwinden wir."

Summer sah ihre beiden Freunde nicht an, sondern marschierte wie ein Roboter geradeaus an ihnen vorbei zum Ausgang. Lydia kannte diese Version von Summer nur zu gut. Aus ihren Augenwinkeln konnte sie sehen, wie Jon ihr voller Leid nachsah, bevor er erneut die Fäuste ballte und in der Meute verschwand, vermutlich um seinen bescheuerten Freund zu suchen. Und Lydia wünschte sich, dass er ihn so richtig durchprügelte.

Auf der Heimfahrt war es ganz still im Auto, bevor Lyd die verhängnisvolle Ruhe durchbrach. „ Sum, mach dich nicht fertig. Dieser Pat ist ein blöder Wichser."

Greg sagte nichts, sondern liess die beiden Frauen machen, während er Lydias Auto fuhr.

„ Du hättest Jon sehen sollen. Er war drauf und dran den Anderen zu vernichten. Er ist einer der guten Jungs, Summer."

Zuerst gab Summer keine Antwort, doch dann, wie aus dem Nichts schoss es aus ihr hervor: „ Und genau darum sollte er sich von mir fernhalten."

Darauf sagte niemand mehr etwas. Was sollten sie auch sagen? Im Moment konnte niemand zu ihr durchdringen, und das war gut so. Summer musste mit ihrer inneren Unruhe zuerst selbst zurechtkommen, bevor sie austickte. Das war jetzt extrem wichtig. Wenn sie sich solche Arschlöcher bei der Arbeit gefallen lassen musste, war das eine Sache. Damit konnte sie umgehen, denn diese Strafe hatte sie sich selbst auferlegt und mit diesem Wissen betrat sie diese Welt. Aber in ihrer Freizeit, so ungeschützt und hilflos, nein, damit konnte sie nicht umgehen. Vor allem nicht, weil es doch vorher so schön war. Schon lange nicht mehr hatte sie sich so aufgehoben gefühlt, auch wenn es ihr zeitweilen peinlich gewesen war.

Als sie schliesslich vor ihrem kleinen Wohnblock angekommen waren, stieg Summer erleichtert aus und drehte sich nochmals zum Wagen um.

„Danke, es war ein schöner Abend." Sie versuchte zu lächeln.

„Liebes, bitte mach dir keinen Kopf mehr darüber, okay?"

„Ich werde es versuchen."

Lydia nickte. „Und über Jon unterhalten wir uns noch, einverstanden?"

Summer zuckte mit den Schultern. Für sie war die Jon-Sache erledigt. Dann winkte sie ihrer Freundin zu und verschwand im Haus.

In dieser Nacht schlief sie sehr unruhig. Immer wieder wachte sie auf, und in den kurzen Schlafphasen wurde sie von merkwürdigen Träumen geplagt. Nichts Greifbares, keine Bilder, aber eine so ungeheure Macht eines orkanähnlichen Sturmes. Sie konnte fühlen wie sie mitten drinstand, mit ausgestreckten Armen, sie konnte fühlen wie ihre Haare wie wild nach oben und zu allen Seiten wehten, aber sie spürte den Wind nicht... sie selbst war der Wind.

Kapitel 7

Schweissgebadet wachte sie auf und stellte erschrocken fest, dass die Zeiger der kleinen Uhr auf ihrem Nachttisch bereits auf neun Uhr standen.

„ Verflucht."

Sie hatte verschlafen. Die Sonntagsmesse begann um zehn Uhr und sie sollte bereits bei Pater Noah und ihrem Vater sein. Hastig schwang sie ihre Beine aus dem Bett und durchquerte ihr Zimmer, um unter die Dusche zu springen. Dabei wanderten ihre Gedanken kurz zu ihrem Traum zurück. Sie wusste nur zu gut, was er zu bedeuten hatte. Der Auslöser war der gestrige Abend, alle diese Emotionen. Jon, welcher jedes Mal Schmetterlinge in ihrem Bauch tanzen liess, wenn sie ihn nur ansah (reiss dich zusammen Summer), und dieser schreckliche Pat. Wo er auftauchte, konnte man sich dem Tumult sicher sein. Auf ihren Streifzügen durch die Stadt hatte sie immer wieder miterleben können, wie er sich nach ein paar Bierchen aufführte. Besonders die Frauen waren nicht vor ihm sicher.

Früher hatte sie all das unter Kontrolle. Aber früher musste sie sich auch nicht hinter einer Schutzwand verstecken.

Manchmal hatte sie das Gefühl, dass, je länger sie ihre wahre Natur zurückhielt, es sie innerlich immer mehr zerstörte. Aber sie musste es tun. Es blieb ihr nichts anderes übrig, wenn sie ihren Vater schützen wollte.

Pater Noah beobachtete sie den ganzen Tag voller Mitgefühl. Es zerriss ihm fast das Herz, sie so zu sehen, so verschlossen, traurig und wütend.

Auch der Abend verlief ruhig. Bevor sie wieder zurück in ihre trostlose Wohnung ging, wollte sie auf Lydias Wunsch hin noch ein Schlummertrunk in Gregs Bar zu sich nehmen. Diese hatte sie am späteren Nachmittag angerufen, um sich zu erkundigen, wie es ihr ging.

Lydia und Greg hatten jedoch offensichtlich untereinander abgemacht, sie nicht auf den vergangenen Abend anzusprechen, denn keiner erwähnte nur ein Wort darüber. Was Summer nur begrüsste. Umso leichter fiel es ihr, endlich ihre innere Anspannung etwas fallen zu lassen. Gerade als sie dachte, dass alles sehr gut verlief, spürte sie ihn in ihrem Rücken. Es war sonderbar. Wie ein Kribbeln, welches ihre Wirbelsäule hinaufkroch. Einen kurzen Moment zögerte sie und schloss für eine Sekunde ihre Augen. Dann nahm sie ihren ganzen Mut zusammen und drehte sich zu ihm um, um ihn kurz anzusehen. Es waren seine Augen, die ihr erneut unter die Haut gingen. Sie schnappte nach Luft, bevor sie sich wegdrehte, um in die Toilettenräume zu verschwinden.

Jedoch hatte sie die Rechnung ohne Jons Schnelligkeit gemacht.

"Summer, bitte." hörte sie ihn ganz nah neben ihr.

Er klang verzweifelt. Ein sanfter Stich durchfuhr ihr Herz, sie musste einfach stehen bleiben. Sie drehte sich erneut um und blickte ihn direkt an.

Er sah wie gewohnt umwerfend aus, mit seinen dunkelbraunen, wilden Haaren, den geschwungenen, vollen Lippen und seinen wunderschönen grünen Augen.

"Bitte, lass uns kurz reden." bat er wieder, dieses Mal etwas leiser.

Summer atmete tief ein, bevor sie den Kopf schüttelte und ein Lächeln versuchte. "Lass gut sein, Jon. Es ist alles ok."

"Nichts ist ok, verdammte Scheisse." fluchte er leise. "Es tut mir leid, was..."

"Jon, wenn ich es dir doch sage. Es ist alles ok. Das ist ganz normal und dich trifft keine Schuld." unterbrach sie seine Worte vehement.

Sie wollte keine Entschuldigungen von ihm hören. Es war ja auch wirklich nicht seine Schuld. Als er wieder zu einem Satz ansetzten wollte, liess sie ihn gar nicht erst zu Wort kommen. Es war ihr egal, was er zu sagen hatte. Fakt war, dass er es ihr mit jedem Moment schwerer machte, wenn sie in seiner Nähe blieb.

Für sie war die Sache ganz klar. "Halt dich von mir fern, bitte. Es ist besser für beide von uns."

Mit diesen Worten liess sie ihn stehen.

Als sie nach ein paar Minuten die Toiletten wieder verliess, wo sie sich, wütend über sich selbst, Wasser ins Gesicht gespritzt hatte, fühlte sie, dass er nicht mehr in der Bar war. Erleichterung machte sich in ihr breit. Er hatte wohl verstanden. Doch was sollte das andere Gefühl bedeuten? Dieses, welches ihr fast die Luft abschnürte? Sie hasste es, lieben Menschen weh zu tun. Bestimmt war es das. Aber sie kannte ihn ja gar nicht. Er war nur ein Mann, redete sie sich tapfer ein.

Als sie jedoch Lydias Blick streifte, gefiel ihr gar nicht, wie diese sie ansah.

"Bitte. Es ist alles so, wie es sein soll."

Lydia sagte nichts dazu. Sie bestellte Summer einfach noch ein Glas Wein.

So verlief es die nächsten Abende. Jon tauchte nicht wieder in der Bar auf, was ihr vollkommen recht war. Er war nur eine Ablenkung gewesen, ein winziger Anflug von Normalität in ihrem Leben.

Greg, Lydia und auch Pater Noah, alle liessen sie in Ruhe. Nur dieses ständige Mitleid in ihren Gesichtern konnten sie nicht verbergen, auch wenn sie es noch so versuchten. Hin und wieder erwischte sie ihre beiden Freunde, wie sie die Köpfe zusammensteckten und redeten, und ihr war nur allzu bewusst, dass es sich bei diesen Gesprächen um sie handelte. Doch es kümmerte sie nicht. Das redete sie sich zumindest ein.

Es war bereits wieder Samstagabend, die Bar war zum Bersten voll und Greg hatte alle Hände voll zu tun. Mit jeder Stunde wurde es lauter. Die beiden Frauen mussten sich beinahe anschreien, um sich zu unterhalten.

Dann geschah alles so schnell.

Summer stand an der Bar und wartete auf die Getränke, die sie bestellt hatte, während Lydia auf die Toilette ging. Aus ihren Augenwinkeln nahm sie plötzlich wahr, wie ein schmieriger Glatzkopf Lydia grob anpackte und an sich zog. Ihre Freundin versuchte zuerst freundlich und auf eine Art mitspielend ihm zu verstehen zu geben, dass sie ganz und gar nicht auf so etwas stand.

Summer warf einen kontrollierenden Blick zu Greg, vielleicht musste sie nicht selber eingreifen. Doch der hatte soviel zu tun, dass er nichts mitbekam. Noch während sie sich umdrehte, rutschte sie von ihrem Barhocker. Offensichtlich wollte der Glatzkopf nicht verstehen und griff mit einer seiner grossen Hände an Lydias Busen. Am schockierten und schmerzvollen Gesichtsausdruck ihrer Freundin konnte sie sehen, dass sie völlig hilflos war und keine Chance gegen diesen Kotzbrocken hatte.

Ohne eine weitere Sekunde zu verlieren rannte Summer zu ihnen hinüber und riss ihre Freundin grob von dem Typen los, um sich dann vor ihm aufzubauen.

Zuerst starrte er sie wütend an, bevor sich ein dreckiges Lächeln um seine Mundwinkel abzeichnete.

"Na na, wenn du es so nötig hast, dann komm zu Papa." Er leckte sich über die Lippen und beäugte Summer begierig von Kopf bis Fuss. Gerade, als er nach ihr greifen wollte, überkam es sie. Wortlos und gefährlich starrte sie ihn an, ihr Körper steif und gerade. Eine wilde Macht übernahm ihren Verstand.

" Sartan!" Es war nur ein leises Murmeln.

Gerade, als er seine Hand nach ihr ausstrecken wollte, blieb er wie versteinert in seiner Bewegung stehen. Aus grossen Augen starrte er sie an, unfähig, etwas zu sagen oder sich zu bewegen.

Summer stand einfach nur da, keine Mimik, keine Regung. "Scheisse, verflucht. Was soll der Mist?" hörte sie jemanden sagen, der neben ihm stand. Vermutlich sein Kollege.

"Scheisse, was ist denn mit dem los?" hörte sie schliesslich auch die vertraute aber verwirrte Stimme ihrer Freundin hinter ihrem Rücken. Erst jetzt blinzelte Summer benommen und nahm wahr, was hier vor sich ging.

Das war nicht gut. Ganz und gar nicht gut.

Der Glatzkopf liess seinen Arm im selben Augenblick wieder sinken und starrte immer noch gebannt darauf, dann zu seinen Freunden, und wieder auf den Arm.

Das war ihre Chance, sie mussten von hier weg. "Komm Lydia, lass uns verschwinden."

Niemand bemerkte, dass die beiden Frauen zur Bar zurück schlichen. Die Typen waren zu sehr mit der Arm-Geschichte beschäftigt.

"Hast du das gesehen?" fragte Lydia beinahe hysterisch, als sie vor Greg standen, dessen Gesichtsausdruck darauf hindeutete, dass er keine Ahnung hatte, wovon sie sprach.

Gut so, dachte Summer erleichtert.

"Der Typ ist erstarrt wie eine Statue...verflucht, das hättest du sehen sollen."

Lydia stand noch immer der Mund offen vor Staunen. Summer schluckte und riss sich so gut sie konnte zusammen. "Es ist immer dasselbe mit diesen Arschlöchern. Immerzu müssen sie eine Show abziehen." murmelte sie trocken. "Was hätte er denn mit dieser Szene beweisen wollen? Es sah eigentlich ziemlich echt aus."

Lydia versuchte immer noch, die Situation zu begreifen, und Greg, nun offensichtlich wütend, wollte endlich wissen, was passiert war. Und während Lydia ihm in kurzen Sätzen den Übergriff schilderte, erkannte Summer, wie er sich anspannte und sein Blick immer grimmiger wurde, bis sie nur noch hörte: „ Nicht in meiner Bar! Und schon gar nicht mein Mädchen!"

Na endlich!

Es war eindrücklich mitanzusehen, wie er sich über die Theke schwang, den erstaunten Glatzkopf packte und ihn am Kragen aus der Bar, aus seiner Bar warf. Die anderen Gäste beobachteten das kurze Spektakel interessiert. Als Greg nach ein paar Minuten wieder hinein kam, Summer konnte sich vorstellen, was draussen noch abgegangen war, schien er wieder völlig ruhig zu sein. Er lächelte seinen Gästen zu und trat wieder an seinen Arbeitsplatz, als ob nichts gewesen wäre. Einzig und allein die kurze Berührung auf Lydias Wange zeugten von seiner Sorge um sie. Es war förmlich im Raum zu spüren, welchen Respekt er bei seinen Gästen genoss und das freute Summer zu tiefst.

Als der ganze Trubel vorbei und wieder Normalität eingekehrt war, lächelte Lydia plötzlich kindlich.

„Vielleicht hat er einen Chip im Kopf, der ihn daran hindern soll, Böses zu tun. Wisst ihr, wie bei Spike, dem Vampir aus der Serie Buffy..."

Es dauerte einen Moment, bis klar wurde, wen sie damit meinte und nach ein paar weiteren Sekunden brachen Greg und Lydia in schallendes Gelächter aus.

"Solche Witzfiguren, also ehrlich." schüttelte Georg immer noch lachend den Kopf

Erleichtert lachte Summer jetzt mit, nur froh, dass das Thema somit beendet war.

Der Abend neigte sich dem Ende zu und Summer verliess das ungute Gefühl nicht mehr, dass sie einen riesigen Fehler gemacht hatte. So lange ist es jetzt schon her und sie hatte sich doch geschworen, vor ihrer Vergangenheit zu fliehen und nicht, sie wieder hervorzugraben, wenn die Situationen brenzlig werden. Genau das hatte sie erst in diese Schwierigkeiten gebracht, vor denen sie floh. Und bis jetzt hatte sie sich doch auch im Griff gehabt. Was hatte sich jetzt bloss verändert?

Während sie schliesslich zusammen mit Lydia die Bar verliess, um mit ihr auf das Taxi zu warten, welches Greg ihnen gerufen hatte, redete diese wieder von diesem Glatzkopf. "Ich verstehe das nicht, Sum...wie kann so was passieren? Ich meine, dass jemand plötzlich so erstarrt?" Summer blickte ihre Freundin besorgt an bevor sie dann den Kopf zum Himmel hob. Er war voller Sterne, die Nacht war glasklar und der Mond stand in seiner ganzen Grösse am Himmel.

Oh nein, was habe ich getan, dachte sie voller Wut gegen sich selbst und schloss kurz die Augen.

"Summer? Alles in Ordnung?" Lydia legte sanft ihre Hand auf Summers Arm. Doch anstatt zu antworten nickte diese nur. Was sollte sie auch dazu sagen?

Nach einer weiteren kleinen Ewigkeit hörte sie das Taxi heranfahren, und erst da öffnete sie wieder ihre Augen und bemerkte, dass Lydia sie voller Sorgen anstarrte. "Wo warst du gerade?"

"Was meinst du? Hier natürlich...Was soll denn diese komische Frage?"

Summer verstand gerade gar nichts und schaute ihre Freundin merkwürdig an.

"Na klar warst du hier, aber trotzdem wieder nicht... ich habe dich geschüttelt und gerufen, und du hast keinen Wank gemacht... gar nicht reagiert!"

Jetzt kapierte Summer wirklich nichts mehr und zog fragend eine Augenbraue hoch.

"Du brauchst mich gar nicht so zu mustern. Mach so was nie wieder Summer, hast du verstanden? Du hast mir einen riesigen Schrecken eingejagt."

Mit diesen Worten stieg Lydia ins Taxi ein. Summer blickte ihr entgeistert nach und versuchte zu verstehen, was ihre Freundin gerade gesagt hatte. Es machte nur keinen Sinn. Alles was sie wusste, war, dass Lydia von dem Glatzkopf gesprochen hatte und sie die Sterne betrachtet hatte. Das war doch gerade eben passiert? Nichts weiter...

"Liebes, steig ein. Ich bring euch nach Hause." wurde sie von Charly, dem väterlichen Taxifahrer aus den Gedanken gerissen.

Es kam nicht oft vor, dass Summer ein Taxi nahm. Doch wenn, dann war es immer dieser Charly, ein herzensguter Mensch. Greg arbeitete mit seinem Unternehmen zusammen. Betreten liess sie ihre Schultern sinken und nahm auch auf der Rückbank des Wagens Platz.

Als Charly losfuhr nahm Lydia Summers Hand und drückte sie sanft. "Ist wirklich alles in Ordnung mit dir?"

Summer nickte und schenkte ihrer Freundin ein mattes Lächeln. "Ich bin einfach nur Müde."

Lydia nickte. "Ja. Ist viel passiert in dieser Woche."

Als Charly vor Lydias Appartementblock anhielt und sie schon ausgestiegen war, drehte sie sich nochmals zu Summer um. "Hab dich lieb Süsse."

Diese Worte wärmten Summers Herz. "Ich dich auch!"

Sie lächelten einander an.

"Ok, danke Charly, fürs heimfahren."

Und weg war sie.

Auch sie verabschiedete sich wenig später von Charly, als sie schliesslich bei ihr ankamen.

"Pass auf dich auf." lächelte er noch, bevor er wegfuhr.

Summer sah sich um. Der sanfte Wind liess die Blätter an den Bäumen rascheln, fast so, als wären es leise Stimmen, und sie ertappte sich dabei, wie sie versuchte zu verstehen, was geflüstert wurde.

Noch bevor sie irgendetwas verstehen konnte, wurde sie von einem knackenden Ast in die Wirklichkeit zurückgeholt. Genau da wurde ihr bewusst, was sie gerade im Begriff war zu tun. Mit wütend geballten Fäusten verfluchte sie sich selbst. Sie war gerade dabei, den Käfig einzureissen, den sie sich selbst aufgebaut hatte, zum Schutz aller, die sie liebte. Das durfte sie auf keinen Fall zulassen. Was war nur in sie gefahren? Summer stapfte zum Eingang und ging mit schnellen Schritten ins Haus.

In dieser Nacht machte sie kein Auge zu, und trotzdem verbot sie sich am frühen Morgen, zu ihrem Ritual und zur Abtei zu gehen. Heute nicht. Zu gefährlich.

Kapitel 8

Der Zeiger ihres Weckers stand endlich auf sieben Uhr. Summer hatte darauf gewartet, bis sie endlich aufstehen konnte. Es war Zeit für die Arbeit. Sie sprang förmlich aus dem Bett und öffnete ein Fenster. Es war ein wunderschöner Sommermorgen, und der Frieden deutete auf nichts mehr hin von der vergangenen Nacht.
Auch der weitere Tag verlief ereignislos und ruhig. Die Monotonie der Arbeit liess sie in ihre Lethargie zurücksinken und beruhigte sie. Schliesslich beschloss sie, nach Feierabend doch noch ihren Vater in der Abtei zu besuchen.

Das Telefon klingelte zwei, drei Mal, bevor es verstummte, während Summer mit Benjamin auf der Veranda sass und Kaffee trank. Pater Noah musste es in seinem Büro abgenommen haben.
Gerade nahm sie einen weiteren Schluck des warmen Gebräus, als dieser im Türbogen erschien. In seinem Gesicht hatten sich Sorgenfalten breitgemacht und erschrocken hielt sie inne.
"Pater Noah... was ist los?"
"Das war das Krankenhaus." antwortete er leise. "Charly hatte einen Unfall gestern Nacht."
Pater Noah und Charly waren gute Freunde. Und natürlich besuchte Charly jeden Sonntag die Messe.
"Waaas?" schrie Summer auf und schoss von ihrem Stuhl hoch. "Wie geht es ihm? Hat er... ich meine, ist er..."
"Es geht ihm den Umständen entsprechend gut." Pater Noah trat zu ihr und legte ihr tröstend eine Hand an die Wange. "Er hat eine schwere Hirnerschütterung und sein rechter Arm ist gebrochen."

Erleichtert seufzte Summer auf und liess sich gegen den Pater sinken. "Können wir ihn besuchen?"

"Wie wär's, wenn wir nach der Abendmesse hinfahren?" Sachte strich er ihr über den Kopf, während sie träge nickte.

Beide waren sie mit ihren eigenen Gedanken beschäftigt. Während der Pater innerlich seine Predigt vorbereitete, arbeitete Summers Verstand auf Sparflamme. Immer wieder kam ihr die letzte Nacht in den Sinn, diese merkwürdige Stimmung. Sie sah Charly vor ihrem inneren Auge, wie er ihr zulächelte. "Pass auf dich auf." hatte er noch gesagt. Hätte sie etwas ändern können wenn sie nicht so mit sich selbst beschäftigt gewesen wäre? Oder noch schlimmer... hatte sie dies vielleicht sogar verursacht, weil sie die Kontrolle über ihren Käfig verloren hatte? Nein, das durfte nicht sein. Sie hatte keine Ahnung, wie er das machte, aber plötzlich hörte sie Pater Noahs strenge Stimme. "Summer, hör auf die Schuld bei dir zu suchen!"

Erschrocken starrte sie ihn an. Konnte er ihre Gedanken lesen? "Pater, ich..."

"Nein, mein Engel. Das lasse ich nicht zu. Wir werden darüber reden, wenn wir vom Krankenhaus zurück sind. Bis dahin beruhige dich."

Jetzt umspielte ein verständnisvolles Lächeln seine Augenwinkel. "Lass uns zur Messe gehen."

Seine Predigt an diesem Abend war wunderschön. Gebannt hörte Summer in ihrer Kutte Pater Noahs Worten zu, wie er die Menschen segnete, welche die Kranken pflegten. Wie er um Gottes Kraft bat für alle, die zu kämpfen hatten, in jeder erdenklichen Weise. Es beruhigte sie, den Frieden in der Kapelle zu spüren.

Sie war so sehr in diesem Gefühl versunken, dass sie die Kleine gar nicht wahrnahm, die da in der zweiten Reihe neben ihrer Mutter sass und sie gebannt anstarrte.

Später machten sie sich auf den Weg ins Krankenhaus. Pater Noah parkte seit langem wieder einmal Summers alten Wagen aus seiner zur Garage umfunktionierten Holzhütte aus. Sie brauchten den alten, dunkelblauen Ford nur sehr selten, da beide nicht gerne Auto fuhren.
"Das war eine sehr schöne Predigt heute, Pater." seufzte Summer, als sie vor dem Krankenhaus parkierten.
"Das freut mich, dass es dir gefallen hat." lächelte er während er ausstieg. "Ich habe sie auch für dich ausgesucht."
"Ich weiss." murmelte sie.
Zusammen betraten sie das Krankenhaus. Es roch nach Sterilität, aber auch nach Hoffnung und Hilfe, fand Summer. Dass sie in der Öffentlichkeit zusammen gesehen wurden, kümmerte sie jetzt überhaupt nicht. Was war schon dabei, wenn sie einen Krankenbesuch eines lieben Freundes mit dem Pater zusammen unternahm?
Pater Noah hatte so oder so nie ein Problem damit. Das war einzig und allein ihre Sorge.

"Wir möchten bitte zu Charly Richmond, er wurde gestern Nacht eingeliefert." hörte sie den Pater zu der beschäftigt wirkenden Dame am Empfang sagen.
"Oh Pater Noah. Ja natürlich, lassen sie mich nachsehen." Sie tippte etwas in den Computer vor ihrer Nase ein, bevor sie ihm die Zimmernummer zusammen mit einer Wegbeschreibung durchgab.
Freundlich bedankte er sich und ging mit Summer im Schlepptau den angewiesenen Gang entlang. Vor Zimmer 106 blieb er stehen und klopfte an, bevor er die Tür öffnete.

Summer schnürte es die Kehle zu als sie den alten Charly mit geschlossenen Augen in diesem Krankenbett liegen sah. Sein Gesicht war übersät mit blau-violetten Flecken und kleinen Schrammen, vermutlich von Glassplittern. Um seine Stirn war ein weisser Verband wie ein Turban aufgewickelt, sein rechter Arm war geschient und ruhte nun erhöht auf einem Kissen, welches auf seiner Brust lag.

Charly musste bemerkt haben, dass jemand den Raum betreten hatte, denn er öffnete seine müden Augen.

"Pater, Summer. Wie schön." stöhnte er leise.

"Charly, wie geht es dir." lächelte Pater Noah fürsorglich und ging auf das Bett zu, während Summer noch immer wie angewurzelt bei der Türe stehen blieb.

"Ach na ja, so leicht wird man mich nicht los." versuchte Charly zu scherzen, zuckte aber sogleich zusammen. "Meine Rippen sind geprellt, ich sollte wohl eher keine Sprüche machen."

Sein Blick richtete sich auf Summer. "Komm doch näher, Liebes."

Summer zerriss es fast das Herz, ihn so zu sehen, und völlig überfordert sah sie zu Pater Noah hinüber, welcher ihr aufmunternd zu nickte, so dass sie nun aus ihrer Starre erwachte und zu den beiden väterlichen Männern ging.

"Es tut mir so leid, Charly." flüsterte sie den Tränen nahe, als er seinen gesunden Arm nach ihr ausstreckte.

Sanft gab sie ihm ihre Hand.

"Es ist halb so wild, sieht vermutlich schlimmer aus, als es ist." versuchte er zu lächeln, bevor er wieder aufstöhnte vor Schmerz.

"Wie ist das denn passiert Charly?" wollte Pater Noah wissen.

Charlys Stirn legte sich in Falten und er dachte nach, bevor er antwortete. "Wenn ich das wüsste..."

Es folgte eine Pause.

"Nachdem ich Summer zu Hause abgesetzt habe, ging alles ganz schnell. Ich war auf der Hauptstrasse, ganz alleine. Ich könnte schwören, da war kein anderes Auto weit und breit. Trotzdem wurde es plötzlich ganz hell und ich wurde von der Seite gerammt." Während Charly erzählte, beobachtete Pater Noah Summer aus den Augenwinkeln, wie sie immer bleicher wurde und schwer schluckte. Er wusste ganz genau, was in ihrem Kopf vorging. Darum musste er sich wirklich später kümmern, bevor sie sich wieder in sich zurückzog, wie es am Anfang gewesen war.

"Vermutlich irgendein angetrunkener Fahrer, der die Kontrolle über sein Fahrzeug verloren hatte, und dann Fahrerflucht beging." schloss Charly seine Erzählung ab.

Summers Gedanken überschlugen sich. Sie wünschte sich nur zu sehr, auch wenn es die Situation für Charly nicht verbesserte, dass es so war, wie er glaubte. In ihrem Innern jedoch kroch die Panik immer mehr in ihren Verstand hinauf.

Was, wenn es doch ganz anders war?

Ob sie wollte oder nicht, sie musste der Sache auf den Grund gehen. Sie musste Gewissheit haben, dass es nicht das war, was ihr jetzt solche Angst machte.

"Wo ist dein Auto jetzt, Charly?" fragte sie plötzlich leise.

"In McGees Garage am Stadtrand. So, wie man mir sagte, ist die linke Seite völlig eingedrückt." stöhnte Charly. "Ich hoffe, McGee kann es reparieren. Ich kann mir kein neues Auto leisten und die Versicherung bezahlt nicht bei Fahrerflucht, da es keine Beweise gibt."

Summer blickte zu Pater Noah übers Bett, und in ihrem Blick lag eine tiefe Bestimmtheit. Pater Noah nickte ihr zu. Er wusste, was sie vor hatte.

"Wir reden später. Geh ruhig."

"Wo willst du hin?" wollte Charly wissen.

Summer war bereits bei der Tür als sie sich noch mal umdrehte, um Charly zu antworten. "Ich werde kurz mal in diese Garage gehen, um mit diesem McGee zu reden. Dann kann ich dir beim nächsten Besuch mehr sagen." Schon war sie aus dem Zimmer verschwunden.

Zu Fuss machte sie sich auf den Weg an den Stadtrand, zu dieser Garage. Sie wusste nicht, was sie sich davon versprach, aber in ihrem Innern pochte ein Verlangen, das Auto zu sehen. Es widerstrebte ihr eigentlich, mit diesem McGee zu reden, aber da sie es Charly jetzt nun mal versprochen hatte, blieb ihr nichts anderes mehr übrig. „Manchmal redest du einfach viel zu schnell, ohne darüber nachzudenken!" schimpfte sie innerlich mit sich selbst.

Der Marsch dauerte eine gute halbe Stunde. Dann plötzlich konnte sie am Waldrand den blechernen Schuppen mit der Aufschrift "McGee und Sohn, Autogarage" sehen.

Beim Gebäude angekommen öffnete sie die quietschende Eingangstüre.

"Hallo?" rief sie in den grossen Raum hinein.

Es roch nach Benzin und Abgas, jedoch war keine Menschenseele zu sehen. Kein Wunder, es war bereits neun Uhr abends, und wer arbeitete um diese Zeit noch? Summer blickte sich um. Drei Autos standen in der Garage. Eines war auf einem grossen Hebellift gute zwei Meter vom Boden entfernt. Ein anderes stand mit offener Motorhaube daneben. Und das dritte, Charlys Taxi, stand etwas weiter hinten, scheinbar noch unberührt. Sie gab sich einen Ruck und schritt mit einem merkwürdigen Gefühl darauf zu.

Sie erschrak, als sie das Auto von Nahem sah. Die linke Seite war vollkommen eingedrückt, die Frontscheibe ganz und gar zersplittert.

"Oh mein Gott!" flüsterte sie benommen.
Unsicher streckte sie ihre Hand nach der eingedrückten Seite aus. Kaum berührte ihre Hand das zerschundene Metall, durchjagten Bilder ihren Kopf. Visionen, wie sie sie schon lange nicht mehr hatte. Sie sah, wie ein Lichtkegel gezielt und rasend schnell in das Auto prallte und dort verharrte, fast so, als ob der ganze Schaden, den er zufügte, gewollt und kalkuliert war. Dann war der Lichtblitz genauso schnell wieder verschwunden, und sie sah Charly, wie er stöhnend im Fahrersitz hing, der rechte Arm völlig verdreht und mit blutendem Gesicht.

Summer zog ihre Hand abrupt zurück und taumelte rückwärts, bis sie über etwas stolperte, nur um sich in starken Armen wieder zu finden, bevor sie am Boden landen konnte.
"Nicht so stürmisch, meine Schönheit." hörte sie eine ihr bekannte Stimme neben ihrem rechten Ohr und blinzelnd blickte sie auf.
"Jon..." rief sie entsetzt.
Er lächelte zuckersüss, bemerkte aber sofort das blasse Gesicht dieser so schönen Frau. Um seine Sorge zu überspielen versuchte er, völlig belanglos zu sein. "Ich wusste gar nicht, dass du mich so verzweifelt gesucht hast."
Er stellte sie aufrecht hin und wartete, bis sie ihr Gleichgewicht gefunden hatte, bevor er sie widerwillig losliess.
Summer, welche so langsam wieder Farbe im Gesicht hatte, betrachtete ihn skeptisch von Kopf bis Fuss. Auf die Frage, was er hier zu suchen hatte, konnte sie sich die Antwort auch sofort selber geben. Sein nackter, muskulöser Oberkörper war nur spärlich von einer blauen, ölverschmierten Arbeitslatzhose bedeckt. In der linken Hand hielt er irgendetwas, was wie ein Teil eines Auspuffrohrs aussah. Er sah einfach göttlich aus. Und er arbeitete hier.

"Geht's wieder?" hörte sie ihn fragen und in seiner Stimme schwang aufrichtige Sorge mit.

"Ja...ja." seufzte sie, als ihr bewusst war, in welcher peinlichen Situation sie sich schon wieder befand.

Vor noch nicht langer Zeit hatte sie ihn stehen lassen, und jetzt stand sie vor ihm, nachdem sie sich in seine Arme hat fallen lassen.

"Es tut mir leid, dass ich hier einfach so reingeplatzt bin. Ich habe gerufen, aber niemand hat geantwortet." versuchte sie jetzt beschämt sich zu erklären.

Jon lächelte abermals mit aufmerksamen Augen.

"Das macht doch nichts. Ich war nur kurz hinten im Lager, darum habe ich dich nicht gehört."

Dann blickte er zum Taxi hinüber, bei welchem er sie zuvor hat stehen sehen, bevor sie aus irgendeinem Grund rückwärts taumelnd über seinen Fuss gestolpert war, als er schon fast hinter ihr gestanden hatte.

"Suchst du etwas Bestimmtes?"

Summer hatte sich nun wieder gefangen und blickte ebenfalls zum Taxi. "Ja, ich wollte sehen, wie schlimm es um Charlys Auto steht."

Obwohl Jon nur zu bewusst war, dass sie gewiss nicht wegen ihm hier war... woher sollte sie auch wissen, dass es seine Garage war...versuchte er, sich seine Enttäuschung nicht anmerken zu lassen.

"Du kennst Charly?" Es gelang ihm ganz gut, wie er fand.

Summer nickte. "Ja. Sein Taxi ist seine Existenz."

Sie schluckte schwer, fast so, als würde sie dem Weinen nahe sein. Am liebsten hätte er sie in seine Arme gezogen.

"Darum hoffe ich sehr, dass du es reparieren kannst."

Hoffnungsvoll blinzelte sie jetzt direkt in seine Augen.

Wie hätte er diesen wunderschönen, grossen Augen etwas ausschlagen können. Natürlich war ihm klar, dass dieses

Unterfangen beinahe Aussichtslos war. Der Schaden an diesem Auto war erheblich. Er wusste nicht, ob er es überhaupt ausbeulen konnte.

Trotzdem antwortete er beruhigend: "Ich werde mein Möglichstes versuchen, Summer. Das verspreche ich dir."

Und das sanfte, schüchterne Lächeln, welches sie ihm nun schenkte, gab ihm den nötigen Ansporn, sein Allerbestes zu geben. Auch für den alten Charly, den er schon sein Leben lang kannte.

"Danke." hörte er sie flüstern.

"Gerne." flüsterte er beinahe auch zurück.

Sie sah ihn noch einen Moment lang an, bevor sie sich dann verabschiedete und eilig zur Türe hinaus verschwand.

Was für eine verwirrende Frau, dachte sich Jon, als er ihr ehrfürchtig nachstarrte. Es kribbelte in seinem Bauch, wie immer, wenn er an sie dachte.

Kapitel 9

Summer rannte fast den ganzen Weg zurück in die Abtei. So viele Eindrücke tobten in ihrem Verstand, sie konnte keinen klaren Gedanken fassen. Auf keinen Fall wollte sie jetzt zurück in ihre Wohnung.

Bei der Abtei angekommen rannte sie sofort zu der Kapelle und öffnete die grosse Tür. Mit grossen Schritten hastete sie zu der vordersten Sitzbank und setzte sich schwer atmend hin. Immer wieder las sie den Satz am Altar, bis sie sich beruhigte.

Die friedvolle Stimmung in der Kapelle hatte sie eingehüllt und sie schloss die Augen schliesslich. Eine ganze Weile sass sie einfach nur da und versuchte, nicht nachzudenken, als sie die schwere Holztüre aufgehen hörte.

Summer brauchte sich nicht umzudrehen, sie wusste, dass es der Pater war.

"Summer, was ist passiert?" Pater Noah setzte sich neben sie auf die Bank.

Diese vertraute und liebevolle Stimme war es, die es ihr jetzt erlaubte, sich gehen zu lassen und Tränen rannen ihr lautlos über die vom Rennen noch geröteten Wangen.

"Pater, ich glaube, ich bin an allem Schuld."

"Was redest du denn da? Nichts ist deine Schuld." Er legte seine Hand auf ihren Arm.

"Doch." schluchzte Summer. "Gestern Nacht habe ich mich nicht unter Kontrolle gehabt. Ich habe es zugelassen, dass sie mich auffinden konnte."

Sie erzählte ihm die ganze Geschichte mit Lydia und dem Glatzkopf.

"Meine Wut war so gross, dass ich meine mentalen Kräfte walten liess."

Pater Noah sah sie verständnisvoll an, obwohl er nicht wirklich verstand, worauf sie hinauswollte. Und doch fügten sich die Puzzleteile in seinem Kopf immer mehr zusammen. Schon lange hatte er den Eindruck zu ahnen, was mit seinem Schützling los war. Manche nannten dies wohl Intuition, er wusste, es war göttliche Eingebung.

"Du hast deine Freundin beschützt, Liebes. Hat sie denn etwas bemerkt?"

Summer schüttelte den Kopf. "Nein, da noch nicht." Sie machte eine Pause, bevor sie dann hinzufügte: "Aber nachher draussen, da war ich wie in Trance und habe nicht mitbekommen, dass sie mit mir redete, oder mich gar anstiess. Ich war meilenweit weg, wie sie mir nachher mitteilte. Und das hat ihr Angst gemacht. Danach sind wir ins Taxi zu Charly gestiegen und er hat uns nach Hause gefahren."

Jetzt sah sie mit hartem Blick in seine gutmütigen Augen.

"Ich habe sie gerufen. Jetzt ist niemand mehr sicher."

Ihr war bewusst, sie hatte schon zu viel gesagt, und es gab kein zurück mehr. Doch sie vertraute ihm. Sie musste endlich mit jemandem reden. Auch wenn sie noch nicht bereit war, die ganze Wahrheit zu erzählen.

"Summer..."

"Nein, Pater." unterbrach sie ihn. "Charlys Unfall... da war kein anderes Auto involviert. Das war nur sie. Ich hab's gesehen."

Sie erzählte ihm auch das, während er mit besorgter Miene zuhörte.

Als sie ihre Erzählung beendet hatte, seufzte er und tätschelte erneut ihre Hand.

"Ich glaube nicht, dass sie, wer auch immer sie ist, dich gefunden hat, mein Engel. Sonst hätte sie direkt hier angegriffen und nicht Charlys Taxi. Ich denke, dass deine

Energie einfach noch im Auto hing und darum hat sie dich dort vermutet."

Konnte das sein? Hatte Pater Noah möglicherweise recht? Sie wünschte es sich so. Wenn sie sich in Zukunft wieder im Griff hatte wäre vielleicht alles wieder ruhig?

"Vielleicht ist es an der Zeit, dich deiner Vergangenheit zu stellen und zu akzeptieren, wer du bist." unterbrachen die ruhigen Worte des Paters ihre Gedanken.

Seufzend schloss Summer ihre Augen. "Noch nicht. Ich bin noch nicht bereit dazu."

Er verstand sie und wollte sie auch zu gar nichts zwingen. Er war für sie da, egal, wann sie denn dafür bereit war.

"Pater?" fragte Summer schliesslich mit noch immer geschlossenen Augen.

"Hmmm?"

"Kennst du einen Jonathan? Er arbeitet in dieser Garage, wo Charlys Taxi jetzt ist."

Summer musste einfach nach diesem attraktiven Mann fragen, denn auch er brachte ihre Gedanken völlig durcheinander, ob sie nun wollte oder nicht.

"Das ist Jonathan McGee, er arbeitet nicht dort, ihm gehört die Garage, seit sein Vater vor zwei Jahren verstarb. Er hatte einen Herzinfarkt."

Jetzt öffnete sie ihre Augen wieder und blickte bestürzt zum Pater hinüber.

"Oh, das tut mir leid für ihn." flüsterte sie voller aufrichtigem Mitleid für Jon.

Pater Noah nickte und lächelte sie verschmitzt an.

"Er ist ein guter Junge. Kümmert sich rührend um seine Mutter und seine Schwester. Jonathan hat sein Herz am richtigen Fleck, wenn ich dir das sagen darf."

"Oh nein, Pater." schüttelte Summer heftig ihren Kopf.

"Ich habe nur gefragt, weil er mir versprochen hat, dass Charly sein Auto wiederbekommt. Ich wollte nur wissen, ob er zu seinem Wort steht."

Ein mieser Versuch, sich rauszureden.

Pater Noah grinste immer noch, ging aber nicht weiter darauf ein.

"Wenn er es versprochen hat, wird er bestimmt sein Möglichstes tun. Und nun lass uns ins Haus gehen und eine Tasse Tee trinken. Das wird deine Nerven beruhigen."

Er stand auf und reichte ihr seine Hand. Dankbar nahm sie sie entgegen und liess sich von ihm aufziehen.

Summer klammerte sich an die Worte des Paters. Noch waren sie in Sicherheit, und das würde so bleiben.

Kapitel 10

Am nächsten Morgen erwachte Summer wieder vor dem Alarm ihres Weckers. Es war kurz vor fünf Uhr und sie fühlte sich so richtig ausgeschlafen. Der Tee, den ihr Pater Noah am Abend noch gebraut hatte, bevor sie schliesslich gegen Mitternacht zurück in ihre Wohnung ging, beruhigte wirklich ihr aufgewühltes Gemüt und machte sie schläfrig. Sie fragte sich, was er wohl in das Getränk hinein gemixt hatte... bestimmt irgendein Kräutchen aus seinem Garten.

Nach der ganzen Aufregung der letzten Tage und dem gestrigen Erlebnis wollte Summer jetzt ganz sicher nicht ihr Glück herausfordern und zur Meditation unter ihrem Lieblingsbaum gehen. Sie überlegte einen Augenblick, bevor sie sich entschloss, einen Waldspaziergang zu machen. Schnell schnappte sie sich eine schwarze Jogginghose und ein schwarzes Trägertop aus dem Schrank und ging ins Bad. Kurze Zeit später verliess sie die Wohnung.

Es war ein schöner Sommermorgen. Ein sanftes, aber erfrischendes Lüftchen liess die Blätter an den Bäumen tanzen. Die Vögel erwachten und musizierten mit ihren Stimmchen. Sie liebte den Wald und seinen Frieden. Er schenkte ihr eine tiefe Geborgenheit, obwohl sie sich von ihm abgewandt hatte. Immer tiefer folgte sie einem kleinen, moosüberwachsenen Pfad in den immer dichter werdenden Wald hinein.

Plötzlich lichtete sich der Weg und nach ein paar Metern stand sie vor einer grossen Wiese. Sie betrachtete den wunderschönen Anblick der vielen Wildblumen, welche noch feucht vom Morgentau in der Sonne glitzerten. Ihr Blick schweifte weiter über die Wiese. Weiter vorne schlängelte sich ein Bächlein durch sie durch, dem ihre Augen nun folgten, bis sie plötzlich erstarrte. Dort drüben, am anderen Ende der Wiese, trainierte jemand wie ein Wahnsinniger. Als sie genauer hinsah, erkannte sie ihn. Jonathan. "Verflucht." stöhnte sie benommen auf. "Das darf doch nicht sein wahr sein! Wieso treffe ich immer wieder auf ihn?" Einen Moment verharrte sie und beobachtete ihn, wie er irgendeine Kampfkunst vollführte. Leider hatte sie gar keine Ahnung, welche Art von Kampfsport das sein sollte. Greg hätte jetzt bestimmt eine Antwort parat gehabt. Aber eigentlich war es ja auch gar nicht wichtig. Es war einfach faszinierend, mit welcher Kraft und Eleganz er die Bewegungen ausführte. "Was machst du da?" murmelte sie schliesslich verlegen, als sie bemerkte, wie sie ihn angestarrt haben musste. Und gerade als sie sich zum Gehen umdrehte, tauchte dieses Mädchen vor ihr auf.

"Oh hallo" jubelte das Kind erfreut. "Machst du einen Morgenspaziergang?"

Summer nickte. "Ja, aber ich wollte gerade zurückgehen."

Das Mädchen starrte sie an. In ihrem Blick lag etwas Merkwürdiges und Summer bekam es mit der Angst zu tun. Hatte sie sie in der Kapelle vielleicht doch erkannt? Doch plötzlich zeichnete sich ein Lächeln auf ihren sanft rosafarbenen Wangen ab.

"Warte noch, ich möchte dir meinen Bruder vorstellen. Er ist da vorne."

Die Kleine zeigte mit ihrem Finger über die Wiese zu Jon. "Er trainiert viel."

Ihr Bruder? Jon war ihr Bruder... Wie viele verrückte Zufälle sollte es noch geben?

"Vielleicht ein anderes Mal. Jetzt muss ich wirklich..."

Doch das Mädchen liess sie gar nicht erst ausreden, sondern schnappte sich ihre Hand und zog die völlig perplexe Summer bereits hinter sich über die Wiese.

Oh nein, dachte Summer, das ist gar nicht gut. Eigentlich wollte sie sich am liebsten losreissen und wegrennen. Aber es war bereits zu spät. Die Kleine schrie mit ihrem feinen Stimmchen über die ganze Wiese zu ihrem Bruder hinunter, welcher sofort im Training innehielt und zu seiner Schwester hinüberblickte.

"Jon...Jon...sieh mal, die Frau, von der ich dir erzählt habe." Ein Lächeln umspielte seine Mundwinkel als er erkannte, wen die Kleine da an der Hand zu ihm herschleppte. Und als er den völlig entgeisterten Gesichtsausdruck von Summer sah, musste er verschmitzt Grinsen. Er bückte sich, um sich ein Handtuch, welches er vor sich auf den Boden geworfen hatte, aufzuheben. Seine Rückenmuskulatur glänzte bei jeder Bewegung vor Schweiss in der Sonne.

Er wischte sich sein Gesicht und den Oberkörper ab und Summer konnte jeden einzelnen Muskel an seinem wunderschönen, stählernen Oberkörper sehen. Fast schmerzlich musste sie schlucken, damit sie überhaupt einen Ton hinaus bekam.

"Hallo." sagte sie mit kehliger Stimme.

Die Kleine war inzwischen bei ihrem Bruder und er strich ihr zärtlich über die Haare.

"Guten Morgen. Verfolgst du mich vielleicht doch?" lächelte er süffisant.

Noch bevor Summer eine abwehrende Antwort geben konnte, veränderte sich sein Gesichtsausdruck und er kam näher. Viel zu nah. Sie konnte seinen männlichen Duft in ihrer Nase nur zu gut riechen. Es war betörend. Moschus, mit Caramel? Jon blickte tief in Summers Augen. Sein Gesicht war dem ihren so nah, es fehlte nicht viel, und ihre Nasen hätten sich berührt.

"Ja." flüsterte er. Er war sichtlich um Fassung bemüht. Wieso nur fiel es ihm so schwer, bei dieser Frau seine Hände bei sich zu behalten. „ Ich hoffe, du verfolgst mich." "Jonathan" wetterte die Kleine. „ Was machst du da, willst du sie fressen?" Verwirrt blickte er zu seiner Schwester hinunter, bevor er, eine Entschuldigung murmelnd, wieder auf Abstand ging. "Natürlich nicht, Emma... ich fresse nur kleine Mädchen wie dich." Liebevoll strich er über die Wangen der Kleinen. Emma, wie Summer nun wusste, die jetzt schelmisch lächelte, antwortete schulterzuckend: „ Mich kannst du aber auch nicht fressen." "Bist du dir da so sicher Süsse?" Jon kniete sich verspielt knurrend vor ihr nieder und die unglaubliche Sensibilität, die er jetzt ausstrahlte, haute Summer fast um.

Emma kicherte unschuldig, als er sie packte und kitzelte. Alle Muskeln an seinem Körper schienen zu tanzen bei jeder noch so kleinen Bewegung. Noch schöner jedoch war das herzliche Lächeln, welches seine markanten Gesichtszüge erweichten und seine wunderschönen, grünen Augen aufleuchten liess. Summer schluckte schwer, als sie erneut bemerkte, wie sie ihn anstarrte. Innerlich verfluchte sie sich. Schon wieder.

Erst, als Jon sich wiederaufrichtete und in seiner vollen Grösse vor ihr stand, konnte sie ihre Augen endlich von ihm losreissen. Jedoch machte er keine Anstalten, sein verdammtes T-Shirt wieder anzuziehen. Summer traute sich nicht mehr, ihn anzuschauen. Er durfte auf keinen Fall wissen, wie sie auf ihn reagierte. Sie biss sich fest auf die Unterlippe, um ihre verdammte Erregung zu unterdrücken. Ihr treuloser Körper liess sie im Stich.

Jonathan selbst betrachtete sie mit unverhohlener Interesse, beinahe ehrfürchtig.

„ Jedoch würde ich alles für einen kleinen Biss an diesem wunderschönen Hals geben."

Für einen Moment wirkte er völlig erschrocken, hatte er das wirklich eben laut gesagt? Summers wunderbare, blaue Augen wurden gross wie Teller. Doch noch bevor er sich entschuldigen konnte, konterte sie unerwartet.

„ Sei gewarnt, ich werde mich zur Wehr setzten."

In ihrem Blick lag etwas Dunkles, Sehnsüchtiges. Hatte er sich doch nicht getäuscht? Hatte sie vielleicht doch ein ähnliches Verlangen nach ihm? In seinem Gefühl bestärkt hoben sich seine Mundwinkel zu einem warnenden Lächeln.

"Alles andere hätte mich auch enttäuscht."

Er machte einen Schritt auf sie zu und stand nun wieder ganz nah vor ihr. Wieder nahm sie seine aufregende Männlichkeit bis in ihren Unterleib wahr.

"Herausforderung angenommen." flüsterte er und Summers Nackenhaare stellten sich auf vor... Erregung?

Du meine Güte. Hatte sie ihn jetzt tatsächlich dazu provoziert, ein Spiel daraus zu machen?

Sie räusperte sich und als sie ihre Stimme wiederfand, machte sie einen Schritt zur Seite. Sie musste schleunigst von ihm weg.

"Ich sollte jetzt gehen." Ihre Stimme war Gott sei Dank wieder kräftig genug.

"Ok." Hörte sie da wirklich Bedauern aus diesem einzelnen Wort heraus?

Summer vermied es, ihn nochmals anzusehen und verabschiedete sich. Mit einem kurzen Blick zu Emma stellte sie fest, dass diese zufrieden lächelnd dastand, und die beiden einfach beobachtete. Oh Mann, da hatte sie sich in etwas reingeritten.

Jonathan sah ihr noch einen Moment lang nach, bis er Emmas kleine Hand an seinem Arm spürte. Sie grinste zu ihm hoch.

" Sie gefällt dir, nicht wahr?"

Er seufzte nickend. "Ja! Und wie sie mir gefällt."

Ja, sein Kampfgeist war geweckt. Er wollte sie, dieses atemberaubende, scheue Geschöpf.

Sein Interesse an ihr war schon da, als er sie zum ersten Mal gesehen hatte. Damals, in Gregs Bar. Er erinnerte sich, wie sie dasass und mit Lydia sprach. Wie sie ihn beherrscht, aber doch neugierig angesehen hatte, nur um ihm dann die kalte Schulter zu zeigen.

Und genau darum hinterliess sie diese Neugier in ihm, weckte eine Lust in ihm, die er nie zuvor so gespürt hatte. Sie reizte ihn. Und sie stellte seine sowieso schon überstrapazierte Geduld auf eine harte Probe. Er wollte sie berühren, besitzen. Dennoch war es ihm absolut bewusst, dass er ganz vorsichtig sein musste. Ein falscher Schritt und sie würde sich wieder vor ihm zurückziehen, wie sie es bisher immer getan hat. Die Begegnung heute sah er als grossen Fortschritt an.

Emma schubste ihn an und holte ihn aus seiner Gedankenwelt zurück. Während er ihre sanften, hellblonden Haare verwuschelte, murmelte er verlegen. "Lass uns nach Hause gehen, du kleines Schlitzohr."

Kapitel 11

Den ganzen Tag über fühlte sie sich völlig aufgekratzt und konnte sich bei der Arbeit beinahe nicht auf ihre täglichen Aufgaben konzentrieren.

Auch in der Bar am Abend herrschte Ruhe. Darum liess sie sich heute nur zu gerne von Lydia und Greg ablenken. Die beiden Frauen standen vor der Bar und hörten dem gutgelaunten Barkeeper zu, wie er einen Witz nach dem anderen erzählte. Er war am Sonntagabend mit Lydia an irgend so einer komischen Standup Comedyveranstaltung gewesen. Und Greg konnte sich einfach alles merken und fast noch lustiger wiedergeben.

Summer musste so herzhaft lachen, dass sie gar nicht mitbekommen hatte, dass sich jemand neben sie gestellt hatte.

Erst als Lydia sie grinsend anstupste, hörte sie Greg laut sagen: "Oh hallo Jon."

Das Lachen blieb ihr augenblicklich im Halse stecken und sie schaute mit grossen Augen auf. Da stand er und sah verdammt noch mal aus wie ein Engel. Ein sanftes Lächeln zog sich über seine markanten Gesichtszüge. Sein weisses Hemd, welches seine kräftige Figur betonte, war bis zur Brust aufgeknöpft und zeigte zu viel bemalte, nackte Haut für ihre Libido (Ihre Gedanken huschten sofort zur Wiese zurück). Die Ärmel hatte er bis zum Ellbogen aufgekrempelt, was seine kräftigen Unterarme präsentierte.

Es war ihr absolut bewusst, dass sie ihn bereits mit vollkommen nacktem Oberkörper gesehen hatte, doch jedes Mal schien er noch schöner zu werden. Wie war das nur möglich?

"Hallo." Verdammte Scheisse, sogar seine Stimme war Musik in ihren Ohren.

Dann senkte er seinen Kopf zu ihr und flüsterte: "Dein Lachen ist wunderschön."

"D-Danke." murmelte Summer verlegen und sie konnte förmlich fühlen, wie sie rot wurde. Wie peinlich wollte sie sich noch benehmen? Das war jetzt genug. Eine leise Entschuldigung murmelnd drehte sie sich abrupt um und ging von der Bar weg. Sie wollte sich nur noch verziehen, am besten in die Toilettenräume, als plötzlich jemand vor ihr stand und ihr den Weg versperrte.

Es war Duncan. Was zum Teufel hatte er hier zu suchen? Hier, an ihrem Zufluchtsort?

"Was willst du?" zischte sie unfreundlich, als sie in sein dämlich grinsendes Gesicht blickte.

Er leckte sich über die Lippen, bevor er antwortete. "Ich habe etwas mehr Freude erwartet, jetzt, da du mich begleiten darfst."

Seine feuchte Hand strich über ihren Arm, welchen sie augenblicklich voller Eckel wegzog. Fragend starrte sie ihn an. Nach einem kurzen Moment lachte er dreckig.

"Ah, sag nicht, du hättest es vergessen? Besagter Mittwoch kommt." Mit diesen Worten liess er sie stehen.

Sie brauchte einen kurzen Moment, bevor sie sich wieder gefangen hatte. Nein, vergessen hatte sie es nicht, aber gut genug verdrängt.

"Alles in Ordnung Summer?" Das war Lydia. "Was wollte dieser Dreckskerl von Dir?"

Langsam drehte sie sich zu ihrer Freundin um. Ganz kurz schwenkte ihr Blick zur Bar, wo Jon immer noch stand. Er sah zu ihr hinüber und sein markanter Kieferknochen zuckte, doch sie konnte seinen Ausdruck nicht deuten. War es Wut? Oder gar Abscheu? Na klar, was musste er auch von ihr denken. Augenblicklich bohrte sich eine imaginäre Faust in Summers Magen und es wurde ihr speiübel. Lydia, die sofort bemerkte, wie blass ihre Freundin geworden war, zog sie so schnell wie möglich zur Toilette.

Dort befeuchtete sie einen Lappen mit kaltem Wasser und reichte ihn Summer.

"Geht's wieder?" flüsterte Lydia.

Summer nickte. "Ich pack das schon. Ist ja nicht das erste Mal."

Aber das erste Mal mit einem miesen Typen wie Duncan, fügte sie im Kopf dazu.

„ Was ist nicht das erste Mal? Summer?"

Reiss dich zusammen, schimpfte sie zu sich selber. Lydia weiss gar nichts über dich. Krampfhaft stellte sie sich wieder gerade hin und versuchte zu lächeln.

Im Spiegelbild konnte sie sehen wie es ihr nur halbherzig gelang. Doch genügte es, um Lydia zu beruhigen. „ Es war nur ein Arschloch, genau wie dieser Glatzkopf vom letzten Mal."

Lydia seufzte auf. "Na komm, ich gebe einen aus."

Und schon wurde sie von ihrer Freundin am Arm gepackt und zur Bar zurück gezogen. Jon war nicht mehr da, wie sie erleichtert feststellte. Stimmte das? War sie wirklich erleichtert oder vielleicht eher enttäuscht?

Es war Greg, welcher anscheinend ihre Gedanken las. „ Jonathan war ganz und gar nicht begeistert."

"Wie meinst du das?" fragte Lydia neugierig.

"Na ja, er sah so aus, als wolle er sich sogleich auf jemanden stürzen. Er war total angespannt."

Wieder war es Lydia, die nachbohrte: "Du meinst, er war wütend?"

"Ach Schätzchen... ich deute das mehr als so was wie Eifersucht." grinste er, und erst jetzt blickte Summer von ihrem Cocktailglas, welches sie in den Fingern hin und her drehte, hoch.

"Ja, Liebes. Richtig gehört." Greg lehnte sich zu ihr hinüber. "Verrat mir doch mal, warum du ihm aus dem Weg gehst?" Summer seufzte tief, bevor sie ihren Blick wieder senkte. "Er ist ganz bestimmt nicht eifersüchtig Greg. Ein Mann wie er kann jede Frau haben. Was will er denn mit einer wie mir? Nein, er ist einfach nur nett, bis auch er schlussendlich die Nase voll hat von mir. Ich bin nicht einfach. Und dann verliert er das Interesse. Glaub mir, ich habe seinen Blick gesehen, und das war nur Abscheu."

Ihre beiden Freunde starrten sie entsetzt an. "Wieso denkst du so über dich?"

Summer sprang vom Barhocker. "Weil es so ist, machen wir uns doch nichts vor. Und so soll es auch sein."

Mit diesen Worten schnappte sie sich ihre Jacke und stürmte aus dem Lokal.

Langsam beruhigte sie sich wieder, während sie nach Hause lief und die Wogen in ihrem Innern sich glätteten. Gott sei Dank. Wenn es ihn denn gäbe.

Kapitel 12

Es war so weit. Mittwochabend, kurz vor sieben. Summer stand vor ihrem grossen Spiegel und betrachtete sich. Leider hatte sie keine Ahnung, wohin sie diesen Dreckskerl begleiten sollte. Deshalb hatte sie sich kurzerhand für ein schwarzes Neckholderkleid, welches ihr bis über die Knie reichte, entschieden. Der Boss sagte, es sollte sexy sein. Vielleicht war es das nicht wirklich, es war eher schlicht und elegant. Aber durch den freien Rücken hatte es trotzdem einen Touch von sexy, wie Lydia sagte. Das Kleid hatte sie natürlich von ihr. Und Summer war es einerlei... es ging hier um Duncan. Sie hätte sich am liebsten in einen Jutesack gewickelt, damit sie seine Hände nicht auf ihrem Körper spüren musste. Denn eines war so sicher wie das Amen in der Kirche: Duncan würde sie angrapschen. Durch den Spiegel hindurch traf sie ihren eigenen Blick. „Keine Angst, dir wird nichts passieren." Sie schenkte sich ein schwaches Lächeln.

Wenig später stand Summer auf dem Gehsteig vor dem Industriegelände und wartete auf die Limousine mit Duncan. Für solche Anlässe hatte Bob eigens ein Auto mit Fahrer, wie er ihr heute früher am Tag bei der Arbeit stolz mitgeteilt hatte. Reichtum soll gezeigt werden, um anzulocken. Summer musste nicht lange darauf warten. Schon nach ein paar wenigen Minuten fuhr die Limo mit dem verhassten Fahrgast vor ihr vor. Der Fahrer, der sich ihr als Luke vorstellte, stieg aus, um ihr die hintere Wagentüre zu öffnen. Dankend stieg Summer ein, nur um im selben Moment in ein lechzendes Gesicht zu blicken.

„Geil siehst du aus. Ein bisschen zu viel Stoff für meinen Geschmack... aber das kann sich ja noch ändern, nicht?" verhöhnte er seine Begleiterin.

Es war so entwürdigend. Trotzdem würde sie damit umgehen können. Sie setzte ihre unbeteiligte Maske auf und verfiel augenblicklich in ihren gewohnten Arbeitsmodus. Hatte sie vorher noch Angst vor diesem Abend mit Duncan, so war diese jetzt verflogen. Abgestellt.

Kaum losgefahren, spürte sie schon die feuchte Hand von ihm auf ihrem linken Bein. Doch sie vermied es, ihn auch nur eines Blickes zu würdigen. Zwar drehte sich ihr Magen um die eigene Achse, aber sie würde das ohne Reaktion erdulden. Summer wusste nur zu gut, dass es ihn nur noch mehr aufgeilen würde, wenn sie ihn wegstiess. Solange es nur seine Hand auf ihrem Bein war...

Die Fahrt dauerte gute zwanzig Minuten, bevor Luke die Limousine vor einem weiteren alten Industriegebäude zum Stillstand brachte. Wie viel Industrie hatte diese Umgebung wohl noch zu bieten?

„Da wären wir. Jetzt geht's los, Baby." hörte sie Duncan das Offensichtliche laut aussprechen.

Er freute sich wie ein kleines Kind und stieg hastig aus dem Auto. Natürlich machte er keine Anstalten, Summer die Türe zu öffnen. Im Gegenteil. Er wartete ungeduldig, während Luke bereits bei ihr war und ihr beim Aussteigen half. Luke war ein ruhiger Mann, sagte kein Wort und es schien ihn auch nicht zu interessieren, was sich auf der Rückbank seines Wagens so abspielte. Er machte einfach seinen Job. Und trotzdem drückte er ganz kurz, beinahe unmerklich, ihre Finger. Fast so, als wollte er ihr viel Glück wünschen. Vermutlich war er nicht so desinteressiert, wie es den Anschein machte.

Mit leicht zittrigen Beinen bewegte sich Summer mechanisch an Duncans Seite. Noch immer hatte sie keine Ahnung was sie hier erwartete. Was konnte wohl in einem alten Gebäude wie diesem passieren? Unbehagen stieg in ihr auf. Duncan packte sie etwas grob am Arm und zog sie mit sich zur Eingangstüre. In Summers Gedanken spielten sich verschiedene Szenarien ab, was er wohl mit ihr vorhatte. Keines davon nahm ein gutes Ende. Jetzt bekam sie doch wieder Angst und sie blickte sich nochmals zu Luke und der Limo um. Gott sei Dank, er stand noch da und nickte ihr zu. Etwas ruhiger nun versuchte sie mit Duncan Schritt zu halten. Luke würde hier auf die beiden warten, und das beruhigte sie. Zumindest ein bisschen. Nicht, dass sie so naiv war zu glauben, dass er ihr zur Hilfe kommen würde. Vor ihnen betrat noch ein anderes Paar die Eingangshalle des Gebäudes. Auch das nahm ihr noch etwas mehr von der Angst, somit war sie zumindest nicht alleine hier mit ihm.

In der Halle roch es muffig, nach altem Öl und Staub. Duncan folgte den anderen beiden zu einer Eisentreppe, welche in eine obere Etage führte. Er schien aufgeregt zu sein. Das war gut so, denn im Moment liess er Summer völlig unbeachtet. Oben angekommen befanden sie sich in einem mit Scheinwerferlicht durchfluteten Stockwerk. Es war laut, viele Menschen redeten durcheinander. Summer schaute sich um. Sie war völlig verwirrt. Diese Menschen waren alle in teuer aussehende Kleider gehüllt. Die Frauen trugen viel Schmuck und waren top gestylt. Die meisten waren an einem Arm eines ebenso gestylten Mannes, und lächelten hin und wieder, während sie ihren Begleitern und Gesprächspartnern zuhörten. Das musste die High Society sein, anders konnte sie sich das nicht erklären. Nur, wie passte Duncan in dieses Spiel? Die Antwort kam postwendend, als ein aalglatt frisierter Mann im grauen Anzug auf die beiden zukam.

„Duncan, freut mich, dich wieder hier zu sehen. Hast du dich vom letzten Mal erholt?" lachte er, während er ihm die Hand zur Begrüssung hinstreckte.

Duncan grinste sein gewohnt dreckiges Grinsen. „So schnell bekommst du mich nicht klein, Melvin, du fieser Geldmacher." Der sogenannte Melvin zwinkerte zu Summer hinüber. „Ja, wie ich sehe, ist es dir nie besser ergangen." Er machte eine Pause, bevor er Summer begrüsste. „Entschuldigen Sie bitte, junge Dame, mein Name ist Melvin." Summer erwiderte seine Begrüssung und versuchte zu lächeln.

„Sie müssen wissen, meine Teuerste, Duncan hier hat beim letzten Mal ein hübsches Stängchen Geld verloren." fuhr Melvin fort. „Hätte nicht gedacht, dass er so schnell wieder auftaucht."

„Geld war noch nie mein Problem." geiferte Duncan den Mann im Anzug an.

Dann fasste er in seine Hosentasche und holte ein dickes Bündel Geldscheine hervor. „Hier, mein Wetteinsatz." Melvin nahm das Geld lachend entgegen. „Auf wen möchtest Du setzten, du alter Fuchs?"

„Ich setze alles auf The Machine!"

„Es ist deine Sache." Melvin hatte in den Geschäftsmodus gewechselt. „Aber nur so als Tipp: Der Neue ist auf der Überholspur. Ein echter Kämpfer mit Stolz und Durchhaltevermögen."

Einen Moment schien Duncan über Melvins Worte nachzudenken, bevor er dann mit seinem schmierigen Grinsen antwortete. „Du Hund, du willst nur mein Geld. Ich bleibe bei meiner Entscheidung. The Machine ist bis heute ungeschlagen."

Achselzuckend steckte der Anzug-Mann das Geld ein und kritzelte etwas auf eine Liste auf seinem Klemmbrett. „Wie du willst. Es geht in ein paar Minuten los."

Dann verabschiedete er sich und machte auf dem Absatz kehrt, um zu dem nächsten Geldbringer zu gehen.

Während Summer noch immer versuchte, alles im Kopf auf einen Nenner zu bringen, zog Duncan sie bereits wieder mit sich, in die Mitte des Raumes, wo sich bereits ein grosser Kreis von Menschen gebildet hatte. Er drückte sich zu der vordersten Reihe durch, während er sich immer wieder mit den reichen Snobs unterhielt. Was passierte hier? Jeder Einzelne in diesem Raum schien nervös zu sein, diese Energie war fast schon spürbar wie ein dichter Nebelschleier. Dies alles hier schien Duncan nicht neu zu sein.

Und plötzlich schubste er sie an. „ Da ist unser Ziel."

Mit seinem Finger deutete er auf die gegenüberliegende Seite, zu einem mit ziemlicher Sicherheit stinkreichen Paar. Dies war daran zu erkennen mit wieviel Schmuck die junge, unglücklich dreinblickende Frau behangen war. Der vom Boss beschriebene Mr.Goldwell hatte seinen kleinen, übergewichtigen Körper in einen weissen Smoking gequetscht, eine goldene Taschenuhr zierte seine Westentasche und in der linken Hand hatte er ein Bündel voll Geld, welches er diesem Melvin hinstreckte.

Noch bevor sich Summer den Auftrag nochmals in Gedanken rufen konnte, ging ein lautes Raunen durch die Menge und auf Summers linken Seite öffnete sich die Meute zu einem Durchgang.

Drei Männer bahnten sich einen Weg in die Mitte des Kreises. Zuvorderst ein in schwarz gekleideter Mann mit einer Trillerpfeiffe um den Hals. Er sah aus wie ein Schiedsrichter.

Hinter ihm trat ein grosser, bulliger Mann in den Kreis. Er war alles andere als schlank, seine Wampe hing ihm über weite Boxershorts. Jedoch ahnte Summer, dass seine Körpermasse täuschen musste.

Sein Kopf war kahl rasiert und er trug eine grässliche Fratze zur Schau. Die Menge tobte und rief im Chor seinen Namen.

„Machine! Machine"

Duncans Machine, schoss es ihr durch den Kopf.

Mit einem Seitenblick auf ihn stellte sie fest, dass er aufgeregt hechelte und den Auftrag wohl im Augenblick völlig vergessen hatte.

Verdammte Scheisse. Jetzt dämmerte es Summer, wo sie hier gelandet war. Dies war ein Strassenkampf, vermutlich illegal. Wo Mann und Mann sich bis zum bitteren Ende verprügelten. Sie hatte schon viel darüber gehört, jedoch hatte sie das bestimmt nie sehen wollen. So viel Gewalt war nichts für ihre Seele und ihr Magen krampfte sich augenblicklich zusammen.

Doch der nächste Schlag traf sie nur noch härter, denn der dritte Mann, welcher den Kreis betrat, war niemand geringeres als Jonathan!

„Um Himmels Willen!" flüsterte sie schockiert und ihre Knie wurden weich wie Butter.

Das Herz schlug ihr bis zum Hals. Oh nein, bitte nicht, flehte sie leise. Sie wollte auf keinen Fall zusehen wie Jon vor ihren Augen verprügelt wurde. In diesem Moment schien ihr The Machine noch gefährlicher und scheusslicher zu sein.

Wie Schuppen fiel es ihr von den Augen. Jon hatte einmal erwähnt, dass er ein Kämpfer ist... nur sie hatte es nicht begriffen. Für sie war das eine ganz andere Welt, in der sie nichts zu suchen hatte. Und mit der sie ganz sicher auch nichts zu tun haben wollte. Schockiert und voller Angst um Jon wollte sie sich abwenden und verschwinden. Job hin oder her.

Doch Duncan packte ihren Arm und hielt sie fest.

„Du bleibst schön hier. Das wird ein Spass, du wirst sehen. Und nach dem Spass haben wir einen Auftrag zu erledigen. Wieso die Arbeit nicht mit dem Vergnügen verbinden?"

Sein hässliches Gesicht strahlte voller Schadenfreude. Ja, genau dieses Umfeld, diese Art von Menschen und deren Umgang, das war es, was zu ihm passte. Sie hasste ihn vorher schon, doch jetzt wuchs dieser Hass ins Unermessliche.

„Das ist mein Job, ich halte das durch." redete sie sich ein und schluckte schwer.

Als sie wieder aufsah, blickte sie direkt in Jons erschrockene Augen. Er hatte sie entdeckt und in seinem Gesichtsausdruck spielten sich verschiedenste Emotionen ab, aber ganz bestimmt keine Freude.

Und oh nein, er kam direkt auf sie zu. Als er vor ihr stand, schaute er von ihr zu Duncan und musterte ihn mit einem verabscheuenden Blick, bevor er wieder voller Wut und auch Sorge zu ihr sah. Summer musste einen aufkommenden Seufzer im Keim ersticken. Sie wollte all das hier nicht erleben.

„Was tust du hier? Und mit ihm?" Jons Worte stiessen durch zusammen gebissene Zähne aus seinem vor Zorn verhärteten Mund. Er war völlig ausser sich. Das würde kein gutes Ende nehmen.

„Jon…" mehr brachte sie nicht heraus.

Augenblicklich wechselte Jons Mimik in Besorgnis.

„Das ist keine Umgebung für dich." Sein Blick streifte erneut Duncan. „Und das ist kein Umgang, den du pflegen solltest. Bitte geh heim."

Es war mehr ein Befehl, als eine Bitte.

Nun wurde auch sie ein bisschen wütend. Auch wenn sie wusste, dass sie keinen Grund dazu hatte und auch wenn ihr klar war, dass Jon recht hatte. Trotzdem hatte er keine Ahnung von ihr und ihrem Leben und somit hatte er ihr auch nichts zu befehlen.

Darum schüttelte sie nur den Kopf. „Ich kann nicht gehen. Das ist mein Job."

Genau in diesem Moment drehte sich Duncan, welcher bis jetzt angeregt mit einem älteren Mann in blauem Smoking geredet hatte, zu ihnen um.

„Gibt's ein Problem?" wollte er höhnisch wissen und zog Summer an sich.

Wie schlimm konnte denn diese Situation noch werden... Jon ballte seine Fäuste, seine Wangenknochen mahlten vor Wut und sein sonst so sanfter Gesichtsausdruck war gänzlich verschwunden, als er zu seiner Antwort ansetzte:

„Lass deine dreckigen Finger..."

Noch bevor er weiterreden konnte wurde er von dem Mann in Schwarz in der Mitte des Kreises unterbrochen, welcher durch ein Mikrophon schrie: „Sehr geehrte Freunde des Kampfes. Es ist wieder so weit. Heute wird Geschichte geschrieben."

Während der Mann redete drehte sich Jon um und ging zu ihm in die Mitte, ohne Summer oder Duncan noch einmal anzusehen. Er kochte vor Wut. Summer wäre am liebsten davongerannt. Es tat ihr weh, ihn so zu sehen. Und sie konnte es nicht ertragen, ihn schon gleich kämpfen zu sehen. Sie hatte Angst um ihn. Diese Angst war jetzt so gross, dass es das Gefühl der Scham, welches auch in ihr brodelte, völlig überdeckte.

„Heute im Ring steht für sie der unangefochtene Champion The Machine."

Die Menge johlte, während der Schiedsrichter alle seine Triumphe aufzählte, welche dieser schreckliche Mann mit seiner teuflischen Fratze alle errungen hatte.

Als Jon an die Reihe kam war die Meute ruhig. Nur vereinzelte Jubelrufe drangen in die Runde.

Summer war klar, dass fast niemand auf ihn gesetzt hatte. Er schien ganz neu zu sein, hier in diesem Kampfkreis. Die Chance dass er hier nicht kaputt gemacht wurde, war fast Eins zu einer Million. Bei diesem Gedanken wurde ihr speiübel und sie musste die saure Galle hinunterschlucken, welche ihre Speiseröhre hochstieg.

Sie konnte nicht anders als ihn anzustarren, in der Hoffnung, dass er noch einmal zu ihr hinübersehen würde. Sie wollte ihn anflehen, es sein zu lassen und zu gehen. Doch Jon schaute nicht mehr zu ihr hinüber wie ihr schmerzlich bewusst wurde.

Der Gong ertönte und die beiden Kämpfer begannen, um sich herum zu trippeln. Während The Machine in völligem Machogehabe umhertrampelte und seine Brustmuskeln spielen liess, bewegte sich Jon völlig konzentriert und bis ins Äusserste angespannt. Wie eine Raubkatze, die seine Beute im Visier hatte.

Plötzlich preschte „ The Machine" auf Jon los und holte aus voller Wucht mit seiner Faust aus. Doch Jon wich ihm mühelos aus, nur um nachzudoppeln. Er rammte ihm seine beiden Fäuste mehrmals in die Seiten, bevor der Andere ihn zu fassen bekam.

Doch dann schlug er Jon mit einem einzigen Hieb zu Boden. Summer sackte beinahe zusammen, doch Jon sprang bereits wieder auf die Beine.

Dieses Spiel wiederholte sich abermals. Die beiden droschen erbarmungslos in jeder erdenklichen Art aufeinander ein. Bis schliesslich The Machine einen derartigen Treffer erzielte, mitten in Jons Gesicht, dass dieser wie eine Puppe zu Boden stürzte und liegen blieb, das Gesicht voller Blut.

Die Leute tobten vor Freude. Wie grausam die Menschen doch waren.

Fernab jeglicher Vernunft wollte Summer zu ihm hinüberrennen, als Duncan sie um die Taille packte und sie erneut an sich zog. „Lass diesen jämmerlichen Hund dort wo er ist... ich gebe ihm noch einen drauf." Und mit diesen Worten umfasste er mit beiden Händen Summers Hintern und rieb sich an ihr. Er war erregt vom Kampf und seinem vermeintlichen Sieg. Summer versuchte, ihn von sich wegzustossen... ihre Sorge um Jon schwächten sie jedoch zu sehr.

Doch dann waren plötzlich laute „Oh"-Schreie zu hören und Duncan liess freiwillig von ihr ab, nur um zu sehen, was da in der Mitte passierte.

Was dort zu sehen war, versetzte ihr einen mächtigen Schlag in die Magengrube.

Jon war wieder auf den Beinen, sein blutendes Gesicht zu ihnen gewandt und sein Blick traf Duncan voller Hass und Abscheu. Dann ging alles ganz schnell. Jon wirbelte herum und versenkte Schlag um Schlag in seinem teuflischen Gegner. The Machine hatte keine Chance mehr. Er schwankte und sein Kopf jagte hin und her unter den Attacken, die er einstecken musste. Jon drehte gerade völlig durch.

Schliesslich ging The Machine besiegt zu Boden. Schwer atmend stand Jon über ihn gebeugt da. Blut und Schweiss tropften auf die am Boden liegende Fleischmasse hinunter. Blut von Jon. Jeder seiner Muskeln spielte ein tödliches Zusammenspiel auf seinem Körper und jetzt gerade war er gefährlich.

„Es sieht so aus als hätten wir einen neuen Champion." triumphierte der Schiedsrichter durch das Mikrophon, bevor er zu Jon in die Mitte ging, und dessen Arm nach oben riss.

„Der neue Champion ist Jonathan, the Tiger!" Sein neu erworbener Kampfname.
Die Menge jubelte, obschon bestimmt die meisten hier viel Geld verloren hatten. Das schien ihnen nichts auszumachen, so kampfgeil waren sie. Nur Duncan war ganz blass um die Nasenspitze und fluchte leise vor sich hin.

Wieder ertönte die Stimme des Schiedsrichters. „Das Publikum darf nun entscheiden, was mit The Machine passiert. Soll ihm das absolute Knock-Out beschieden sein?" Vor Entsetzen riss Summer die Augen auf. Was sollte das nun bedeuten? Der Mann lag doch schon am Boden und bewegte sich kaum noch… was wollten sie noch mehr?
Doch jeder einzelne im Raum schien blutrünstig zu sein, denn alle schrien einstimmig: „Knock-Out! Knock-Out!"
Der Schiedsrichter liess Jons Arm los und gab ihm ein Zeichen, dass er tun sollte, was von ihm erwartet wurde.
Summer schlug die Hände vor ihren Mund und flehte Jon innerlich an, das nicht zu tun.
Die Menge feuerte ihn noch eine Weile an und Jon blickte resigniert in die Runde, bevor er dann über The Machine hinweg stieg und mit einem letzten Blick zu Summer den Kreis verliess.
Augenblicklich wurde es ruhig, die tobende Masse verstummte verwirrt. Niemand verstand wohl, dass sich einer wie Jon ihren Wünschen widersetzte. Nur Summer liess erleichtert ihre Arme sinken.
So plötzlich, wie es aufgehört hatte, fing das Geschrei wieder an:
„Jon der Barmherzige!" wurde gerufen und gejubelt.
Was für Monster, schoss es Summer durch den Kopf und jetzt wurde ihr schlecht über so viel menschenunwürdiges

Verhalten, dass sie hier raus musste. Dieser Auftrag konnte sie kreuzweise am Arsch lecken!

Ein kurzer Seitenblick zu Duncan, welcher gerade nicht auf sie konzentriert war, dann drückte sie sich durch die Menschenmenge und rannte los. Die Treppe hinunter, hinaus in die Nacht.

Luke stand immer noch da und wartete. Doch sie musste hier weg, so schnell sie konnte. Sie konnte aber nicht von Luke erwarten, dass er ohne seinen Klienten los fuhr. Sonst wäre er seinen Job los und das nur wegen ihr. Das wollte sie nicht verantworten. Also rannte sie einfach weiter, die Strasse hinunter. Die hohen Schuhe hatte sie bereits ausgezogen und trug sie in den Händen. Sie rannte und rannte, bis sie nicht mehr konnte.

Völlig ausser Atem blieb sie stehen und stützte ihre Hände vornübergebeugt auf ihren Beinen ab, bis sie wieder Luft bekam. Und dann kamen die Tränen. Tränen der Wut und Hilflosigkeit über so viel Grausamkeit. Tränen der Sorge um Jon, und Tränen des Abscheus gegenüber ihr selber. Nun hatte sie erreicht was sie wollte. Jon wollte bestimmt nichts mehr von ihr wissen. Und obschon sie wusste, dass dies gut war so, schmerzte sie der Gedanke unglaublich.

Die Tränen liefen und liefen.

Summer weinte, bis sie zu Hause ankam. Den ganzen Weg. Und sie lief eine halbe Ewigkeit. Diese Lagerhalle war nicht gleich um die Ecke, sondern zwei Städte weiter von ihrem zu Hause entfernt.

Erst, als sie schliesslich ihr Gesicht in ihr Kissen drückte, begann der Tränenfluss zu versiegen.

Ja, dies war wahrlich eine harte Strafe, die sie sich auferlegt hatte.

Kapitel 13

Die ganze restliche Nacht hatte Summer kein Auge
zugemacht. An Schlaf war gar nicht erst zu denken gewesen.
Summer hatte versucht, die Gedanken an Jon und den
vergangenen Abend zu verbannen, was ihr aber nicht so recht
gelungen war.
Immer wieder holten sie die Bilder ein, von den schrecklichen
Menschen, die so etwas als Unterhaltung ansahen. Wie Jon
zu Boden ging, sein blutiges Gesicht... Duncan.
Aber was ihr am allermeisten zu schaffen machte, war Jons
Blick. So wütend und voller Abscheu. Aber was hatte sie
erwartet? In seinen Augen war sie nicht mehr als eine billige
Hure. Und auf eine Art und Weise war sie das wohl auch, also
konnte sie ihm das auch nicht übelnehmen.
Ihr Gedanken-Wirrwarr wurde vom Klingeln des Telefons
unterbrochen. Automatisch, ohne nachzudenken, nahm sie
den Hörer ab. Es gab nur zwei Personen, welche ihre
Nummer hatten. Und trotzdem zuckte sie unmerklich
zusammen, als sie Pater Noahs besorgte Stimme hörte.
„Summer, geht es dir gut?"
Schweigend versuchte sie, ihre Tränen zu unterdrücken,
welche unweigerlich in ihren Augen brannten. Ein erstickter
Laut entfuhr ihrer Kehle.
„Kind, bitte sag mir, was los ist."
Und sie erzählte ihm alles von der letzten Nacht. Und von
Jonathan. Alles bis ins kleinste Detail. Ohne nur einmal
darüber nachzudenken, was sie ihm da zumutete.
Pater Noahs Miene veränderte sich von Bestürzung zu
Traurigkeit, dann, wenn sie von Jon erzählte, sogar zu
Hoffnung. Das alles konnte Summer natürlich nicht sehen. Er
hatte gespürt, dass etwas nicht stimmte und darum nicht
gezögert, sie am frühen Morgen anzurufen. Sie war sein

Schützling und es schmerzte ihn zu tiefst, wenn sie sich selber so verabscheute.

„Summer." sagte er schliesslich voller Fürsorge. „Es ist jetzt genug. Ich kann dich nicht so leiden sehen. Was du gestern erlebt hast ist die Realität der Menschheit. Wir sind schlimmer als die Tiere. Denn die verletzen und töten nicht aus Vergnügen. Aber nicht alle Menschen sind so... und du solltest dich nicht mit dieser Art Menschen umgeben. Das tut dir nicht gut. Niemandem tut so etwas gut."

Er machte eine eindringliche Pause. „Du bist ein guter Mensch. Nichts, was passiert ist, ist deine Schuld. Hör auf dich dafür zu bestrafen. Es kommen Menschen in dein Leben, die nur dein Bestes wollen. Stosse diese nicht weg."

Summer wusste genau auf was der Pater anspielte. Verlegen fingerte sie an einem Fussel herum, der auf ihrem schwarzen Kleid heftete, welches sie noch immer trug.

„Nun Pater, abgesehen davon, dass es so sicher das Beste ist, hat sich dieses Thema wohl auch erledigt. Ich denke nicht, dass Jon mit mir noch etwas zu tun haben möchte."

Ein sanftes Lächeln umspielte jetzt seine Mundwinkel am anderen Ende der Leitung. „Nach allem, was du mir erzählt hast, bin ich der festen Überzeugung, dass Jon sich nicht von dir abschrecken lässt."

Wieder eine Pause.

„Und falls ich mich irre, dann ist er eben auch ein Narr. Ich mache uns Kaffee. Komm vorbei." Mit diesen Worten hängte er auf.

Seine Worte hatten ihr gutgetan, auch wenn sie sicher war, dass er sich bezüglich Jon irrte. Jetzt ging es ihr schon viel besser.

Summer nahm sich vor, ihrem Boss zu sagen, dass sie keine Begleitservice für ihn, Duncan oder irgendwem sonst mehr machte, geschehe was wolle.

Hastig zog sie sich aus und hüpfte unter die Dusche. Sie wollte so schnell wie möglich bei Pater Noah und ihrem Vater sein. Unbedingt musste sie Kraft tanken, bevor sie wieder in die Höhle des Löwen ging. Probleme waren vorprogrammiert heute. Schliesslich hat sie den Auftrag unerledigt zurück gelassen…

Als sie später an ihrem Arbeitsplatz erschien wurde sie von Bob schon erwartet. Jetzt sah man ihr kaum mehr an, dass sie die ganze Nacht geweint hatte. Zum Glück. Denn sie wollte sich vor ihrem Boss keine Blösse geben. Und sie konnte sich seine Laune gut vorstellen, nachdem sie Duncan einfach hatte stehen lassen gestern.

Doch zu ihrer Verwunderung kam er überhaupt nicht auf dieses Thema zu sprechen, daher ging sie davon aus, dass Duncan noch gar nicht bei ihm gewesen war. Gut so, denn sie wollte die Sache zuerst selbst mit ihrem Boss. klarstellen.

„Summer, wie lief es gestern Abend?" Ok, Showtime.

„ Der Auftrag wurde nicht erledigt."

Sie konnte förmlich sehen, wie Bob nach Luft schnappte und seine sowieso schon ungesunde Gesichtsfarbe ins Purpurne wechselte.

„ Wusstest du, dass Duncan Firmengeld, also dein Geld, veruntreut?"

Das war hoch gepokert. Ihr war bewusst, dass sie mit dem Feuer spielte. Doch augenblicklich hatte sie sein Gehör. Nichts interessierte ihn mehr als sein Geld.

„ Wie kommst du darauf?" Bob klang gefährlich leise.

Noch während sie überlegte, wie sie ihre Anschuldigungen vor dem Boss rechtfertigen sollte, fügte sich in ihrem Kopf alles ganz klar zusammen.

„ Ein Mann namens Melvin hat mich darauf gebracht. Er ist der Geldeinsammler der Kampfwetten an diesen Abenden. Er sagte mir, dass Duncan das letzte Mal eine Stange Geld verloren hatte. Und ich würde meinen Arsch verwetten, dass es dein Geld war."

„ Verwette mal nicht zu viel, meine Gute…denn wenn ich herausfinde, dass du mich verscheisserst, gehört dieser süsse Arsch mir. Und dir wird nicht gefallen, was ich mit ihm machen werde."

Das war eindeutig eine Drohung und Summer musste schwer schlucken. Nach allem, was sie bis jetzt hier erlebt hatte, war ihr nur zu bewusst, zu was ihr Boss fähig war.

„ Und wie sollte Duncan an mein Geld kommen? Ausser dem Geld, welches ich ihm mitgebe um den Auftrag zu erfüllen, natürlich?"

Summer überlegte kurz, bevor sie ein weiterer Gedankenblitz überraschte.

„ Erinnerst du dich an den Morgen, als du mich ins Büro zitiert hattest, um mir den Auftrag mit Duncan aufzubrummen?"

Summer sah wie Bob nickte.

„ Ich habe dieses Gemälde am Abend vorher eingepackt in Deinem Büro abgeliefert, zusammen mit der Liste. Ich schwöre es. Irgendwie kam es aber wieder an meinen Arbeitsplatz zurück…"

Sie machte eine Pause, damit Bob ihren Gedankengängen folgen konnte. Als er sie jedoch fragend ansah, fuhr sie fort.

„ Wer ausser Duncan könnte denn sonst davon gewusst haben, und warum? Den Auftrag hast du mir gegeben, nicht ihm. Und du weisst wie das hier läuft, Niemand weiss über den Anderen Bescheid. Könnte es also nicht sein, dass er am Abend in deinem Büro war und meine Arbeit sabotiert hat? Und wenn er in deinem Büro war, wäre es dann wirklich das erste Mal gewesen?"

Bobs Mund stand offen „ Warum sollte er das tun?"
Summer zuckte mit den Schultern. Darauf hatte sie auch
keine Antwort parat. Noch nie zuvor hatte sie mit Duncan zu
tun gehabt, also hatte er auch keinen Grund, sie so in die
Pfanne zu hauen. Aber wer wusste schon, wie Männer wie er
tickten?

„ Nun gut, Summer." unterbrach Bob ihr Schweigen. „ Ich
werde dem nachgehen. Und wenn ich rauskriege, dass du
mich belogen hast..."
Er sprach den Satz nicht zu Ende, sondern machte auf dem
Absatz kehrt, um in seinem Büro zu verschwinden.
Leider machte sich in Summer keine Erleichterung breit. Zu
Beginn hatte sie zwar nur hoch gepockert. Auch sie konnte ein
falsches Spiel spielen. Doch während sie erzählte, fügte sich
alles zusammen.
Die Frage war nun einfach, ob es wirklich so war? Hatte diese
Vorahnung in ihrem Unterbewusstsein bereits geschlummert
und ihr Verstand nun endlich doch noch kapiert? Es musste
so sein, wie sie es gesagt hatte. Das Warum konnte sie nur
noch nicht verstehen. Warum wollte dieses Arschloch sie
sabotieren? Und warum bestahl er seinen Boss?

Kapitel 14

Der Tag verlief ruhig. Sie bekam weder Duncan noch ihren Boss ein weiteres Mal zu Gesicht. Um siebzehn Uhr liess sie das Gebäude und das Areal hinter sich. Ihre Unruhe legte sich erst, als sie endlich in Gregs Bar an der Theke sass und mit Lydia völlig belanglos daherquasselte. Genau das brauchte sie jetzt. Das Gute war, niemand hier wusste von ihrem zweiten Leben. Oder war es das dritte?

Plötzlich stand Lydia der Mund offen vor Fassungslosigkeit.

„Du meine Güte..."

„Was ist los?"

Lydia deutete verstört zu der Türe, wo noch im selben Moment ein lautes, Gebrüll zu hören war. „Was ist denn mit Jon passiert?"

Hastig drehte sich Summer um und was sie da sah, drehte ihr den Magen um.

Etwa sechs Typen feierten johlend einen Anderen, welcher in der Mitte stand. Erst beim zweiten Hinschauen realisierte sie, dass es sich dabei um Jon handelte, dem es sichtlich unangenehm war, wie sich seine Freunde verhielten. Doch was sie am meisten schmerzte, war, wie er sie aus seinem verschlagenen Gesicht kurz musterte, nur um sich dann von ihr abzuwenden. Seine rechte Wange war blau geschlagen, vom Kampf natürlich, wie sie wusste. Eine Platzwunde zierte sein Gesicht vom Augenwinkel bis zum Nasenbein. Ansonsten sah er allerdings so gut aus wie immer. Ihr Herz drohte stehen zu bleiben angesichts der Tatsache, dass er sie offensichtlich ignorierte. Obwohl sie das bereits geahnt hatte. Die Hoffnung stirbt bekanntlich immer zuletzt...

„ Ich muss kurz an die frische Luft." murmelte sie Lydia zu, bevor sie sich vom Hocker stiess, um nach draussen zu gehen.

Es war die Stimme von diesem Pat Gravener, die sie aufschrecken liess.

„Da kommt sie ja, unser Sahneschnittchen..."
Kurz darauf wurde sie am Arm gepackt und zu den Männern gezogen.

„ Lass mich los!" zischte sie wütend und spürte, wie eiskalte Panik sie ergriff. Ihre Augen begannen zu brennen wie Feuer. Verlier nicht die Kontrolle, sagte sie sich immer wieder im Stillen.

„ Jon, hier ist dein Geschenk, du Prügelknabe."
Prügelknabe...wussten seine Freunde also über ihn Bescheid?

Jon starrte Pat ungläubig an, bevor Wut seinen Blick trübte und er ihn unsanft zur Seite stiess. „Das ist jetzt aber nicht dein Ernst, oder?"

„Kumpel, aber sicher. Aber ich verstehe natürlich, du hattest dein Vergnügen schon. Kein Problem, ich habe dir gesagt, ich bin als nächstes dran."

Pat grinste ihn spitzbübisch an, nur um dann wieder Summer anzugeifern.

„Sieh dir die doch mal an... es wäre ein Jammer, nicht von ihr gekostet zu haben."

Summer hatte das Gefühl im falschen Film zu sein. Sie versuchte, es zu ignorieren, doch als sie einen kurzen Seitenblick zu Jon warf, hatte dieser seine Fäuste so fest geballt, dass die Knöchel weiss hervortraten.

Er sagte kein Wort und schien nur mühsam beherrscht zu sein. Diese Reaktion erzeugte einen Funken Hoffnung in ihr.

„Na komm schon Süsse." johlte Pat laut und zog Summer zu sich.

Summer schluckte den Kloss in ihrem Hals hinunter. Nur zu gut wusste sie, was er im Sinn hatte.

„Na, wie fühlt sich das an, Baby?"Er drückte sich an sie und begann, sich an ihr zu reiben. „Das gefällt dir, was?" Summer versuchte, sich mit aller Kraft von ihm loszureissen. Doch kaum hatte sie es geschafft, packte er sie erneut um die Hüften.

„Wo willst du hin? Wir sind noch lange nicht fertig." Dann rutschte er mit der linken Hand an ihren Busen. Das war der Moment, in dem ihr Körper sich versteifte und sie mit enormer Wucht ihre ganze Macht in sich aufsteigen spürte. Es war zu spät, sie würde es nicht mehr zurückhalten können. Dann wäre alles verloren.

Doch plötzlich wurde das Gejohle von einem herzzerreissenden Schrei unterbrochen, Pats Griff löste sich von ihrer Taille und er fiel mit einem dumpfen Knall zu Boden. Stille.

Genau in diesem Moment wurde sie erneut von einem starken Arm gepackt, doch dieser fühlte sich ganz und gar nicht gefährlich an. Im Gegenteil.

Die Berührung, obwohl sie grob und forsch war, holte sie zurück aus dem Strudel, welcher sie einzusaugen drohte.

„Komm mit!" hörte sie Jons nur mühsam beherrschte Stimme. Er führte sie raus an die Luft.

Wortlos zog er sie über den Parkplatz, wo er schliesslich vor einem Pickup stoppte und ihr die Beifahrertüre aufhielt. Er war immer noch wütend, aber etwas ruhiger, wie Summer erleichtert feststellte. Mindestens das. Sie hatte keine Ahnung, was sie jetzt erwartete. Müsste sie sich vor ihm fürchten wenn er so drauf war wie jetzt? Vielleicht.

Aber Summer hatte keine Angst vor ihm. Was sie aber sehr belastete war, was er von ihr hielt. Soweit hätte es nicht kommen dürfen und wäre es auch nicht, hätte sie sich besser im Griff gehabt. Aber nein, sie verlor ja jedes Mal den Verstand, wenn er in ihrer Nähe auftauchte. Das hatte sie nun davon.

Wieder war sie den Tränen nah.

Jon schlug die Türe hinter ihr zu und ging ums Auto herum, um selbst auch einzusteigen. Der Motor heulte auf er fuhr los.

Eine ganze Weile blieb es mucksmäuschenstill. Offenbar wollte er nicht mit ihr sprechen und Summer hatte keine Ahnung, was sie tun oder sagen sollte. Sie fühlte sich einfach nur elend und beschämt.

Plötzlich konnte sie seinen Blick auf sich spüren. Er wollte irgendetwas sagen, auch das spürte sie. Doch es kam nichts.

Weitere Minuten vergingen. Sie hielt es fast nicht mehr aus. Es lag an ihr, sich zu entschuldigen und ihm zu sagen, dass es ihr leid tat wegen der gestrigen Nacht.

„Summer..." hörte sie plötzlich seine melodiöse Stimme. Unsicherheit schwang darin mit.

Diese Kombination löste etwas in ihr aus, ein Hassgefühl gegen sie selbst, dass sie ganz etwas anderes antwortete als sie eigentlich wollte.

„Hör zu Jon. Du musst nicht mit mir reden, wenn es dir so viel ausmacht. Sag mir einfach, was du von mir erwartest heute Abend und ich werde es tun. Schliesslich hast du mich gerettet und ich stehe niemandem in der Schuld. Niemals!"

Mit quietschenden Reifen brachte er seinen Pickup zum Stehen und sah sie voller Entsetzen an. „Wirklich? Das denkst du von mir?"

Jetzt war er es, der keine Farbe mehr im Gesicht hatte, bis auf das brutale Veilchen auf der Wange.

Gleichermassen erschrocken wie unsicher sah sie ihm zum ersten Mal seit der gestrigen Nacht in seine weit geöffneten, wunderschönen grünen Augen.

„Was soll ich denn sonst denken? Ich weiss, ich habe dich wütend gemacht und dich einer Situation ausgesetzt die dich hätte töten können. Niemals hätte ich gedacht, dass dich meine Anwesenheit so stören könnte. Und ich weiss auch, dass du mich jetzt verabscheust und…"

„Stop! Was redest du denn da?" Jon klang weder wütend noch enttäuscht, als er ihren Redeschwall unterbrach. Erschrocken hätte seinen schrillen Aufschrei am ehesten beschrieben.

„Ich war doch nicht wütend auf dich! Verdammt Summer! Deine Anwesenheit würde mich nie stören, im Gegenteil, ich geniesse sie zu sehr. So sehr, dass mich jeder andere Mann in deiner Nähe wahnsinnig macht. Und dann noch so ein Arschloch wie dieser von gestern. Ich kenne diese Art Männer, welche Frauen wie Dreck behandeln. Ich habe mir Sorgen um dich gemacht. Ich sagte ja bereits, das ist kein Ort und kein Umgang für eine Frau wie dich!"

Jon machte eine Pause und atmete tief durch. Summer konnte gar nicht fassen, was er da zu ihr gesagt hatte. Sie konnte nichts darauf erwidern, zu sehr war sie damit beschäftigt, die Tränen zurück zu halten.

Eine riesige Last fiel von ihren Schultern. Er hasste sie nicht.

Jon begann erneut, als sie nichts sagte. „Du denkst, ich verabscheue dich. Warum?"

Zu spät, sie hatte den Kampf mit den Tränen verloren. Sie rannen bereits über ihre Wangen. „Weil ich so bin, wie ich eben bin?" Es war nur eine erstickte Frage ihrerseits.

„Weine nicht Summer. Ich ertrage es nicht, wenn du traurig bist." Mit einer Hand strich ihr Jon die Tränen aus dem Gesicht und verharrte dort. „Wie könnte ich dich deswegen verabscheuen? Genau das ist es ja, was mich so magisch anzieht an dir… du…weil du so bist, wie du eben bist"

Wieder strich er die neuen Tränen aus ihrem Gesicht, dieses Mal mit einem sanften Lächeln, welches seinen linken Mundwinkel etwas anhob. Sexy traf es auf den Punkt.
Einen Moment lang schwiegen sie beide.
Dann startete er erneut den Motor. „Lass uns ein wenig Spass haben. Das wird dir gut tun. Ich zeige dir meine Lieblingsbar."

Die Fahrt dauerte nicht lange. Schon nach fünfzehn Minuten lenkte Jon seinen Pick Up auf einen kiesigen Parkplatz vor einem Holzhäuschen. Es sah von aussen wie ein Western-Saloon aus. Auf einer Holztafel über der Veranda stand der Name geschrieben: Chuck's Country Bar.

„Kann's losgehen?" lächelte Jon nervös.
Summer nickte und öffnete die Autotür um auszusteigen. Jon tat es ihr gleich und rannte beinahe um den Wagen herum, um ihr zu helfen.
Als er sie am Arm berührte, bemerkte Summer, dass er zitterte. Sie musste ein wenig lächeln. Dieser starke Mann war doch tatsächlich nervös!
„Was ist los?" wollte er wissen, als er beobachtete, wie sich ihre Mundwinkel nach oben zogen. Er sah einfach alles.
Summer schüttelte den Kopf. „Gar nichts. Ich bin nur gespannt, wo du mich hinschleppst." Jetzt ging es ihr schon viel besser.
Aus dem Innern der Bar war Gelächter und Musik zu hören, als die beiden schliesslich die zwei hölzernen Stufen zur Veranda und somit den Eingang ansteuerten.
Jon öffnete die Türe und liess sie zuerst eintreten. Sie liess den Blick schweifen und schaute sich alles an.
Der Anschein von aussen trog nicht. Auch das Innere der Bar hatte das Ambiente eines richtigen Cowboy Saloons. Und wie konnte es in so einer Bar auch anders sein? Es lief natürlich

Country Music. Viele Gäste tanzten dazu, einen typischen Line Dance. Summer war entzückt. Alles war so friedlich und fröhlich.

„Gefällt es dir?" hörte sie Jons Stimme ganz nah hinter ihr.

„Es ist bezaubernd, Jon."

Summer schenkte ihm ein begeistertes Lächeln. Nur dieser Gesichtsausdruck von ihr reichte schon aus, um ihn glücklich zu machen. Erleichtert liess er seine Anspannung etwas fallen. Er wollte sie heute einfach für sich alleine haben und sie entspannt sehen.

Das war alles, was er heute brauchte. Nachdem er den Schock von gestern Nacht verdaut hatte. Nie im Leben hätte er damit gerechnet, sie an so einem Ort wiederzutreffen.

„Na dann komm, lass uns an die Bar gehen."

Er griff nach ihrer Hand und bahnte sich einen Weg durch die Menge. Nur schon alleine diese Geste liess Summers Herz höherschlagen. Sie fühlte sich so geborgen bei ihm, am liebsten hätte sie seine Hand nie mehr losgelassen.

Leider waren sie viel zu schnell bei der Theke angekommen und Jon liess sie bereits wieder los. Er wollte sie auf keinen Fall auf irgendeine Art bedrängen, das hatte er sich geschworen. So sehr es ihn auch nach ihrer Nähe verlangte.

„Was möchtest du trinken?" Jon winkte dem Barkeeper.

„Ich hätte gerne einen Weisswein, bitte."

Summer lenkte sich ab, indem sie die tanzende Meute bewunderte.

Inzwischen begrüsste Jon den Barkeeper mit Handschlag, natürlich kannte er ihn, und bestellte den Wein und ein Bier für sich.

Als er ihr den Wein reichte nahm sie ihn dankend entgegen. Sie brauchte jetzt wirklich etwas zu trinken. Sie war schon lange nicht mehr so aufgeregt.

„Zum Wohl, Summer."

Jon prostete ihr zu und sie tat es ihm gleich, bevor sie den herben Geschmack des wirklich guten Weines auf ihrer Zunge schmeckte. Das prickelnde Getränk tat gut in der Kehle.

Sie konnte Jons Blick auf sich spüren und da sie nicht wusste, wie sie sich verhalten sollte, damit er ihre Nervosität nicht mitbekam, fragte sie einfach:

„Kannst du den tanzen?" Mit dem Kinn zeigte sie auf die Tanzfläche.

„Den Line Dance? Aber natürlich. Und du?" Jon wandte den Blick noch immer nicht von ihr ab.

Sie schüttelte daher nur den Kopf. Irgendwie hatte sie Angst, ihre Stimme wäre jetzt gerade nur ein kehliges Etwas…

„Ok." Er nahm sie erneut an der Hand und ein Kribbeln durchfuhr Summer augenblicklich. „Ich zeige dir, wie man ihn tanzt."

Noch bevor sie sich dagegen wehren konnte, hatte er sie hinter die tanzende Reihe gezogen.

„Wir beginnen ganz langsam. Mach es mir einfach nach." Er stellte sich neben Summer und fing an, seine Füsse zu bewegen.

„Wow, das wird peinlich." lachte sie und beobachtete einen kurzen Moment seine Füsse, bevor sie sich dann selbst mit der Schrittfolge versuchte.

Zuerst verhielt sie sich recht tollpatschig. Immer, wenn er die Richtung wechselte, trampte sie in ihn hinein, oder kam nicht schnell genug aus seiner Reichweite. Es war so komisch, dass es schon lustig war. Sie musste immer wieder laut auflachen. Bei ihm sah das alles so locker aus, als wäre es ein Kinderspiel.

Jons Augen leuchteten bei jedem ihrer Jauchzer auf, sein schönes Lächeln zierte sein Gesicht. Es gefiel ihm sehr, sie so ausgelassen zu sehen.

Doch nach einer Weile hatte sie den Schritt endlich kapiert, und sie fand, sie machte es ganz gut.

Sie tanzten und lachten noch eine ganze Weile, bis Summer nicht mehr konnte.

„Lass uns was trinken." Sie war völlig ausser Atem.

Er lachte nur und nickte.

Sie bestellten nochmals das Gleiche.

„Das hat Spass gemacht. Danke." strahlte Summer zu Jon hinüber.

Er sah sie einen Moment lang nur an, ein sanftes, schräges Lächeln liess seinen linken Mundwinkel in die Höhe ziehen, und seine Augen glänzten wie Smaragde. Dieser Anblick liess Summers Puls wie immer rasen.

Es waren höchstens ein paar Sekunden vergangen, dann fragte Jon leise:

„ Wo bist du nur hergekommen?"

Natürlich war sich Summer bewusst, dass diese Frage ganz anders gemeint war, und trotzdem hatte sie das Bedürfnis, einen kleinen Scherz daraus zu machen.

„ Aus Pierre, South Dakota." Sie grinste ihn schelmisch an.

Nun wurde auch sein Lächeln breiter und er schüttelte den Kopf.

„ Das ist weit weg, du freches Ding."

Dann verblasste sein Lächeln, seine Augen wurden dunkler, voller Sehnsucht. Das Knistern zwischen ihnen war so deutlich zu spüren, dass Summer unruhig auf ihrem Stuhl hin- und herrutschen musste. Die Schmetterlinge in ihrem Bauch tobten wie wild.

„Warte bitte hier. Ich bin gleich zurück."

Sie nickte und war für die Unterbrechung sehr dankbar. Diese Hitze, die in ihr aufstieg, wenn er sie so ansah, war ja unglaublich.

Schnell trank sie einen kräftigen Schluck des kühlen Weines und beobachtete, wie der Barkeeper Getränke mixte.

Ganz plötzlich hörte sie einen bekannten Song. Sie traute ihren Ohren kaum… es war ihr Song! Die Melodie, die sie immer summte und nicht wusste, woher sie sie hatte. Sie drehte sich zur Tanzfläche um und erblickte ihn.

Jonathan kam auf sie zu, ganz langsam, aber er liess sie keinen Moment aus den Augen. Summer erhob sich vom Barhocker und wartete, bis er direkt vor ihr stand.

„Das ist mein Lieblingssong." flüsterte sie.

„Habe ich mir gedacht." antwortete er sanft.

Als sie ihn fragend anschaute, fuhr er leise fort: „Du hast ihn einmal in Gregs Bar vor dich hin gesummt, als du dachtest, du wärst unbeobachtet. Ich habe ihn sofort erkannt."

Ungläubig und langsam schüttelte sie den Kopf. Das konnte doch nicht wahr sein. Er hatte sich tatsächlich einen Song gemerkt, den sie einmal zufällig geträllert hatte? Wie aufmerksam konnte der Mann denn noch sein.

Jon streckte ihr die Hand hin, um sie zum Tanz aufzufordern. Sie nahm sie zitternd entgegen. Und während er sie sachte in seine Arme zog, hörte sie seine melodiöse Stimme sagen: „Der Song heisst „Take your Time" von Sam Hunt."

Und sie tanzten. Summer legte den Kopf auf seine Schultern und atmete tief durch, während sie dem Song lauschte. Wie passend er doch war:

I don't wanna change your mind
I don't have to make you love me
I just want to take your time
I don't wanna wreck your Friday
I ain't gonna waste my lies
I don't have to take your heart
I just wanna take your time

I don't wanna steal your freedom
I don't wanna change your mind
I don't have to make you love me
I just wanna take your time

Beim Refrain summte sie ganz leise mit, aber Jon hörte es trotzdem und sein Herz machte Sprünge. Es war unglaublich, sie so nah an sich zu spüren, und er genoss jede verdammte Sekunde.

Als der Song zu Ende war, hob Summer den Kopf, um sich von Jon zu lösen. Doch er machte keine Anstalten, sie loszulassen. Seine Augen trafen die ihren und sie ertrank beinahe in der Tiefe seines Blicks.

„Als du gestern dort aufgetaucht bist, habe ich nur daran denken können, wie wunderschön du bist. Und dann, in welche Gefahr du dich begibst" sagte er leise.

Summer brachte kein Wort heraus, immer noch verloren in seinen grünen Augen. Ihre Knie wurden weich bei seinen Worten und sie hatte das Gefühl, ihr Herz spränge jeden Moment aus ihrem Brustkorb.

„Ich war so wütend, als ich gesehen habe, wie dieser Dreckskerl seine Hände…"

Er sprach nicht weiter, konnte nicht. Ganz kurz schloss er seine Augen.

„ Ich wollte ihn windelweich prügeln, dich ihm entreissen, dich von diesem scheusslichen Ort wegbringen. Doch ich konnte nicht. Ich fühlte mich wie ein Versager"

Endlich sah er sie wieder an.

„ Und dann das heute, mit Pat, diesem Wichser."

Summer spürte wie seine Wut zurückkam.

„ Ich schwöre dir, ich hatte keine Ahnung, dass er so ein Vollidiot ist. Ich meine schon, aber nicht so. Er ist so eifersüchtig auf mich. Und heute, nachdem ich meinen Freunden eine Geschichte auftischen musste, warum ich so verschlagen war, wurde es wohl schlimmer."

„Was hast du ihnen den gesagt? Nicht die Wahrheit?" Summers Stimme war nur ein Flüstern, doch es genügte, um ihn zu beruhigen.

Er schüttelte belustigt den Kopf. „Nein, ich würde sie nie auf die Idee bringen, plötzlich an einem Kampf teilzunehmen. Nein. Ich sagte ihnen, der andere sehe schlimmer aus, das war alles. Und das stimmt ja auch." Jon zwinkerte ihr zu.

Summer verkniff sich ein Grinsen.

„Ich war so erleichtert, als ich dich heute in meinem Wagen hatte und dich wegbringen konnte von Pat und all den anderen. Ich wusste nicht, was er vor hatte und es machte mich wahnsinnig, als er dich auch nur anfasste."

Verlegen wollte Summer ihr Gesicht abwenden.

Aber Jon hob die Hand und hielt ihr Kinn mit einem Finger fest, so dass sie gezwungen war, ihn weiter anzuschauen.

„Nein, bitte, sieh mich an. Ich will dir noch etwas sagen..."

Er machte eine Pause, um tief Luft zu holen. Ganz kurz schloss er erneut seine Augen. Offenbar war es nicht einfach für ihn, zu sagen, was er sagen wollte. Summer bekam Angst. Angst davor, dass er etwas sagen würde, was er später bereute. Er kannte sie doch gar nicht. Nicht einmal im Entferntesten.

„Bitte... tu das nicht." flehte sie ihn an und Tränen traten in ihre Augen. Sie würde ihn verletzen. Vielleicht nicht heute oder morgen, aber irgendwann. Sie durfte ihn da nicht mit reinziehen.

Doch er sagte es trotzdem: „Ich begehre dich seit dem ersten Tag, an dem ich dich gesehen habe!"

Bamm. Raus wars.

Nun kullerten auch schon wieder die Tränen über Summers Wangen. Erschrocken liess er ihr Kinn los und in seinem Blick lag Entsetzen. Doch es war zu spät.

Summer riss sich von ihm los und rannte zum Ausgang. Sie war zu weit gegangen. Sie hätte sich nicht so berauschen lassen sollen... oder besser gesagt, sie hätte nicht so egoistisch sein dürfen und seine Nähe zu zulassen, nur weil sie ihn so sehr brauchte.

Wieso hatte er das gesagt? Wie konnte sie ihm klarmachen, dass sie nichts für ihn war, dass er etwas Besseres verdient hatte?

Fragen und Selbstvorwürfe wüteten in ihrem Kopf, alle durcheinander.

Die angenehm kühle Nachtluft umspielte ihre von Tränen nassen Wangen. Der zarte Wind beruhigte ihre Nerven etwas und sie blieb an die Brüstung gelehnt auf der Veranda stehen und schaute in den Himmel hoch. So viele Sterne.

Nein, sie durfte ihn nicht einfach so stehen lassen. Das wäre nicht fair. Er hatte ihr einen so schönen Abend geschenkt, ihr seine Gefühle anvertraut. Es wäre grausam, wenn sie ihm nicht mindestens sagen würde, dass sie nicht mit ihm zusammen sein konnte, auch wenn sie es wollte.

Schon hörte sie, wie die Türe hinter ihr geöffnet wurde, und seine traurige Stimme drang tief in ihre Seele. „Summer... warum rennst du von mir weg? Was habe ich falsch gemacht?"

Ohne sich zu ihm umzudrehen, schüttelte sie den Kopf.

„Das einzige, was du falsch gemacht hast, ist, mich zu begehren."

„Was ist falsch daran?" Es war kaum noch ein Flüstern.

„Alles!" antwortete sie knapp.

Plötzlich wurde sie mit einem Ruck gepackt und umgedreht, bis sie in seine verletzten, aber siegessicheren Augen schauen musste. Summer war zu erschrocken, um sich zu wehren.

„Nichts ist falsch daran, Summer! Und wenn du ehrlich zu dir bist, bin auch ich dir nicht egal."

„Jonathan, du hast keine Ahnung, wer ich bin. Ich bin nicht gut für dich." Ihre Worte waren beinahe flehend.

Doch alles, was sie damit erreichte, war ein Funkeln in seinen Augen. Selbst schuld. Sie hatte ihm nicht sagen können, dass sie nichts für ihn empfand. So sehr sie es auch sagen wollte, sie brachte es nicht über ihre Lippen, denn es war schlichtweg nicht wahr. Im Gegenteil, sie empfand zu viel für ihn.

„Das lass doch bitte mich selbst entscheiden, wer gut für mich ist oder nicht!"

„Jon..."

„Nein Summer! Deine einzigen Ausreden sind, dass ich dich nicht kenne und du nicht gut genug für mich wärst. Zum zweiten Punkt habe ich dir bereits eine Antwort gegeben, und darüber diskutiere ich auch nicht mehr. Und zum ersten Punkt: Ich will und werde dich kennenlernen. Ob du willst oder nicht. Ich kämpfe für das, was ich will, das solltest du über mich wissen. Ich gebe nicht auf, solange ich noch Hoffnung habe!"

Mit diesen Worten liess er sie los. Sein Kampfgeist war geweckt. Und das beunruhigte Summer noch mehr.

„Lass mich dich nach Hause bringen." murmelte er, während er zum Wagen lief.

Summer stand noch immer auf der Veranda. „Danke, aber ich will lieber laufen."

„Kommt nicht in Frage." Jon drehte sich auf der Stelle um. Doch als er in ihre traurigen Augen sah, blieb ihm nichts anderes übrig, als es für heute gut sein zu lassen.

„Lass mich dir wenigstens ein Taxi bestellen, bitte?"

Sie nickte, wohlwissend, dass sie nur diese zwei Optionen hatte. Auf alles Andere hätte er sich nicht eingelassen.

Jonathan kramte sein Handy aus der Hosentasche, bemüht, nicht zu zittern vor Niedergeschlagenheit. Das einzige, was ihn beruhigte, war, dass er sie nicht verloren hatte. Es gab noch Hoffnung für ihn.

Als sie im Taxi nach Hause gefahren wurde, überschlug sich alles nochmal in Summers Gedanken, wie eine riesige Welle der Einsamkeit. Sie fühlte sich leer, seit sie ihn auf dem Parkplatz hatte stehen lassen und ins Taxi gestiegen war. Kein Wort hatten sie mehr geredet danach. Aber es war besser so.

Sie durfte ihn nicht in Gefahr bringen. Das würde sie sich nie verzeihen. Alles was sie jetzt tun musste, war, sich von ihm fern zu halten.

Kapitel 15

„Summer, Lydia ist am Telefon." Pater Noah stand auf der Veranda der Abtei, mit dem Telefon in der Hand. Summer blickte von ihrer Gartenarbeit auf.

Die letzten zwei Tage schon hatte sie sich hierhin zurückgezogen und sich in die Arbeit gestürzt, nur um nicht nachdenken zu müssen.

Auf der Arbeit hatte sie sich krankgemeldet und nicht einmal abends verliess sie die Abtei. Weder ging sie in Gregs Bar, noch in ihre Wohnung. Nur aus Angst, auf Jon zu treffen. Doch sie hatte die Rechnung ohne Lydia gemacht.

Leider hatte Summer gerade im Moment gar keine Lust, mit irgendjemandem zu reden.

Darum winkte sie ab. Der Pater sah sie für einen kurzen Moment fragend an, bevor er wieder in den Hörer sprach.

„Lydia, Liebes, Summer kann im Moment nicht ans Telefon.... Ja, sie ist wohlauf…"

Bei diesen Worten schüttelte Summer energisch den Kopf, so dass sich Pater Noah räusperte.

„Eh, ich meine, sie fühlt sich etwas kränklich, aber ansonsten geht es ihr gut.… Das mache ich. Ich sag ihr, sie soll dich zurückrufen.… Ok, danke Lydia. Bis bald."

Er drückte den Beenden-Knopf. Noch einmal sah er zu Summer hinüber. Sie aber war schon wieder in die Arbeit vertieft oder tat zumindest so.

Also schritt er mit hängenden Schultern wieder ins Haus zurück. Er musste mit ihr reden. Dem schädlichen Verhalten gegenüber ihr selbst konnte er nicht mehr zuschauen.

Etwa eine Stunde später, es war jetzt bereits vier Uhr nachmittags, hatte Summer auch dem Garten den Rest gegeben. Mit der Spitzhacke in der einen Hand schlurfte sie zu der Veranda zurück. Pater Noah sass bereits in seinem gemütlichen Gartensessel und las die Zeitung. Neben ihm, in seinem Rollstuhl, war ihr Vater, teilnahmslos wie immer. Als Pater Noah Summer kommen hörte, senkte er die Zeitung und blickte sie über seine Brillenränder hinweg an.

„Hast du dich fertig verausgabt für heute, mein Engel?"

Summer setzte sich neben ihn auf einen Gartenstuhl. „Gibt es denn noch etwas, was ich tun könnte?" Ihre Stimme klang sehr unbeteiligt.

„Nun ja, du könntest deine Freundin zurückrufen. Oder du könntest mit mir reden." Pater Noah nahm die Lesebrille von seiner Nase.

„Es gibt nichts zu reden." murmelte sie, mehr zu sich selbst.

Doch Pater Noah sah das ganz anders. „Summer. Ich mache mir Sorgen um dich. Was du da tust ist nicht gut für dich."

Das war genug. Summer stand auf und wollte schon ins Haus gehen.

„Setz dich wieder hin." befahl der Pater in strengem Ton.

Summer hatte es noch nie gewagt, dem Mann zu widersprechen, der sie so väterlich aufgenommen hatte. Also gehorchte sie und setzte sich wieder auf ihren Allerwertesten.

„Ich möchte, dass du mir erzählst, was dich so belastet. Bitte."

Auch wenn er ein Bitte mit angefügt hatte, wusste sie nur zu gut, dass es keine Bitte war.

Sie seufzte. „Pater, ich kann nicht darüber sprechen."

Sie hatte sich den ganzen Tag davon abgehalten, daran zu denken, und ausgerechnet jetzt musste der Pater sie zwingen, darüber zu sprechen?

„Mein liebes Kind. Ich werde dich nicht dazu nötigen. Aber ich bin hier, wenn du mich brauchst. Mach mir nur einen Gefallen und ruf Lydia an. Sie macht sich Sorgen."

Pater Noah setzte sich die Brille wieder auf die Nase und vergrub sich in der Zeitung.

Summer stand auf um hinein zu gehen. Er hatte recht, sie musste sich bei Lydia melden. Also ging sie zum Telefon und wählte ihre Nummer.

„Du meine Güte, geht es dir gut?" waren die ersten hysterischen Worte ihrer Freundin, als sie sich am Telefon meldete.

„Ja Lyd, es ist alles in Ordnung. Ich fühle mich einfach krank."

„Na Gott sei Dank." stöhnte es am anderen Ende der Leitung.

„Der hat ja wohl gar nichts damit zu tun." antwortete Summer sarkastisch.

Doch dies machte Lydia nur wütend.

„Jetzt hör aber mal auf. Am Donnerstag wurdest du von den Arschlöchern blöd angegrabscht, doch noch ehe Greg oder ich bei dir sein konnten, warst du verschwunden. Du gehst nicht ans Telefon, versteckst dich in einer Kirche… Summer, ich war ganz krank vor Sorge."

Natürlich hatte Lydia völlig recht und sofort fühlte sich Summer mehr als nur schlecht.

„Beruhige Dich. Du hast ja recht." Was sollte sie ihr jetzt bloss sagen?

Sie hatte nicht vor zu erzählen, dass sie den Abend mit Jon verbracht hatte. Das würde noch mehr Fragen und Ratschläge hervorrufen, die sie wirklich nicht gebrauchen konnte. Also musste sie sich rasch etwas einfallen lassen.

„Es war einfach alles zu viel für mich. Das ist keine Entschuldigung, ich weiss. Aber es tut mir leid."

„Verstehe." antwortete Lydia schliesslich zögerlich. „Auch wenn ich weiss, dass du mir nicht die ganze Wahrheit sagst, ist deine Entschuldigung angenommen. Ich bin einfach nur froh, dass es dir gut geht!"

Erleichtert atmete Summer auf.

Sie redeten noch eine Weile, bevor sie sich schliesslich verabschiedeten.

„Danke." murmelte Summer noch, bevor sie auflegte. Jetzt fühlte sie sich wirklich schlecht dabei, ihre Freundin so beiseitegeschoben zu haben. Aber es stimmte ja auch irgendwie, sie fühlte sich einfach beschissen. Und sie wollte auf keinen Fall Jon sehen, falls er überhaupt auftauchen sollte.

An diesem Abend ging sie früh zu Bett. Um neun Uhr schon lag sie in den Federn, neben ihrem geliebten Vater. Pater Noah hatte ihr noch einen Schlaftee, wie er es nannte, gebraut. Danach schlief sie wie eine Tote. Dafür war sie am nächsten Morgen schon mit den ersten Sonnenstrahlen wach.

Es war Sonntag. Das hiess, es gab um zehn Uhr eine Morgenmesse. Sie hatte also noch genügend Zeit. Seit langem verspürte sie heute wieder einmal den Wunsch, bei ihrem Lieblingsbaum zu sitzen. Gedacht, getan. Wenig später sass sie unter der grossen Eiche auf der Bank, zusammen mit Benjamin. Die Vögel zwitscherten bereits ihr Liedchen von den Bäumen und ein kühler Morgenwind raschelte in den Blättern. Eine ganz und gar beruhigende Stimmung. Es brauchte nicht lange, und Summer fiel in eine Meditation…
… sie folgte einem ihr gewohnten Pfad im Wald bis zu einem imaginären Tor, welches schon lange nicht mehr geöffnet wurde. Dichte Spinnweben und Efeuranken wucherten darüber. Sie stand davor und hatte so stark wie nie das Verlangen, das Tor zu öffnen. Ihre Hand umfasste den Knauf. Langsam begann er sich zu drehen und die Tür öffnete sich, nur einen Spalt breit. Doch das genügte. Sie konnte fühlen, dass auf sie gewartet wurde.

Viele Stimmen riefen durcheinander ihren Namen... zu viele.
Sie hielt sich die Ohren zu.

„Summer, komm zurück." hörte sie noch bevor eine vertraute
Hand sie zurück riss.

Sie blickte in die Augen ihres Vaters, welcher sie mit voller
Liebe betrachtete.

„Warte, bis du bereit dafür bist." sagte er liebevoll.
Dann wachte sie aus ihrer Trance auf und der Kontakt riss ab.
Erschrocken öffnete sie die Augen. Das war knapp, dachte sie
erleichtert und erschöpft zugleich.

Ehrfürchtig blickte sie Benjamin an, welcher immer noch
unverändert in seinem Rollstuhl neben ihr sass. „Danke
Paps."

Sanft strich sie ihm über die Wange. Ja, in tiefer Trance
konnte sie mit ihm in Kontakt treten. Doch das war eine
Ausnahme heute, alles geschah so schnell. Sie durfte diesen
Kontakt nicht zulassen, auch wenn sie es sich so sehr
wünschte. Doch mit dieser Energie würde auch ihre Tarnung
auffliegen. Es würde die ganze Schutzhülle, die sie um ihren
Vater und sich selbst aufgezogen hatte, einreissen. Und dann
wären sie sichtbar. Sichtbar für Sie.

In der heutigen Messe predigte Pater Noah von Hoffnung und
Vertrauen, und Summer hörte aufmerksam zu.

„Glauben heisst Vertrauen und im Vertrauen bezeugt sich die
Wirklichkeit dessen, worauf wir hoffen. Das, was wir jetzt noch
nicht sehen; im Vertrauen beweist es sich selbst. In diesem
Vertrauen haben unsere Vorfahren gelebt und dafür bei Gott
Anerkennung gefunden. Durch solches Vertrauen gelangen
wir zu der Einsicht, dass die ganze Welt durch das Wort
Gottes geschaffen wurde und alle sichtbaren Dinge aus
Unsichtbarem entstanden sind. Aus solchem Vertrauen
brachte Abel Gott ein besseres Opfer als sein Bruder Kain.

Denn weil Abel Gott vertraute nahm Gott sein Opfer an und bestätigte damit, dass Abel vor ihm als gerecht bestehen konnte. Durch sein Vertrauen spricht er noch heute zu uns, obwohl er doch längst gestorben ist. In solchem Vertrauen lebte Henoch, deshalb wurde er zu Gott entrückt und musste nicht sterben. In den Heiligen Schriften heisst es von ihm: „Niemand konnte ihn finden, weil Gott ihn weggeholt hatte." Und bevor dies berichtet wird, wird ihm das Zeugnis ausgestellt, das Gott an ihm Gefallen hatte. Es ist aber unmöglich, dass Gott an jemandem Gefallen hat, der ihm nicht vertraut. Wer zu Gott kommen will, muss fest damit rechnen, dass es ihn gibt, und dass er die Menschen belohnt, die nach ihm suchen.

Solches Vertrauen brachte die Mauer von Jericho zum Einsturz, nachdem die Israeliten sieben Tage lang um die Stadt gezogen waren.

Solches Vertrauen rettete der Hure Rahab das Leben. Sie hatte die israelischen Kundschafter freundlich aufgenommen. Deshalb wurde sie nicht zusammen mit den Anderen getötet, die sich Gott wiedersetzen.

Diese alle fanden durch ihr Vertrauen bei Gott Anerkennung und doch haben sie bis heute noch nicht bekommen, was Gott den Seinen Versprochen hat. Gott hat für uns noch etwas Besseres vorgesehen, deshalb sollen sie erst zusammen mit uns zur Vollendung gelangen.

Brief an die Hebräer."

Summer musste unter ihrer Kutte schwer schlucken. Natürlich wusste sie, dass Pater Noah die Predigt heute vor allem für sie hielt. Vertrauen war so eine Sache, die ihr heutzutage fehlte. Und er wünschte sich nichts mehr, als dass sie endlich wieder Vertrauen zu sich selbst fand.

Während sie ihren Gedanken nachhing, bemerkte sie nicht, wie die kleine Emma, welche wieder mit ihrer Mutter in der zweitvordersten Reihe sass, sie aufmerksam beobachtete.

„Hat dir die Predigt gefallen?" wollte der Pater wissen als Summer ihm nach der Messe aus seinem Gewand half.
„Ja Pater." seufzte sie. „Aber wie soll ich vertrauen? Bis jetzt hat es mich nicht weit gebracht."
Pater Noah legte ihr seine Hand auf den Unterarm und sie hielt in der Bewegung inne, um ihn anzuschauen.
„Vertraue darauf, dass nichts ohne Grund geschieht. Auch wenn es für uns Menschen noch so schwer zu verstehen ist, es ist immer alles zu unserem Besten."
Summer liess die Arme sinken.
„Was soll denn da zu meinem Besten gewesen sein?" flüsterte sie traurig. „Ich habe alles verloren, Pater. Sogar mich selbst. Ich weiss nicht, welchen Sinn das haben soll, ausser der Bestrafung für irgendetwas."
„Und weil du genau das glaubst, bestrafst du dich lieber selber, stimmt's?"
Pater Noah sah sie mitfühlend an. Jetzt brach Summer zusammen. Sie begann zu schluchzen, so fest, dass ihre Beine die Kraft verloren. Pater Noah fing sie auf und umarmte sie ganz fest, ohne etwas zu sagen.
Eine ganze Weile standen sie so da, bis Summer alle ihre Tränen losgeworden war. Ihre Augen brannten, ihre Kehle war trocken und sie war kraftlos… sie war so leer, dass sie sich beinahe wieder besser fühlte. Seit langem hatte sie sich nicht mehr auf diese Weise gehen lassen und alle ihre Ängste und ihren Kummer rausgelassen.
Schniefend löste sie sich von Pater Noah und bedankte sich bei ihm, indem sie ihm ganz tief in die Augen blickte.
Er lächelte voller Erbarmen. „Jederzeit!"

Summer stand bereits in der Küche um das Mittagessen vorzubereiten, als Pater Noah eintrat.

„Meine Liebe."

Sie blickte auf und stellte ihm sogleich den Teller mit dem frischen Sommersalat und den Pouletstreifen auf den Tisch.

„Ich habe gute Neuigkeiten für dich." grinste er, während er sich hinsetzte.

Neugierig blickte Summer zu ihm hinüber.

„Oh schön, ich liebe gute Nachrichten."

Sie lächelte und nahm den Teller ihres Vaters, um ihm alles klein zu schneiden. Mit Freuden stellte sie fest, dass er sofort anfing zu essen. Heute hatte er anscheinend Hunger.

Der Pater zwinkerte ihr zu bevor er weitersprach. „Charly ist heute aus dem Krankenhaus entlassen worden. Es geht ihm den Umständen entsprechend recht ordentlich."

Summer jauchzte laut auf. „Super! Das sind wirklich gute Neuigkeiten! Dann werde ich ihn in den nächsten Tagen zu Hause besuchen."

Dann ratterte es in ihrem Kopf und ihr Gesicht verdunkelte sich zunehmend.

„Habt ihr etwas von seinem Taxi gehört?"

Sie hatte ganz vergessen, Jon danach zu fragen. Jetzt würde sie das bestimmt nicht mehr tun.

„Nein, bisher noch nicht." Pater Noah zuckte mit den Schultern. „Aber ich vertraue auf Jonathan. Er wird sich melden, wenn er so weit ist. Im Moment kann Charly so oder so noch nicht wieder arbeiten."

Zustimmend nickte Summer. Ja, Jon würde sich bestimmt an sein Versprechen halten. Schliesslich ging es um Charly und hatte nichts mit ihr zu tun, falls er zu enttäuscht von ihr war. Er wird darüber hinwegkommen, redete sie sich ein. So wie sie auch.

Kapitel 16

Sie waren mit dem Mittagessen fertig. Summer hatte gerade ihren Vater in den Liegestuhl gebettet, damit er etwas schlafen konnte und räumte nun den Tisch ab, als sie ein Auto vor der Abtei parkieren hörten.

„Erwarten Sie jemanden?" fragte sie den Pater, während sie von der Veranda in die Küche ging, um die Teller abzustellen.

„Nein. Aber ich werde mal nachsehen, wer das ist."

Mit diesen Worten stieg Pater Noah die wenigen Treppenstufen hinunter, um aussen um das kleine Häuschen herum zu gehen und die unangemeldeten Gäste zu begrüssen.

Einen Moment lang war es ganz ruhig. Sie wollte gerade wieder auf die Terrasse gehen, um nach ihrem Vater zu sehen...

...und blieb wie angewurzelt stehen.

Pater Noah kam gerade wieder zurück, neben ihm die kleine Emma... und Jon.

Summer hatte das Gefühl ohnmächtig zu werden.

„Summer" jubelte Emma schon von Weitem, als sie sie erblickte, und wollte bereits auf sie zu rennen.

Doch Jon hielt sie fest an ihrer kleinen Hand zurück. Sein Blick fing den ihren auf und wiederspiegelte Unsicherheit und Traurigkeit. Sie war wie versteinert. Was zum Teufel sollte das? Was hatte er sich nur dabei gedacht, hier aufzutauchen? Und wie hatte er sie gefunden?

Lydia! Schoss es ihr durch den Kopf.

Jetzt, wo sie wieder Herrin ihrer Sinne war, machte sie auf dem Absatz kehrt, um ins Haus zu gehen. Auf keinen Fall wollte sie mit ihm reden.

Doch es war zu spät. Pater Noah, war offensichtlich anderer Meinung. „Summer Liebes, Stopp."

Ganz langsam drehte sie sich wieder um und sah den Pater ungläubig an. Wieso hatte er das zugelassen? Noch nie hatte er jemanden mit ins Haus gebracht. Was versprach er sich davon?

Zusammen mit Jon kam er die Stufen wieder hoch. Die kleine Emma war nun doch als erste bei ihr angelangt und umarmte ihre Beine.

„ Hallo Emma" flüsterte Summer, während sie weiterhin Jon anstarrte.

Dieser hatte die Hände in die Hosentaschen gesteckt. Er wirkte ziemlich unbeholfen, was gar nicht zu dem muskulösen, schönen Mann passte.

„Hallo." sagte er fast zu leise.

Summer konnte nicht antworten, ihre Stimme war wie weggeblasen.

„Setzen Sie sich doch, Jonathan." hörte sie Pater Noah sagen. „Ich werde in die Küche gehen, um einen Tee aufzusetzen."

Jon setzte sich nicht. Er konnte seinen Blick nicht von ihr lassen und war hin- und hergerissen, ob er nicht wieder gehen sollte.

Pater Noah jedoch ging an Summer vorbei und lächelte ihr zu, bevor er in der Küche verschwand.

Noch immer konnte sie sich nicht bewegen. In ihr brodelte es. Wie konnte er es wagen, hier aufzutauchen? Er brachte ihre eigene Welt ins Wanken, und die ihres Vaters. Gar nicht gut. Trotzdem tanzte ihr Herz und klopfte bis zum Hals.

Nach einer gefühlten Ewigkeit fand sie doch ihre Sprache wieder.

„Wie wusstest du, wo du mich findest?" flüsterte sie heiser.

Erleichtert, dass sie endlich mit ihm sprach, setzte er sich erschöpft hin. „Emma hat es mir gesagt."

Summer schaute zu Jons kleiner Schwester hinunter. Also doch nicht Lydia! Sofort fühlte sie sich schuldig, ihre Freundin in Verdacht gehabt zu haben. Natürlich, die kleine Emma hatte sie in der Kirche tatsächlich doch erkannt. Sogleich stieg Angst in ihr hoch. Das war verdammt schlecht... was ist, wenn sie nicht die einzige war, die sie unter der braunen Kutte erkannt hatte? Oder wenn die kleine Emma es auch anderen weitererzählen würde? Schliesslich war sie ja noch ein Kind, Kinder reden viel.

Jon bemerkte ihren Schrecken, deutete ihn jedoch völlig falsch. „Summer, warum hast du solche Angst vor mir?"

Er klang so traurig, dass es ihr weh tat. „Das ist es nicht Jon... ich... es ist so viel ... komplizierter."

Tief luftholend blickte sie in seine Augen. Erst jetzt bemerkte sie die schwarzen Ringe darunter. Sein sonst so strahlendes Gesicht wirkte blass und zerschlagen. Fast so, als hätte er die letzten zwei Nächte kein Auge zu getan. Dieser Gedanke schmerzte sie. „Jon, geht es dir nicht gut?"

Zugegeben, das war vielleicht eine blöde Frage. Doch sie konnte sich nicht vorstellen, dass er wegen ihr so litt. Da musste noch etwas anderes sein, was ihn bedrückte.

Er schaute sie aus verwunderten Augen an, fast so, als wäre sie eine Ausserirdische. „Ob es mir nicht gut geht? Das ist jetzt nicht dein ernst, oder?"

Jon schluckte schwer, bevor er weitersprach.

„Summer, seit drei verdammten Tagen suche ich dich. Ich war jeden Abend in der Bar, weil ich einfach nur sicher sein wollte, dass es dir gut geht. Aber du warst nicht da. Und von deinen Freunden bekam ich auch keine hilfreichen Antworten, als ich nach dir fragte. Kannst du dir eigentlich vorstellen, was ich mir in meinem Kopf alles ausgemalt habe, als du so völlig aufgelöst vor mir geflüchtet bist?"

Summer bemerkte wie er zitterte vor Aufregung.

„Es tut mir leid." flüsterte sie benommen.

„Das hoffe ich. Tu das bitte nie wieder."

Auch Jon flüsterte jetzt und schaute sie durchdringend an. Hatte er tatsächlich feuchte Augen? Ihr Herz setzte für einen Schlag aus. Auf keinen Fall durfte er wegen ihr so leiden. Das hatte er wirklich nicht verdient. Ausgerechnet er, der immer liebenswert zu ihr war.

Zögernd ging sie um den Tisch herum und reichte ihm ihre Hand. „Ich verspreche es!"

Als wäre das alles, worauf er gewartet hätte, packte er ihre Hand und zog sie ganz fest in seine Arme. Zuerst war sie völlig perplex, doch dann liess sie ihn gewähren.

Es fühlte sich sogar so gut an, dass auch sie ihre Arme um ihn schlang. Komischerweise wich in diesem Moment die ganze Anspannung aus ihrem Körper, und auch ihm schien es nicht anders zu gehen. Er hörte auf zu zittern und sein Herzschlag beruhigte sich immer mehr.

So standen sie einfach einen Moment da, einander umarmend, als ob es nichts anderes gäbe.

Summer konnte jeden Muskel unter seinem T-Shirt spüren. Seine Wärme und sein männlicher Geruch betörten sie, so dass sie ihre Nase an seinen Hals drückte.

Ein sanfter Schauer durchlief seinen Körper und kurz, wirklich nur ganz kurz, hörte er auf zu atmen.

„Wann hat es Emma gemerkt?" flüsterte sie nach einer Weile und ihr Atem kitzelte an seinem Hals, dass er beinahe den Verstand verlor. Sie so nah zu spüren machte ihn wahnsinnig, auf eine gute Art und Weise.

Zuerst sagte er nichts, bis er seinen verräterischen Körper wieder im Griff hatte. Dann zuckte er mit den Schultern.

„Als sie heute mit Mom von der Messe nach Hause kam, war ich im Garten und habe wie wild Holz gehackt. Sie fragte mich, warum ich das tue mitten im Sommer. Und weil ich die Antwort wusste, wurde ich wütend. Ich habe zum ersten Mal meine kleine Schwester angebrüllt. Was für ein grosser Bruder tut denn so was?"

Jon lächelte beschämt.

Summer blickte zu ihm hoch. Dieser Blick liess seine Knie schwach werden und er räusperte sich. „Naja, sie hat nicht die Flucht ergriffen. Sie ist ein schlaues Mädchen. Emma sagte dann ganz plötzlich, sie wisse, wo ich dich finden kann."

Als er ihren jetzt fragenden Blick wahrnahm, fuhr er sofort fort: „Weisst du, das Band zwischen Emma und mir ist wahnsinnig stark. Wir fühlen einander. Und als ich Donnerstagnacht nach Hause gekommen bin, war sie noch wach. Sie hat auf mich gewartet, weil sie spürte, dass etwas nicht stimmte. Und wir haben geredet. Ich habe ihr von dir erzählt. Sie meinte, sie könne mir helfen, aber ich habe nur gelacht. Wie sollte meine kleine achtjährige Schwester mir helfen können... ich habe ihr nicht geglaubt."

Jetzt musste Summer lächeln. Bei diesem Anblick wurde Jon warm ums Herz.

„Das passiert mir nie mehr, ich schwöre es." Er lächelte jetzt auch. „Heute habe ich sie halt einfach gefragt, wie sie das denn anstellen wollte, mir zu helfen meine ich. Und hier sind wir."

„So, Kinder. Der Tee ist fertig." Pater Noah kam mit einem Tablett, auf dem eine Kanne mit heissem Tee und vier Tassen standen, aus der Küche gelaufen.

Widerwillig liess Summer Jon los, um die Tassen zu verteilen und den Tee einzugiessen. Dann nahm sie neben Jon Platz. So sassen sie da und redeten eine Weile. Es war angenehm, entspannt und schön, fand Summer.

Natürlich kamen sie auch auf Benjamin zu sprechen. Emma erzählte Jon, dass Summers Vater auch krank war, wie ihre Mom. Doch nur ein Blick zu Summer genügte ihm, um zu sehen, dass sie nicht bereit war, darüber zu sprechen. Er drückte sachte ihre Hand, ohne weiter darauf einzugehen. Irgendwann würde er sie fragen, aber nicht jetzt. Jetzt, wo er sie endlich wieder hatte.

Emma plauderte, wie eben ein kleines Mädchen plauderte. Sie wollte so vieles wissen und löcherte den Pater mit ihren Fragen, welche dieser geduldig und mit einem liebevollen Lächeln beantwortete.

Sicher war bereits über eine Stunde vergangen, als Jon plötzlich fragte: „Falls ihr keine Pläne habt für heute Nachmittag würde ich Summer gerne etwas zeigen."

Wieder war es Summer, welche fragend zu ihm hinüber blinzelte. „Was denn?"

„Dafür müsstest du mit mir mitkommen." schmunzelte er geheimnisvoll.

Pater Noah nickte ihr aufmunternd zu, aber das war gar nicht mehr nötig. Sie wollte mit ihm mitgehen. Dieser Nachmittag war zu schön, um ihn enden zu lassen. Zu schön, um Jon gehen zu lassen!

Kapitel 17

Vor seiner Garage hielt Jon seinen Pick Up an und grinste zu Summer hinüber.

„Da wären wir."

Auch Emma hatte ganz rote Bäckchen vor Aufregung. „Los mach schon, Summer. Steig aus."

So tat sie, wie ihr befohlen und kletterte nervös aus dem Auto, dicht gefolgt von Jons kleiner Schwester. Diese hüpfte jedoch schon an ihr vorbei zur Eingangstüre zur Werkstatt, um sie schon einmal zu öffnen. Ungeduldig schaute sie zu den beiden zurück. „Wo bleibt ihr denn?"

Jon lachte laut auf. „Mach mal langsam, Kleines."

Und dann zu Summer gewandt: „Bereit?"

Summer dämmerte es jetzt, was er ihr zeigen wollte. Es handelte sich ganz bestimmt um Charlys Taxi. Was sollte es sonst sein in seiner Werkstatt? Aufgeregt nickte sie ihm zu. Ja, sie war bereit.

Er streckte ihr die Hand hin, welche sie nur zu gerne nahm, und führte sie in die Garage.

Beim Eintreten bemerkte sie, dass nur noch ein Auto dort stand. Charlys Auto. Summer blieb stehen und konnte nicht glauben, was sie da sah.

Das Auto war praktisch wie neu. Keine Delle war mehr zu sehen und die Fensterscheiben waren alle ersetzt. Jon hatte dem Taxi sogar eine neue Lackierung geschenkt, das Gelb leuchtete im Licht der Sonne wunderschön, welches durch ein grosses Fenster die Halle erhellte.

Mit Freudentränen in den Augen jauchzte Summer auf und klatschte in die Hände. „Du bist ein Künstler Jon!"

Emma kicherte vor Freude, während Jon sich an Summers Gefühlsausbruch ergötzte. Es war wundervoll, sie so zu sehen.

Er sagte nichts, genoss einfach den Moment, als Summer sich plötzlich zu ihm umdrehte und ihm um den Hals fiel.

„Danke Jon. Von Herzen danke." So fest er konnte drückte er sie an sich und flüsterte in ihre roten Haare hinein. „Du ahnst gar nicht, wie glücklich du mich machst!"

Summer liess ihn los und strahlte ihn an. „Hast du es Charly schon gesagt?"

„Nein, ich wollte es zuerst dir zeigen. Wir können ihn jetzt anrufen, wenn du möchtest."

„Oh ja." brach es aus ihr hervor. „Lass uns das tun."

Wieder klatschte sie in die Hände. Jon musste lachen über ihre herrliche Kindlichkeit, die sie jetzt gerade preisgab. Ohne, dass es ihr bewusst war, zeigte sie ihm eine unbeschwerte Seite von ihr, die ihm wahnsinnig gut gefiel.

Als Jon sein Handy hervornahm und Charlys Nummer wählte, beobachtete Summer diesen attraktiven Mann verstohlen. Seine Augen hatten den geliebten Glanz zurück bekommen und sein schiefes Lächeln liess sein wunderschön markantes Gesicht wieder aufleben. Er sah immer noch müde aus, aber bei weitem viel besser als am früheren Nachmittag.

Charly hatte offenbar abgenommen, denn Jon fing an zu reden, ohne sie aus den Augen zu lassen. „Hallo Charly, hier ist Jonathan."

Es folgte eine kurze Pause.

"Mir geht es gerade sehr gut, danke. Aber wie geht es dir? Hab gehört, du bist entlassen worden?" Wieder eine Pause mit bedeutungsvollem Kopfnicken.

„Ja auf jeden Fall. Du musst noch auf dich aufpassen. Mach langsam, alter Knabe."

Summer hörte Charlys kehliges Lachen. Jon zwinkerte ihr zu bevor er sagte:

" Charly, ich habe hier jemand, der dir etwas sagen möchte."
Dann reichte er ihr das Handy hinüber. Sofort hielt sie es sich
ans Ohr und es sprudelte nur so aus ihr raus: „Charly... Pater
Noah hatte recht, Jon steht zu seinem Wort. Dein Auto ist
wieder wie neu! Du solltest es sehen, es ist großartig!"
An ihrer Seite lachte Jon auf. „So, hat Pater Noah das
gesagt?"
Emma tänzelte um ihn herum. „Du bist eben der Beste!"
Zärtlich zerwuschelte er ihre blonden Locken.
Summer redete noch einen kurzen Moment mit ihrem alten
Freund, bevor sie Jon sein Handy zurückgab.
Nach ein paar weiteren Minuten hatten die beiden Männer
dann abgemacht, dass Charly sein Taxi in Jons Werkstatt
stehen lassen konnte, bis er wieder fahrtüchtig war.
Als Jon schliesslich auflegte und das Handy in die
Hosentasche zurück stopfte, konnte sie nicht anders, als ihn
anzuhimmeln. Dieser Mann war einfach so perfekt.
„Schau mich nicht so an." lächelte er nervös. „Das ist
gefährlich."
Verlegen räusperte sie sich und senkte sogleich den Blick.
Reiss dich zusammen, schimpfte sie innerlich mit sich selbst,
wie sie es in der letzten Zeit so oft tat.
Peinliches Schweigen folgte, doch nicht lange. Es war Jon,
welcher das Wort wieder ergriff und unsicher von einem Fuss
auf den anderen trat.
„Ich dachte, ähm nun ja, wo du doch schon mal hier bist, ich
meine, hättest du vielleicht Lust zum Essen zu bleiben? Ich
würde grillieren und Mutter würde sich freuen, dich
kennenzulernen."
Es war ihm deutlich anzusehen, dass er Angst hatte, mit
seiner Einladung zu weit gegangen zu sein. Er wusste nie, wie
weit er gehen durfte, ohne sie wieder von ihm wegzutreiben.

Emma hingegen war da ganz anders. Triumphierend jubelte sie und packte Summer an der Hand.

„Oh ja bitte, bitte. Bleib bei uns, das wäre supi." Sie hüpfte aufgeregt auf und ab.

„Emma!" stöhnte Jon erschrocken auf.

Das war nun bestimmt zu viel für Summer. Doch diese lächelte nur scheu. „Ich bleibe gerne."

Emma rannte bereits fröhlich jauchzend aus der Garage, während Jon wie erstarrt da stand und sie ungläubig anblickte.

„Hast du gerade ja gesagt?"

„Ja, ich würde sehr gerne noch etwas bleiben." Mit diesen Worten zauberte sie ihm jetzt ein breites Grinsen ins Gesicht. Wieder reichte er ihr die Hand und sie verliessen zusammen die Garage.

„Mom?" rief Jon, kaum hatten sie das kleine Häuschen betreten, welches direkt hinter der Garage war.

Es war wirklich klein, aber richtig schnuckelig. Ein Hexenhäuschen, schoss es Summer durch den Kopf und sie zuckte etwas zusammen.

„Alles in Ordnung?" fragte Jon.

Ihm schien wirklich gar nichts zu entgehen. Summer nickte und lächelte ihn beruhigend an.

Jon führte sie an der Hand durch den kurzen Flur ins Wohnzimmer. Von dort konnte man durch eine grosse geöffnete Fensterfront in einen wunderschönen Garten blicken. Überall Rosen, wo man nur hinsah, Rosen in allen Farben.

Das Wohnzimmer selbst war klein, aber gemütlich. Eine kuschelige Sitzecke aus rotem Plüsch schmückte die eine Hälfte des Raumes. Viele Bücher lagen auf einem kleinen Beistelltischchen.

Auf der anderen Seite war auf einer antik aussehenden Kommode ein moderner Flachbildschirm Fernseher und in der anderen Ecke, neben der Tür, ein Cheminee mit vielen Fotos auf dessen Sims.

Summer steuerte darauf zu, bevor Jon sie weiter zur Terrasse ziehen konnte. Auf einigen Bildern war eine junge schöne Frau zu sehen mit einem kleinen Jungen auf dem Schoss, oder der kleine Junge am Spielen mit einem Ball.

Eines der Fotos zeigte einen schon älteren Jungen, welcher ziemlich nachdenklich in die Ferne schaute.

„Bist du das?" fragte sie, ohne den Blick von dem irgendwie besorgten Jungen abzuwenden.

„Ja. Das war gerade eine schwierige Zeit damals."

Er schwieg wieder und sie fühlte, dass es ihm nicht angenehm war, jetzt gerade darüber zu sprechen. Sie schaute sich noch die anderen Bilder an.

Die schöne Frau war schon etwas älter, und sie sah auch nicht mehr ganz gesund aus. Und da war Emma, die kleine, liebliche Emma. Sie lachte auf allen Bildern. Unschuldig und süss.

Sie blickte zu Jon hinüber und lächelte sanft. „Ihr seid eine schöne Familie."

Ein bisschen Wehmut schwang in ihrer Stimme mit, doch sie meinte es ernst.

Jon nickte. „Ja, das sind wir wohl."

Er klang traurig.

Doch sie hatten keine Zeit mehr, schon kam Emma hineingerannt und packte Summers Hand. „Na komm schon, Mommy wartet draussen."

Summer musste lachen und Gott sei Dank wurde Jon dadurch sofort angesteckt.

„Es tut mir leid." flüsterte er und deutete dabei auf seine kleine Schwester.

Doch das störte Summer nicht mehr. Sie liess sich bereits von Emma auf die Terrasse ziehen. Jon folgte ihnen.

Sie konnte ihn so unglaublich gut in ihrem Rücken spüren, ihre kleinen Härchen auf der Haut waren nach ihm ausgerichtet wie kleine Antennen.

Emma zog Summer zu einem kleinen, von Efeuranken überwachsenen, weissen Pavillon in der Mitte des Gartens. In mitten der wundervollen Rosenpracht. Der intensive Rosenduft bezauberte ihre Sinne.

Im Pavillon sass eine Frau mit geschlossenen Augen in einem Schaukelstuhl. Sie trug ein blaues Tuch wie ein Turban um ihren Kopf gewickelt. Ihr Gesicht war nicht faltig, jedoch war zu erkennen, dass diese Frau schon einiges erlebt haben musste. Sie war etwas blass. Summer schätzte sie so um die fünfundfünfzig.

„Mommy, Summer ist hier." flüsterte Emma ungewöhnlich leise, als sie neben ihrem Schaukelstuhl standen.

Die Frau öffnete ihre Augen und blickte zuerst ihre kleine Tochter und dann Summer an. Dieser erste Blick war so zärtlich, so unglaublich gütig, dass Summer warm ums Herz wurde. Sie liebte diese Frau vom ersten Moment an. Als sie den Blick über Summer hinweg schweifen liess und sie ihren Sohn hinter ihr erblickte, umspielte ein sanftes, glückliches Lächeln ihre Lippen und sie zog dabei einen Mundwinkel nach oben.

Genau wie ihr Sohn, dachte Summer. Jon hatte sein schönes Lächeln definitiv von seiner Mutter geerbt.

„Hallo Summer, es freut mich, dich endlich kennenzulernen."

Die Frau erhob sich etwas mühsam von ihrem Schaukelstuhl, um Summer fest in ihre Arme zu schliessen.

„Ich habe schon viel von dir gehört." Sie lockerte ihre Umarmung ein wenig, um Summer anzusehen.

„Ach wirklich?" lächelte Summer und wunderte sich etwas darüber.

Doch die Frau sprach bereits weiter. „Jonathan, du hast recht, sie ist bezaubernd."

Wieder lächelte sie ihren Sohn an, welcher verlegen zurück grinste. Ja, er wusste, dass Summer seiner Mom gefallen würde. Endlich konnte er ihr den grossen Wunsch erfüllen, eine Frau kennengelernt zu haben, die ihm guttat, und in die er sich verlieben konnte. Oder bereits war... bis über beide Ohren.

„Entschuldige bitte Liebes. Ich bin Rebecca. Aber nenn mich Beccie, das ist mir lieber."

Lächelnd liess sie Summer wieder los, um sich in den Stuhl zurück zu setzten. Sie wirktc erschöpft. Das musste der Krebs sein, wie Summer sich erinnerte. Jon trat zu seiner Mutter und gab ihr einen liebevollen Kuss auf die Stirn. Hoffnungsvoll blickte sie zu ihm auf. „Werdet ihr hier essen?"

Jon nickte lächelnd. „Ich schmeiss den Grill an."

Er zwinkerte ihr zu. Summer beobachtete das liebevolle Zwischenspiel von Mutter und Sohn und ihr Herz blühte auf. Es wurde ihr immer wie mehr bewusst, was für ein aussergewöhnlicher junger Mann Jon war.

Verstohlen sah sie ihn von der Seite an. Dieser kräftige, gutaussehende Mann mit seinem liebevollen Blick und dem sanften, schrägen Lächeln ging ihr unter die Haut, und das nicht nur ein wenig. Ihr Herz schlug bis in den Hals hinauf.

„Alles in Ordnung?" Summer spürte seine Hand auf ihrem Arm und bemerkte, dass sie ihn immer noch anhimmelte.

„Oh ja...ja" räusperte sie sich verlegen und wendete sofort ihren Blick ab.

Beccie grinste zu Emma hinüber, welche ein quietschendes Lächeln von sich gab. Na toll, jeder hier schien ihre Lechzerei mitbekommen zu haben... wie peinlich.

Zum Glück war Jon so mitfühlend, dass er sich sofort abwendete. Aber Summer entging nicht, wie sein Mundwinkel sich ein kleines bisschen nach oben zog.

„Na los, Emma, holen wir den Damen etwas zu trinken."

„Setz dich Liebes." Beccie deutete auf einen Stuhl neben ihr. Summer tat, wie ihr geheissen.

„Schön habt ihr es hier. Die vielen Rosen... ich liebe Rosen." Beccie erstrahlte und schaute sich in ihrem prachtvollen Garten um.

„Danke. Ja, ich liebe es auch. Es ist viel Arbeit, aber sie macht sich bezahlt. Die ersten Rosen habe ich hier gepflanzt kurz nachdem Jonathan geboren ist."

Sie machte eine Pause. Summer bewunderte diese Frau. Sie strahlte so viel Liebe und Stärke aus.

„Und warum liebst du Rosen?" Die Frage kam unerwartet und Summer überlegte einen Moment.

„Vermutlich, weil es eine Schönheit ist, die sich nicht alles gefallen lässt und sich mit ihren Dornen zu wehren weiss."

Beccie schmunzelte. „So wie du?"

„So würde ich das nicht sagen..." schüttelte Summer lachend den Kopf.

Beide schauten sie zu Jon hinüber, der am Grill herumhantierte und gleichzeitig mit Emma etwas besprach. Die Kleine rannte ins Haus und kam bald darauf mit einem Krug und zwei Gläsern durch den Garten zu den zwei Frauen zurück gerannt.

„Ich habe euch Limonade gemacht." freute sie sich und stellte den Krug auf den Beistelltisch.

„Das ist aber lieb, mein Schatz."

Beccie strich sanft über Emmas Kopf, während diese die zwei Gläser füllte. Dann rannte sie auch schon wieder davon, zu ihrem Bruder.

Rebecca sah ihr lächelnd nach. „Sie liebt Jonathan sehr."

Summer schwieg und beobachtete Jon. Er hatte sich ein Träger-shirt angezogen, und seine Tattoos waren gut sichtbar. Er sah verdammt heiss aus. Immer wieder lächelte er verschmitzt, als Emma neben ihm irgendetwas plapperte. Dann, für einen kurzen Moment, sah Jon zu ihr hinüber und ihre Blicke trafen sich. Es war wie ein elektrischer Schlag, der durch ihren Körper fuhr und ihr Herz setzte für einen Moment aus. Es war ihr peinlich, dass er sehen konnte, wie sie ihn anstarrte, aber sie konnte einfach nicht wegsehen. Verdammt noch mal, er zog sie in seinen Bann, so sehr sie sich auch zu wehren versuchte.

„Er ist ein guter Junge, Summer."Als ob Beccie ihre Gedanken lesen konnte. Summer nickte.„Ja, das ist er. Und er hat es verdient, glücklich zu sein."

„Und du denkst, das kann er mit dir nicht sein?"

Konnte diese Frau vielleicht auch ihre Gedanken lesen? Oder war sie zu einem verdammten offenen Buch geworden? Summer nickte.

„Ich habe Angst davor, ja." Sie machte eine Pause. „Vielleicht habe ich ihn nicht verdient."

Rebecca hob ihre Hand und legte sie sanft auf Summers Wange.

„Jonathan ist klug und er weiss ganz genau, was er will und was nicht. Er ist wählerisch. Wenn er sich für dich entschieden hat, dann weiss ich, dass du ihn verdient hast."

Sie nahm ihre Hand wieder von ihrer Wange und zwinkerte ihr aufmunternd zu.

„Er hat noch nie ein Mädchen mit nach Hause gebracht."

Summer blickte wieder zu Jon. Er hatte noch nie ein Mädchen mit nach Hause gebracht, widerhallten Beccies Worte in ihrem Kopf.

Und diese Worte zauberten ein glückliches Lächeln auf ihr Gesicht.

Jon hatte ein herrliches Barbecue gezaubert, mit riesigen Steaks, Brot und Salat. Summer hatte gar nicht bemerkt, wie hungrig sie war und ass wie ein Mähdrescher, was Jon sehr freute. Sie redeten und lachten eine ganze Weile, bis es langsam dunkel wurde.

Schliesslich schob Beccie den Stuhl zurück. „So meine Lieben, es ist Zeit für mich, ins Bett zu gehen."

Sofort sprang Jon auf, um ihr zu helfen, doch Beccie winkte ab. „Lass nur, mein Junge. Heute wird mir Emma helfen, nicht wahr meine kleine Elfe?"

Mit einem verschwörerischen Lächeln sah sie zu der Kleinen, welche genauso spitzbübisch zurück grinste, und nickte.

„Ok, aber wenn ihr mich braucht, ruft mich." Jon gab seiner Mutter einen Kuss auf die Wange.

„Es war schön, dass du hier warst, Summer. Danke für den schönen Abend."

Mit diesen Worten verabschiedete sich Rebecca und folgte Emma ins Haus hinein.

Summer half Jon, das Geschirr zu waschen und die Küche sauber zu machen. Immer wieder trafen sich ihre Blicke, ein Knistern lag in der Luft.

Als sie fertig waren, vergewisserte er sich, dass bei seiner Mutter alles in Ordnung war. Bis über beide Ohren lächelnd kam er zurück.

„Sie schlafen beide."

Er hatte Emma in Beccies Bett vorgefunden, Beccie mit der Brille auf der Nase und einem Buch, welches ihr aus der Hand gefallen war und Emma mit dem Kopf auf ihrem Bauch liegend.

„Willst du, dass ich dich nach Hause bringe oder wollen wir ein bisschen spazieren gehen?" Hoffnungsvoll sah er zu Summer hinüber, welche wieder am Kamin stand und die Fotos betrachtete.

Sie drehte sich zu ihm um.

„Spazieren hört sich gut an." lächelte sie verlegen. Nein, sie wollte noch nicht heim. Sie genoss diesen unbeschwerten Abend so sehr. Sie genoss seine Nähe so sehr, seine fröhliche und liebevolle Art.

Erleichtert seufzte Jon auf.

„Gott sei Dank." flüsterte er beinahe. „Wenn du gesagt hättest, du wolltest gehen, weiss ich nicht, ob ich dazu schon bereit gewesen wäre."

Summer grinste. Offenbar ging es ihm auch so wie ihr.

„Das hättest du dann aber wohl oder übel sein müssen."

„Hmmm, wer weiss."

Er kam näher zu ihr. „Vielleicht hätte ich dich einfach hier eingesperrt."

Sie konnte seinen Atem auf ihrer Wange spüren und es kribbelte wie wahnsinnig in ihrem Bauch.

„Das hätte ich nicht zugelassen." hauchte sie provozierend.

„Was hättest du dagegen tun wollen?"

Er sah sie voller Verlangen an. Ihr blieb die Luft weg, sie konnte nicht antworten. Plötzlich packte er sie und warf sie sich mit einem schelmischen Grinsen über den Rücken. Summer kreischte leise auf.

„Genug geredet. Wir gehen spazieren."

Mit diesen Worten trug er sie aus dem Haus. Lachend schlug sie ihm auf den Rücken.

„Lass mich runter, du Schuft."

Sein linker Arm hielt sie knapp unter ihrem Po fest. Sie spürte seinen stählernen Körper und es wurde ihr schwindelig vor lauter Verlangen nach ihm.

„Ich ein Schuft? Ich werde dir gleich zeigen, was ein Schuft ist."

Oh Gott, diese dunkle Stimme reizte ihre überstrapazierten Nerven nur noch mehr.

Mit der freien Hand öffnete er das Gartentor, dann liess er sie sanft an ihm herunterrutschen, bis seine beiden Hände um ihre Hüften lagen. Summer lachte, und schubste ihn von ihr weg. Grinsend nahm er ihre Hand. „Ok, fürs erste reicht mir das."

Jon führte sie einen kleinen Weg am Waldrand entlang. Die Nacht war schon hereingebrochen, doch es war noch hell genug durch das Dämmerlicht.

„Darf ich dich etwas fragen?"

„Was immer du willst, meine Liebe." Jon betrachtete sie von der Seite.

Summer dachte an Rebecca.

„Wie schlimm steht es um deine Mutter?"

Einen Moment blieb er ruhig, dann atmete er schwer ein. „Sie ist schwer an diesem Krebs erkrankt. Multiples Myelom."

Augenblicklich fiel Summer in sich zusammen. „Oh Jon, das tut mir so leid."

Sie wusste nur zu gut, wie sich das anfühlte. Sie drückte seine Hand noch fester, wollte stehen bleiben. Aber er zog sie weiter.

„Die Ärzte geben ihr nicht mehr so lange. Sie braucht eine weitere Stammzellentransplantation, um eine hochdosierte Chemotherapie durchführen zu können. Die ist aber sehr teuer und wir können uns diese nicht leisten. Noch nicht." Er machte eine Pause. „Darum kämpfe ich. Ich brauche das Geld. Ich hoffe, die Zeit reicht mir noch, es zu beschaffen."

Jon sprach ganz leise. Seine tiefe Traurigkeit schmerzte sie im Innersten. Schweigend gingen sie einen Moment weiter. Doch dann hielt sie es nicht mehr aus. Ruckartig blieb sie stehen und schaute ihn voller Mitleid an. „Es tut mir so wahnsinnig leid."

Er schluckte schwer, seine Augen auf ihre gerichtet. Mit einer Hand strich sie ihm über eine Sorgenfalte auf seiner Stirn.

Schlagartig veränderte sich sein Blick. Es lag eine Sehnsucht in ihm, die sie fast erschlug. Seine Augen ruhten auf den ihren, bevor sie weitersuchten und an ihren vollen Lippen hängen blieben. Seine starken Kieferknochen pressten sich zusammen und er hob seine Hand, um ihr eine Haarsträhne aus dem Gesicht zu streichen.

Für einen Moment verharrte er, dann umfasste er ihren Kopf und zog sie an sich heran.

Summer wehrte sich nicht, die Hitze in ihr brachte ihren Körper in Wallung. Sie konnte seine starke Hand um ihre Taille fühlen, die andere Hand war unter ihrem Kinn und hob es leicht an.

Jon hob seinen Blick wieder und sah ihr ganz tief in die Augen, bevor sein Mund den ihren berührte, nur ganz sanft zuerst. Er verharrte und atmete ihren Duft ein, während er die Augen schloss. Summer hielt es fast nicht mehr aus. Sie zitterte am ganzen Körper.

Dann knabberte er zärtlich an ihren Lippen. Summer bewegte sich nicht, sie schloss die Augen um jede kleinste Berührung wahrzunehmen. Seine andere Hand umfasste nun auch ihre Taille und er zog sie fest an sich, während seine Zunge ihre Lippen öffnete. Langsam erkundete sie ihren Mund und suchte nach der ihren. Summer konnte sich nicht mehr zurückhalten. Sie erwiderte den wunderbar zärtlichen Kuss, und als sie sich fanden entglitt ihr ein flehender Seufzer.

Als ob er darauf gewartet hätte, fuhren seine Hände ihren Rücken entlang nach oben, bis zu ihrem Kopf. Er umfasste ihn mit beiden Händen und küsste sie innig. Sein Atem ging schwer und stockend. Sein Geruch war so würzig männlich, sie wollte mehr davon. Fest drückte sie ihre Hüften gegen ihn. Das war eine Aufforderung, welche Jon nicht zweimal brauchte. Ohne auch nur eine Sekunde von ihr abzulassen, drückte er sie rückwärts, bis sie mit dem Rücken an einem

Baum anstiess. Jetzt war er es, welcher sich gegen sie presste. Sie konnte seine Erregung ganz deutlich an ihrem Bauch spüren und mit beiden Händen drückte sie seinen Rücken noch näher zu sich heran. Plötzlich hob er sie hoch. Mit einem kleinen Lustschrei schlang sie die Beine um ihn, so dass sich ihre beiden Mitten berührten. Oh ja, er war hart. Seine Männlichkeit raubte ihr den Atem. Immer heftiger küssten sie sich und Summer rieb sich an ihm, während er sie mit den Händen um ihre Pobacken an den Baum drückte. Zwischen Summers Beinen loderte ein Feuer. Ihr Atem ging immer schneller, ihre Zungen tanzten immer wilder. Jons Lippen verliessen ihren Mund, widerwillig liess sie ihn gehen, weil er bereits an ihrem Ohrläppchen sog, nur um dann an ihrem Hals hinunter zu küssen.

Stöhnend liess Summer ihren Kopf gegen den Baum sinken, während sie ihre Hüfte noch mehr gegen sein hartes Glied presste. Er stiess die Luft zwischen seinen Zähnen hindurch aus und drückte ihren Hintern ganz fest gegen sich, während sie sich immer weiter an ihm rieb. Ein tiefes Knurren entfuhr ihm, als sie das tat. Das machte sie wahnsinnig, ihre Mitte pulsierte heftig. Eine Welle der Lust durchströmte sie und sie stöhnte laut auf.

Es war so weit. Verzweifelt suchte Jons Mund erneut den ihren. Und während sie explodierte, küsste er sie, als gäbe es keinen Morgen mehr. Summers Körper zuckte zusammen um ein weiteres Mal zu explodieren und sie schrie leise auf. Seine Küsse wurden zärtlicher, während sie beide versuchten, wieder zu Atem zu kommen.

Noch hatte sie ihre Augen geschlossen, und er betrachtete die wunderschöne Frau, die ihm gerade so viel Freude bereitet hatte. Jon war nicht gekommen, es hatte ihn all seine Kraft gekostet, aber er wollte warten. Er wollte, dass sie ihm vertraute und er sie ganz haben konnte, wenn er kam. Seine Augen wanderten über ihr Gesicht. Ihre Wangen waren gerötet, ihre schönen, vollen Lippen leicht angeschwollen von den heftigen Küssen. Ihr Atem ging schnell und er konnte ihren Herzschlag spüren, während sie sich langsam erholte. „Du bist so bezaubernd!" hauchte er.

Summer öffnete ihre wunderschönen Augen und blickte ihn verträumt an. Ja, er wollte sie. Er wünschte sich nichts mehr, als sie jeden Tag aufs Neue zu nehmen. Jeden verdammten Tag in seinem Leben. Doch heute zählte nur sie.

Sie hatte ihm den Kopf verdreht, und er würde ihr beweisen, dass er der Richtige für sie war. Es schmerzte ihn beinahe, sie endlich runter zu lassen, doch er tat es.

Summer starrte den atemberaubenden Mann an, während sie sachte an ihm herunter glitt. Sie konnte es nicht glauben, was sie da gerade getan hatte. Noch nie zuvor hatte sie so etwas erlebt, geschweige denn, dass sie so voller Verlangen handelte. Ihr Verstand war wie benebelt und ihre innere Kraft durchschlug beinahe ihre Schädeldecke, es war heiss und voller Gefühl.

Langsam beruhigte sich ihr Herzschlag und ihr Atem wurde langsamer. Auch Jon schien sich wieder gefangen zu haben. Er blickte sie voller Zärtlichkeit an und ganz sachte hob sich sein rechter Mundwinkel und deutete ein Lächeln an. Sein Glied war immer noch hart, sie konnte es deutlich an ihrem Bauch spüren. Er war nicht gekommen. Augenblicklich bekam sie Zweifel. Hatte es ihm nicht gefallen? Vielleicht war sie doch zu voreilig gewesen. Ihre Augenbrauen zogen sich leicht zusammen. „Warum bist du nicht…ich meine, entschuldige bitte, dass ich…"

Noch bevor sie den Satz zu Ende bringen konnte, hob er ihr Kinn wieder an und blickte ihr ganz tief in die Augen.

„Denk nicht einmal daran! Ich will dich seit dem ersten Augenblick! Ich musste mich so wahnsinnig beherrschen."

„Aber warum willst du dich beherrschen?

„Summer, ich will, dass du mir vertraust. Du sollst dich mir ganz öffnen, wenn ich dich endlich spüren darf."

Sie schluckte schwer bei seinen Worten. Wie sehr sie sich das wünschte. Dieser Mann war einfach unglaublich. So zärtlich, aber doch stark. Umwerfend erotisch und verführerisch, aber trotzdem einfühlsam und kontrolliert.

Sie vertraute ihm! Und sie wollte ihm seinen Wunsch erfüllen und ihm das zeigen. So bald wie möglich.

Als sie schliesslich zu Hause im Bett lag, fiel sie in einen traumlosen, entspannten Schlaf, mit seinem Lächeln vor ihrem inneren Auge.

„ Wann sehe ich dich wieder?" hatte er sie gefragt, als er sie bei ihrer Wohnung abgeladen hatte.

„ Morgen." war ihre sehnsüchtige Antwort gewesen.

Ja, in diesem Moment war sie einfach glücklich.

Kapitel 18

Auf ihrer Arbeitsplatte lagen verschiedene Aufträge, welche sie heute zu erledigen hatte. Während sie die Blätter sortierte, um einen Überblick zu erhalten, fiel ihr Augenmerk auf einen ganz bestimmten Namen. Doyle Goodmen. Sie stutzte. Goodmen, das war doch der Auftrag, den sie an jenem beschissenen Abend nicht erledigt hatten? Ihn hätten sie doch ausnehmen sollen? Wie konnte es sein, dass eine Sendung ausgerechnet an ihn ausgeliefert werden sollte?

Noch während sie darüber nachgrübelte, wurde sie durch Bobs laute Stimme aus ihren Gedanken geschreckt." In mein Büro Summer!"

Ohne die Liste aus den Händen zu legen, bewegte sie sich langsam in besagten Raum. Unsicher, was jetzt wohl kommen mochte. Hatte sie sich etwa doch geirrt mit Duncan? Machte Bob nun seine Drohung wahr?

Ein mulmiges Flattern machte sich in ihrer Magengrube bemerkbar.

„ Setz dich Summer." befahl er, während er kaum aufblickte. Als er schliesslich doch den Blick hob, konnte sie in seinem Gesicht keinen Gram feststellen. Beinahe war sie gewillt, aufzuatmen.

„ Nun gut. Du hattest recht, was Duncan betraf. Ich habe ihn auf frischer Tat ertappt."

Jetzt musste Summer einen Kloss der Erleichterung hinunterschlucken.

„ Wie...ich meine, wie hast du das gemacht?"

Bob lachte sein hinterhältigstes Lachen.

„ Ich habe ihm eine Chance gegeben, alles geradezubiegen, falls ihn keine Schuld getroffen hätte. Somit wärst dann aber du in der Scheisse gelandet. Ich habe ihn erneut auf Goodmen angesetzt, jedoch habe ich diesen stinkreichen Kerl eingeweiht. Er musste ja mitspielen, was mich übrigens eine Stange Geld gekostet hat. Falls nun Duncan unschuldig gewesen wäre, hätte die Spur direkt zu dir geführt. Schliesslich muss ich auf mein Geschäft achten."

Summer blieb der Mund offenstehen. Ihr wurde gerade bewusst, wie nah sie an einem Abgrund gestanden und es nicht einmal gemerkt hatte. Zu sehr war sie durch ihren eigenen Lebenswirrwarr abgelenkt gewesen. Glasklar konnte sie sehen, in welch grosse Gefahr sie alle ihre Lieben gebracht hatte, ohne dass es ihr bewusst gewesen war.

Sie hörte, wie ihr Boss weiterredete.

„ Aber ich muss sagen, du hast mich überrascht mit deiner schnellen Auffassungsgabe. Duncan hat den Köder geschluckt und ist direkt in die Falle gelaufen. Er wollte doch tatsächlich sein eigenes Geschäft mit diesem reichen Arschloch abschliessen, hinter meinem Rücken und mit meinem Geld. Und wie es sich tatsächlich bestätigt hat, war es nicht das erste Mal. Das letzte Mal liegt erst einen Monat zurück. Wie du gesagt hast, er ist in mein Büro, hat mir die Listen geklaut und hat das Geschäft selber gemacht. Dann hat er das Geld an diesen Strassenkämpfen verloren und somit musste er den ganzen Beschiss wiederholen."

„ Was passiert jetzt mit ihm?"

Nicht, dass sie Mitleid mit Duncan hatte, auf gar keinen Fall. Und trotzdem wollte sie wissen, was mit Menschen passierte, die Bob hintergingen. Schliesslich hätte es auch sie treffen können.

„ Dieser Wichser hat genau drei Wochen Zeit, mir mein Geld zurück zu zahlen. Ansonsten lasse ich ihn auffliegen und einbuchten. Ganz legal. Er hat genug Dreck am Stecken, welchen ich aufrühren kann."

Bob stand hinter seinem Schreibtisch auf. „ Ich wollte dich das wissen lassen und mich ausserdem bei dir bedanken. Mach

die Listenbearbeitung für Goodmen als erstes fertig. Wie ich sehe, hast du sie ja bereits gefunden."
Er deutete auf das Blatt Papier in ihren Händen. Ja klar. Die Bezahlung an Goodmen. Korruption, wohin das Auge reicht.
Mühsam beherrscht erhob sich auch Summer. Sie würde diesen Tag noch hinter sich bringen, diese Liste noch bearbeiten.
Am Abend wird sie sich das letzte Geld abholen und kündigen. Jetzt wusste sie einfach zu viel und so konnte sie auf keinen Fall weitermachen. Klar hatte sie immer schon geahnt, dass ganz bestimmt nichts Legales in dieser Bude lief…doch je weniger sie wusste, umso gleichgültiger war es ihr.
Nur wie um Himmels Willen sollte sie jetzt noch weiterhin hier arbeiten, jetzt wo alles aufgedeckt vor ihr lag? Alles Betrug und Diebstahlware! Natürlich traf es keine armen Schlucker, trotzdem war es nicht richtig.
Wie sollte sie denn all den lieben Menschen in ihrem Leben noch in die Augen schauen, wenn sie hier weitermachte? Jon, welcher alles dafür tat, genug Geld zu sammeln um seiner Mutter eine teure Therapie zu ermöglichen, die sie am Leben hielt? Lydia, die rechtschaffene Anwaltsassistentin? Pater Noah, ihr guter, gläubiger Retter? Oder gar ihrem Vater, welcher alles verloren hatte und in einer Zwischenwelt dahinvegetierte und darauf wartete, dass sie ihm irgendwann zur Hilfe kam?
Nein, sie musste hier raus. Das war die einzige Lösung, noch einigermassen den Menschen in ihrer Nähe gerecht zu werden.
Und so geschah es. Als sie die abgearbeitete Goodmenliste am späteren Nachmittag in Bobs Büro brachte und er ihr den Gehaltsscheck des Tages überreichte, hielt sie ihr Versprechen, welches sie sich selber gemacht hatte.

„ Bob, ich kündige."
Summer wartete seine Antwort nicht ab, machte auf dem Absatz kehrt und verliess sein Büro. Noch bevor die Tür hinter ihr ins Schloss fiel konnte sie hören, wie er wieder Luft bekam und sein Wutausbruch seinen Lauf nahm.

Das brauchte sie jetzt nicht mehr zu kümmern. Ein Lächeln schlich sich auf ihr Gesicht.

Kapitel 19

Als sie später Gregs Bar betrat, wurde sie von einer fröhlichen Lydia strahlend begrüsst. Sie fiel ihr sprichwörtlich um den Hals.

„ Sie ist zurück." jauchzte sie.

Summer musste herzhaft lachen, als sie Gregs leicht beschämtes Kopfschütteln bemerkte, während Lydia ihr immer noch am Hals hing.

„ Es tut mir leid Summer. Aber sie hat mich fast wahnsinnig gemacht."

„ Schon gut." grinste sie überwältigt, während sie versuchte, die klammernde Lydia von ihrem Hals zu entfernen. „ Mensch, man könnte meinen, ich wäre ein Jahr weg gewesen."

„ Es war ja auch eine halbe Ewigkeit!" schimpfte Lydia jetzt. „ Mach das nie wieder!"

Diese Worte kamen ihr sehr bekannt vor und sie dachte augenblicklich an Jon. Sie konnte es fast nicht mehr erwarten, ihn zu sehen. Bald würde er hier sein. Endlich schaffte sie es, an die Bar zu kommen und einen Wein zu bestellen. Lydia redete und redete, sie hatte offenbar Nachholbedarf, obwohl es erst ein paar Tage her war, seit sie sich zum letzten Mal gesehen haben. Zugegeben, die Umstände, wie sie sich aus den Augen verloren hatten und Summers eigene Krise hatten die ganze Sache nicht vereinfacht. Lydia hatte sich grosse Sorgen gemacht. Auch das kam ihr so bekannt vor.

Und als ob dies eine Gedankenübertragung gewesen war, hörte sie das Eingangsglöckchen bimmeln, als die Tür zur Bar erneut aufging. Sofort wusste sie, wer dort im Eingang stand. Sie konnte ihn spüren. Voll freudiger Erwartung drehte sie sich zu ihm um, um ihm ein strahlendes Lächeln zu schenken.

Er stand da, gross und mächtig, und sein Blick, voller Verlangen, traf ihre süchtigen Augen. Sein linker Mundwinkel zuckte in die Höhe. Gott war er sexy.

Ohne sie aus den Augen zu lassen, näherte er sich ihr, packte sie um die Taille und küsste sie mit dem Kuss eines Verhungernden. Ihr blieb beinahe die Luft weg. Als er schliesslich von ihr abliess, mussten sie beide erst mal wieder zu Atem kommen. Verflucht, würde das immer so sein? Im selben Moment wurde Summer wieder klar, wo sie eigentlich war und schuldbewusst blinzelte sie zu ihrer Freundin hinüber. Beinahe hätte sie laut losgelacht. Das Bild, welches sich ihr bot war einfach zu köstlich. Lydia stand da, mit offenem Mund, nicht fähig, sich zu bewegen, und blickte von Summer zu Jon und wieder zurück.

„ Atmen Baby, atmen."
Es war Greg, der sie wieder in die Gegenwart zurückholte.
„ Was verdammt nochmal habe ich hier verpasst???"
kreischte Lydia beinahe.
Irgendwie war es Summer jetzt etwas unangenehm. Sie hätte sie vielleicht vorwarnen müssen. Arme Lydia. Und als ob Jon wieder einmal ihr Unbehagen bemerkt hätte, umfasste er ihre Taille besitzerhaft und sagte zu Lydia gewandt:
„ Ich hab's geschafft, sie gehört endlich zu mir."
„ Ja, das sehe ich…aber…seit wann?"
„ Eigentlich schon seit dem ersten Mal, als ich sie gesehen habe. Aber sie weiss es erst seit gestern."
Voller Stolz hatte er das gesagt, als ob er ein verdammtes Wunder vollbracht hätte.
„ Du meine Güte Summer…ich freue mich ja so."
Schon wieder fiel sie ihr um den Hals, so fest, dass Jon sie auf ihrem Stuhl mit seinem starken Körper abstützen musste.

Summer konnte sein Grinsen spüren und musste schliesslich selber ganz schön doof lachen.

„ Ich möchte alle Einzelheiten wissen. Sofort"

Auf keinen Fall würde sie ihr alle Einzelheiten erzählen, aber trotzdem nickte Summer, nur um sich erneut von ihr zu befreien.

Schliesslich erzählte sie ihr, wie sie sich gestern zufällig nach der Messe getroffen haben und den Nachmittag zusammen verbrachten. Dass Jon Charlys Auto repariert hat, von seinem Unfall wussten Greg und Lydia natürlich. Sie waren überglücklich, dass es ihm und seinem Auto wieder gut ging. Jon fügte dann noch hinzu, wie Summer ihn unter Druck setzte, als sie das erste Mal bei ihm in der Garage aufkreuzte. Natürlich liess er all die peinlichen Details weg, wofür Summer ihm unendlich dankbar war.

Der Abend verlief wunderbar mit ihren Freunden und natürlich Jon.

Es war bereits gegen dreiundzwanzig Uhr, als Summer plötzlich bemerkte wie Jon sich versteifte. Er wollte sich nichts anmerken lassen und liess seinen Finger weiterhin auf ihrer Taille auf und ab kreisen. Doch Summer konnte trotzdem spüren, wie jeder Muskel sich in seinem starken Körper anspannte.

Mit einem kurzen Seitenblick zur Tür wusste sie sofort Bescheid. Pat war gerade reingekommen, hackevoll. Sanft berührte sie Jons Arm und suchte seinen Blick. Als er sie ansah, wich der düstere Ausdruck sofort einem liebevolleren und sie schenkte ihm erneut ein sanftes Lächeln.

Mein Gott, wie machte sie das nur. Sobald er in ihre wunderschönen blauen Augen sah, war er verloren…und ruhig. Sie hatte ihn mit sanftem Blick darum gebeten, ruhig zu bleiben und er wollte ihr jeden Wunsch erfüllen.

Doch als er Pats betrunkenen Atem hinter sich riechen konnte, musste er sich ganz schön zurückhalten. Er sah wieder Pats Finger auf seinem Mädchen und diese Erinnerung machte ihn fast rasend vor Zorn.

Doch richtig schwer wurde es, als Pat schliesslich noch das Maul aufreissen musste.

„ Sieh mal an, Jon mit unserem Sahneschnittchen. Oder sollte ich besser sagen, Sahneflittchen?"

Ruckartig drehte sich Jonathan zu ihm um und hatte alle Mühe, seine Fäuste bei sich zu behalten. Er gab sich wirklich Mühe.„ Sag mal Pat, warst du immer schon so ein riesiges Arschloch?"

Dieser zuckte mit den Schultern. „ Ich habe mich nicht verändert. Aber du. Du warst unbesiegbar, und jetzt…hat diese Tusse dich zu einem Waschlappen gemacht."

Zu gern hätte er Pats dreckiges Grinsen aus seinem Gesicht geschlagen.

„ Hoffentlich ist sie wenigstens gut in der Kiste…ich wette sie fickt dich wie eine verdammte Hure."

Das war zu viel.

„ Lass mein Mädchen in Ruhe. Ich schwöre dir, ich bring dich um, wenn du sie noch einmal anfasst."

Jon stand jetzt ganz nah vor Pat, beinahe Stirn an Stirn. Die Fäuste geballt und heftig atmend. Noch einen Mucks von Pat war nötig und er würde ausrasten. Niemand redete so mit oder über Summer!

Ein leichtes Kribbeln durchfuhr seinen Körper, als er eine sanfte Berührung auf seiner Schulter spürte.

Es brauchte einen Moment, bis dieses Gefühl durch seinen vor Wut betäubten Körper bei seinem Verstand ankam, aber dann war ihm sofort klar, dass es Summer war. Nur sie konnte so zu ihm durchdringen.

„ Lass uns gehen, Jon. Es ist alles in Ordnung." Ihre Stimme war ein Flehen, welches er nicht ignorieren konnte. Noch immer wütend sah er jetzt sie an. „ Er darf nicht so über dich sprechen. Niemand darf das."

„ Jon, es ist in Ordnung, bitte. Er ist es nicht wert."Summer hoffte, er würde auf sie hören.

Sie würde es sich nicht verzeihen, wenn er wegen ihr seine Fassung verlieren würde. Nicht hier, nicht in der Bar ihres Freundes. Während sie ihn bittend ansah, konnte sie fühlen, wie seine Anspannung nachliess, wenn auch nur ein wenig.

Doch es genügte, um seine Hand zu packen und ihn langsam mit sich zum Ausgang zu ziehen.

Mit einem entschuldigenden Blick über ihre Schultern verabschiedete sie sich von Lydia und Greg.

Beinahe hatten sie es zur Türe geschafft.

Aber offensichtlich fühlte sich Pat durch den grossen Abstand zwischen Jon und ihm nun sicher, denn plötzlich hörte man ihn lallen:

„ Sieh mal, zu was sie dich macht, grosser Krieger...zu einem lechzenden Wurm nach ihrer verfickten Möse." Oh nein, gar nicht gut.

Jon hob seinen Kopf und erstarrte in voller Grösse. Seine Augen verdunkelten sich erneut, dieses Mal vor unbändiger Wut. Sein muskulöser Körper zuckte eindrücklich, seine Muskeln spielten ein gefährliches Spiel.

„ Jon, bitte."

Doch er drehte sich bereits um, langsam, aber bedrohlich.

Summer sah, dass Greg bereits hinter Pat stand und ihn am Kragen gepackt hatte.

„ Ich erledige das, Jon." hörte sie ihn sagen.

Irgendwie schien jetzt gar nichts mehr zu helfen. Jons Beschützerinstinkt war stark und er war geweckt. Es machte sie zwar unheimlich stolz, nur war jetzt natürlich eindeutig der falsche Moment für dieses Gefühl. Sie musste handeln, sonst würde es in den nächsten Sekunden zu einem Fiasko kommen. Nur ein bisschen, schwor sie sich. Nur, um die Situation zu entspannen. Das würde ihr schon nicht schaden. So liess sie ihre ganze Konzentration in ihre Zirbeldrüse fliessen, welche ihr drittes Auge zwischen den Brauen stimulierte. Sie konzentrierte sich auf Pat und konnte fühlen, wie heiss ihre Augen wurden.

Plötzlich begann Pat zu zucken. Er hielt sich den Bauch und schrie auf, als er sich vor Schmerzen krümmte. Offensichtlich genügte es noch nicht, Jon war immer noch nicht zu bremsen. Alle Blicke waren auf Pat gerichtet, also konnte sie noch ein bisschen mehr geben. Sie bewegte die Lippen und murmelte ein Wort, ganz leise. „ Evelless!"

Plötzlich verzogen sich die Gesichter um sie herum und alle schrien vor Ekel, als sie sahen, wie Pat sich übergeben musste. Was rauskam war ein schwarzer Wurm. Das Böse liess sich immer leicht entlocken, lächelte Summer in sich hinein.

Es hatte gutgetan, sich zu rächen, auch wenn es vielleicht nicht richtig war. Doch sie tat es für Jon. Einen besseren Grund konnte sie sich nicht vorstellen.

Sie sah noch, wie Greg den Wurm mit einem Besen in einen Behälter bugsierte, völlig schockiert. Und sie sah auch Pats entgeistertes Gesicht, welches das Vieh mit unverhohlenem Ekel betrachtete. Dann bemerkte sie Jons verwirrten Blick.

„ Hast du das gesehen?" murmelte er völlig entgeistert.

„ Lass uns jetzt gehen." sagte sie nur und er folgte ihr, wenn auch völlig irritiert.

Während sie die Strasse entlang zum Parkplatz liefen war sie innerlich bemüht, die Schutzwand wieder über sich aufzubauen und sie jetzt auch über die Bar zu ziehen. Es sollte nicht viel passiert sein, jedoch war sie letztes Mal zu unvorsichtig und das hatte Charly beinahe das Leben gekostet. Sie würde sich niemals verzeihen, wenn so etwas noch einmal geschehen sollte. Schon gar nicht, da sie es diesmal aus voller Absicht getan hatte.

Jon fasste nach ihrer Hand.

„ So etwas habe ich noch nie gesehen." murmelte er. „ Ich meine, vielleicht in Filmen, wenn die Ausserirdischen im Spiel waren. Aber nicht…nicht in der Realität."

Ok, sie musste das jetzt irgendwie wieder geradebiegen. Vielleicht war es doch eine Spur zu viel gewesen. Verdammt. Eigentlich wollte sie nur, dass er sich übergeben musste. Aber wenn jemand zu viel Böses in sich trug, konnte sich das schon einmal in so eine Kreatur verwandeln.

Das einzig Gute daran war, dass ein Stück Bosheit von ihm abgefallen war. Sobald der Wurm mit der Erde in Berührung kam, würde sie ihn in sich aufnehmen und in gute Energie umwandeln.

Das dachte sie sich, antwortete aber etwas ganz anderes.

„ Ich habe schon einmal gelesen, dass es eine neue Art Parasit geben soll…er legt Eier oder so was in rohen Fisch. Vielleicht hat er so etwas gegessen und wurde unfreiwillig zum Wirt."

Na toll! Etwas Besseres ist dir nicht eingefallen, schimpfte sie innerlich.

Doch in der Hoffnung auf eine Erklärung irgendeiner Art, so abwegig sie auch schien, klammerte sich Jon daran.

„ Ernsthaft? Ja, vielleicht hast du recht." Er schwieg einen Moment lang, bis sie bei seinem Pickup angekommen waren. Dann stoppte er und zog sie endlich zu sich heran.

„Es tut mir leid, dass ich so ausgeflippt bin." flüsterte er an ihr Ohr und sofort begannen ihre Knie zu zittern. Seine Nähe, sein Atem brachten sie völlig aus dem Konzept. „Ich kann damit umgehen, wenn man mich angreift. Aber niemals dich! Das halte ich nicht aus."

Summer wollte etwas sagen, doch sie kam nicht mehr dazu. Seine Lippen berührten die ihren, sanft, wie ein Flügelschlag eines Schmetterlings. Schon war es um sie geschehen. Sie verlor den Boden unter den Füssen. Jon fing sie auf, ohne aufzuhören an ihren Lippen zu knabbern. Sanft drückte er sie gegen seinen Wagen. Seine Lippen wanderten zu ihrem rechten Ohrläppchen, dann ganz sachte den Hals hinunter. Sanft biss er sie und Summer stöhnte voller Verlangen auf. „Ich habe ja gesagt, ich will in diesen wunderschönen Hals beissen."

Es war nur ein Flüstern, aber die Wirkung war unglaublich. Ihr ganzer Körper verwandelte sich in ein brennendes Etwas. Voller Verlangen warf sie den Kopf zurück und drückte sich gegen ihn.

„Du machst mich wahnsinnig, Kleines."

Oh ja, sie konnte spüren, wie wahnsinnig sie ihn machte, und es gefiel ihr.

Wieder küsste er sie, dieses Mal heftig auf den Mund, bevor er sich vom Wagen abstiess und ein bisschen Abstand zwischen sie brachte. Mit vor Leidenschaft geröteten Wangen und einem flehenden Ausdruck in den Augen blinzelte sie ihn an.

Die plötzliche Distanz zu ihm war grausam.

„Meine Güte, Du bist wunderschön." Er starrte sie einfach nur an, als wollte er sich diese Bild für immer einprägen. „Ich muss wieder zu Sinnen kommen, sonst kann ich mich nicht mehr zurückhalten."

„Wer sagt denn, dass du das sollst?" Leichte Enttäuschung war in ihrer Stimme zu hören.

Am liebsten hätte er sie wieder an sich gedrückt. Doch das konnte er nicht, sonst würde er sein eigenes Versprechen brechen.

„Ich sage das. Ich will, dass du mir völlig vertraust. Dann will ich alles von dir. Alles. Aber ich will nicht, dass du mir entrinnst, weil es dir zu schnell geht. Verstehst du das?"

Dieser Mann war wahrlich ein Heiliger. Ein Sechser im Lotto. Wenn sie wollte, oder besser gesagt, wenn sie konnte, gehörte er ihr. Sie wünschte sich nichts mehr. Jedoch gehörte so vieles dazu, sie müsste ihm so vieles erzählen. Was aber das Schlimmste war, sie würde ihn in Gefahr bringen.

Im Moment allerdings war sie einfach zu egoistisch, um sich darüber Gedanken zu machen. Sie wollte es einfach geniessen. Einfach mal Frau sein, für eine kurze Zeit. Und er war der Einzige, der das bei ihr jemals ausgelöst hatte. Sie wollte verdammt sein, wenn sie sich das jetzt entgleiten liess.

Als sie ihm nicht sofort antwortete, kam er beunruhigt einen Schritt näher.

„Was ist los? Was spinnst du dir in deinem Kopf zusammen?" Er drückte mit dem Daumen ihr Kinn hoch, damit sie ihn ansehen musste.

„Untersteh dich, auch nur daran zu denken…ich will dich!"

Das sagte er mit einer solch absoluten Bestimmtheit, dass ihr Körper wieder wie eine Flamme darauf reagierte.

„Kommst du mit zu mir?" hauchte sie.

Seine Augen verdunkelten sich vor Verlangen. Seine Körpermitte reagierte pulsierend.

Ok, auch seine Widerstandsfähigkeit hatte mal ein Ende.

„Was machst du nur mit mir?" flüsterte er.

Dann öffnete er ungeduldig die Beifahrertür und stiess sie energisch auf den Sitz. So schnell hatte er mit Garantie noch nie einen Parkplatz verlassen.

Kapitel 20

Als sie schliesslich vor ihrem Wohnblock ankamen, hatte er sich offensichtlich wieder besser im Griff, was man von ihr gar nicht behaupten konnte.

Sie wollte nicht darauf warten, dass er es ich anders überlegte und stieg einfach aus. Nach einem kurzen Zögern tat er es ihr gleich. Schnell holte er sie ein, bevor sie die Eingangstüre öffnen konnte, und packte sie am Arm.

„ Summer, bist du sicher, dass du das willst?"

Er schluckte schwer und sie ahnte, wie sehr er mit sich kämpfte. Sie wusste, dass es ihn auch nach ihr verlangte. Umso mehr schätzte sie seine Vorsicht.

„ Du kannst jederzeit Nein sagen, einfach damit du das weisst. Ich will dich nicht verlieren."

Jetzt stellte sie sich auf ihre Zehenspitzen und küsste ihn ganz sanft auf seine Lippen.

„ Ich war mir schon lange nicht mehr so sicher wie jetzt."

Das reichte ihm. Er umschlang sie ganz fest mit beiden Armen und küsste sie innig.

Dann gingen sie Hand in Hand die Stufen hinauf zu ihrer kleinen, spärlich eingerichteten Wohnung im zweiten Stock. Obwohl dieser Platz nichts zu bieten hatte, war es neben der kleinen Kirche ihr einziger Zufluchtsort. Somit bedeutete es für sie schon Vertrauen genug. Natürlich konnte Jon das nicht wissen, aber sie war sich sicher, dass er es spürte.

Langsam schloss sie die Türe auf und bat ihn hinein. Während sie ihn betrachtete, wie er seinen Blick umherschweifen liess, dieser starke, sexy Mann, wusste sie dass es richtig war, ihn hier zu haben.

Ihre Blicke trafen sich und in seinem lag ein Anflug von Traurigkeit. Sie kräuselte leicht die Stirn. Was bedrückte ihn wohl?

Endlich machte sie einen Schritt von der Türe weg, um in die Küche zu gehen. Was aber nur weitere drei Schritte erforderte.

„Ich habe nur Wein und Wasser hier." sagte sie laut, damit er sie hören konnte.

„Wein ist gut."

Sie hatte gehofft er würde diese Antwort geben. Sie brauchte jetzt dringend etwas, um sich Mut anzutrinken. Was war nur passiert? Vorher war es doch so einfach gewesen. Doch diese Traurigkeit in seinen Augen beunruhigte sie jetzt.

Als sie aus der Küche kam, sass er auf der Kante ihres Bettes. Sie hatte nur diesen Raum, also kein Wohnzimmer. So blieb ihm keine andere Möglichkeit. Wie unwirklich es war, ihn dort so sitzen zu sehen. Und doch so erregend schön. Summer streckte ihm ein Glas hin und füllte dieses mit Rotwein auf. Dasselbe machte sie mit dem ihren, bevor sie sich neben ihn aufs Bett setzte, an das Fussende gelehnt, mit angewinkelten Beinen. Jon räusperte sich.

„Ich hatte keine grosse Auswahl an Sitzmöglichkeiten, entschuldige bitte."

Seine Augen suchten die ihren.

„Nicht dass du denkst, ich…naja…du weisst schon."

„Jon, es ist alles ok. Ich weiss das, glaube mir. Ich lebe ja schliesslich hier."

Summer lächelte ihn an, und endlich erhob sich wieder sein heissgeliebter Mundwinkel zu einem spitzbübischen Grinsen.

„Freches Mundwerk, was?"

Dann schwieg er wieder.

„Jon, was ist los?"

Summer beugte sich leicht zu ihm herüber, damit sie seine Hand berühren konnte. Wie wenn er nur darauf gewartet hatte, krallte er sich ihre sofort und küsste ihr Handgelenk.

Dann drehte er sich ganz zu ihr und sah ihr direkt in die Augen. Summer stockte kurz der Atem, denn sie hatte das Gefühl, er könne ganz tief in ihre Seele schauen. Sie wandte ihren Blick leicht ab, um einen grossen Schluck Wein zu nehmen. „Diese Wohnung... sie passt gar nicht zu dir. Sie ist so ausdruckslos, so leer. Du sagst, du lebst hier, aber das stimmt nicht. Ich kann dich hier nicht spüren. Und das macht mich traurig."

Jetzt starrte sie ihn erneut an. „Wie meinst du das?" Leichte Wut stieg in ihr auf. Was bildete er sich eigentlich ein? Sie hatte ihm die Türe zu ihrem Heim aufgemacht und er kritisierte es jetzt?

Natürlich bemerkte Jon sofort, dass sie wütend wurde, sogar enttäuscht. Doch er wollte kein Blatt vor den Mund nehmen. Er wollte, dass es ihr gut ging. Und hier war das nicht möglich, da war er sich absolut sicher. Er musste wissen, warum sie sich selber so quälte. Es brach ihm das Herz.

„Genau so, wie ich es sage. Summer, du bist eine wunderschöne Frau, mit so viel Leidenschaft und Temperament. Du bist intelligent und hast so ein verdammt liebes Wesen. Verfluchte Scheisse, du bringst mich um den Verstand, was nicht so leicht ist. Nur damit das auch einmal erwähnt wurde." Jon machte eine Pause.

„Und dann kommst du jeden Abend hier hin, in dein Zuhause, wo du dich wohl fühlen und nicht bestrafen solltest."

„Ich fühle mich hier wohl."

Die Antwort kam trotziger aus ihr heraus als gewollt. Sie fühlte sich wie vor den Kopf gestossen.

„Ich weiss, dass du das nicht gerne hörst, aber ich möchte es gerne verstehen. Ich möchte dich gerne verstehen."

Mit einem Finger hob er ihr Kinn an, damit sie ihn ansehen musste. Doch sie weigerte sich.

„ Bitte, Summer. Bitte, verschliess dich jetzt nicht vor mir. Sieh mich an."

Endlich sah sie ihm in die Augen. Und was sie da sah, liess ihre ganze Wut in sich zusammenfallen. So viel Ernsthaftigkeit und Traurigkeit.

Es ging ihm wirklich nur um sie. Er wollte sie nicht blossstellen, dass sah sie jetzt mit einer Eindeutigkeit, dass sie sich sofort etwas entspannte. Dafür schenkte er ihr ein wahnsinnig dankbares Lächeln.

„ Ok. Frag mich, was du willst. Ich versuche dir so gut wie möglich zu antworten." flüsterte sie.

Jon setzte sich noch näher zu ihr, so dass er sie berühren konnte, aber doch nicht aus den Augen verlor.

„ Hier steht gar nichts Persönliches von dir, weder ein Bild, noch Fotos, noch irgendein Gegenstand, der etwas über dich und dein Leben aussagt. So als hättest du vorher nicht existiert. Warum?"

Summer nahm einen grossen Schluck Wein, das Glas war leer. Doch Jons Aufmerksamkeit entging nichts.

Er bückte sich, um die Flasche vom Boden zu holen und goss ihr wieder ein. Nach einem weiteren Schluck antwortete sie, mit so fester Stimme wie nur möglich.

„ Ich will mich an nichts erinnern."

„ Warum nicht?"

Noch ein Schluck.

„ Weil die Erinnerungen schmerzen. Ich bin diesem Schmerz nicht gewachsen. Du hast recht, ich habe seit langem nicht mehr richtig existiert."

Jon konnte seine Erschrockenheit nicht verstecken.

„ Aber Kleines, was redest du denn da? Ich weiss nicht, was dir passiert ist und vor was du wegrennst. Aber ich sage dir, jeder Mensch braucht Erinnerungen. Sie sind das, was uns wachhält, uns Kraft gibt, uns hilft, unsere Bestimmungen zu finden."

Seufzend blickte sie ihm wieder in seine herrlichen, grünen Augen.

„ Ich glaube schon lange nicht mehr an Bestimmung."

Seine Antwort darauf war es, was ihre letzten inneren Hemmungen einreissen, und sie lauthals aufschluchzen liess.

„ Jeder braucht eine Bestimmung, wo ist sonst der Sinn unseres Lebens? Ohne eine Bestimmung sind wir nur Anhalter und Beifahrer. Wir fahren unseren Lebensbus nicht selber und suchen auch den Weg nicht aus. Das Mysterium unserer Existenz besteht nicht darin, einfach nur einzusteigen und mitzufahren, sondern etwas zu finden, wofür es sich lohnt, das Steuer selbst in die Hand zu nehmen."

Die Tränen liefen ungehalten über ihre Wangen und sie fiel weinend in sich zusammen.

„ Kleines, um Gottes Willen, es tut mir leid. Ich wollte dich nicht bedrängen. Das letzte was ich will, ist dich zu verletzen. Vergib mir, Summer."

Mit diesen Worten drückte er sie an sich, so fest er nur konnte und küsste ihre Stirn. Diese unglaublich zärtliche Geste liess sie aber noch mehr weinen und sie klammerte sich mit aller Kraft um seinen Hals. Er hatte so recht. Diese Worte hatten sie getroffen wie ein Hammer den schon lange herausstehenden Nagel.

Sie spürte, wie er sie sachte zu sich zog, bis sie auf seiner Brust lag. Sanft streichelte er ihren Rücken, auf und ab. Immer wieder küsste er ihre Stirn, bis sie sich langsam wieder beruhigte. Dieser Mann hatte eine unglaubliche Geduld. Wenn es wirklich einen Gott geben sollte, so hatte er ihr tatsächlich seinen besten Engel geschickt.

Summer hatte keine Ahnung, wie lange sie einfach nur so da lagen nachdem auch die letzte Träne versiegt war. Sie hatte sich richtig gehen lassen, sich vollkommen entblösst vor ihm. Jetzt war sie ausgelaugt und erschöpft. Und trotzdem fühlte sie sich gut.

So gut, um ihm noch ein bisschen mehr zu geben. „ Es gibt nur noch meinen Vater und mich." flüsterte sie. Sie war sich nicht sicher, ob Jon schon schlief, aber wenn sie jetzt nicht redete, würde sie es wahrscheinlich nie tun. Er sagte zwar nichts, aber sie konnte spüren, wie er kurz seinen Atem anhielt.

So redete sie weiter.

Für Jon geschah in diesem Moment etwas, was er sich so sehr gewünscht hatte. Summer hatte begonnen, sich ihm zu öffnen. Zuerst dieser Weinkrampf, welcher ihm alles abverlangte, was er zu geben hatte. Er hätte alles dafür getan, sie trösten zu können. Es machte ihn fertig, sie so aufgelöst zu sehen. Trotzdem wusste er, dass es endlich raus musste. Summer brauchte Erlösung. Also zwang er sich, es auszuhalten, auch wenn es ihn schier zerriss, sie so traurig zu erleben. Es war ein riesiges Vertrauensgeschenk von ihrer Seite.

Und jetzt, als er dachte, sie wäre bereits eingeschlafen, schenkte sie ihm noch mehr davon.

Trotz der Tragik und der Schwere der Situation war er überglücklich dass er es sein durfte, dem sie ihr Vertrauen schenkte. Und er würde den Teufel tun und sie jetzt unterbrechen. Sie soll alles rauslassen. Er würde sich hüten, auch nur einen Pieps zu sagen.

„ Meine Mutter starb vor drei Jahren. Sie war schwer erkrankt, doch sie hatte es beinahe überlebt. Kaum hatten wir das Gefühl sie hätte es geschafft, wurde sie wieder heimgesucht. Ihr Kampf war aussichtslos."

Sie machte eine Pause um zu überlegen, wieviel sie ihm erzählen durfte, ohne dass er sie als verrückt einstufte. Sie kam zu dem Entschluss, es erst mal dabei zu belassen. Auch über den Tod ihres Bruders würde sie nur die Fakten erzählen.

„ Mein Bruder starb zwei Jahre später. Völlig unerwartet. ich hatte noch nicht mal die Gelegenheit, mich von ihm zu verabschieden. Seine Frau…" sie unterbrach wieder kurz und Jon hatte schon das Gefühl, sie wollte nicht weiterreden. Doch er irrte sich.

„ Seine Frau hatte den Kontakt zwischen uns total unterbunden, nachdem meine Mutter starb. Das machte mich kaputt. Wir waren alle immer so eng miteinander verbunden, so nah. Und nachdem meine Mutter weg war, hatte ich auch ihn verloren. Wenn ich damals schon gewusst hätte, dass ich ihn niemals wiedersehen werde, hätte ich mehr gekämpft. Jedoch dachte ich, wir hätten noch genügend Zeit und er würde wieder zur Besinnung kommen. Doch das ist nie passiert. Mein Vater zerbrach daran und als ich endlich die Kraft dazu aufbrachte, etwas dagegen zu unternehmen, war es für ihn zu spät. Er verfiel einer Art Wahnsinn. Er ist alles was ich noch habe und ich werde ihn beschützen."

Summer konnte fühlen, wie Jon heftig die Luft einsog.

„ Das schlimmste daran ist, dass ich an allem schuld bin!" Jetzt verkrampfte er sich vollends.

„ Sag das nicht Süsse." Seine Stimme war leise und angespannt.

Doch sie wusste es. Sie wusste mehr, als sie sich zu erzählen getraute.

„ Jon, ich war so naiv. So verdammt dämlich. Ich hätte alle Zügel in der Hand halten können. Wie du sagtest, ich hätte das Steuerrad an mich reissen sollen. Doch ich hab's nicht getan. Ich war zu lange blind und dann war es zu spät. Ich muss irgendwann dazu stehen und meinen Vater retten.

Meine Angst ist aber zu versagen, denn dann ist alles verloren."

Jon erschauerte. Irgendwie machte diese Aussage ihm Angst. Ihm war bewusst, dass sie ihm noch nicht alles gesagt hatte. Doch das, was sie erzählt hatte, erfüllte ihn mit tiefer Trauer, Erkenntnis und Dankbarkeit.

Trauer, weil sie so was erleben musste, das hatte sie nicht verdient. Niemand hatte das. Und wenn er an seine geliebte Mutter dachte, konnte er diesen Schmerz zu 100% nachempfinden.

Erkenntnis, weil er sie jetzt viel besser verstand, und Dankbarkeit für dieses Geschenk des Vertrauens, das sie ihm gemacht hatte.

Er wusste, wie schwer ihr das gefallen sein musste sich so zu entblössen. Vor allem, da sie es sich bis jetzt nicht einmal selber eingestanden hatte.

„ Darum gibt es hier keine Erinnerungen. Es ist einfach so schmerzhaft."

Summer spürte wie sie die Kraft verlor. Sie war jetzt müde, ihre Stimme versagte, und sie wollte nur noch schlafen. Hier, mit Jon. In seinen Armen fühlte sie sich beschützt und geborgen.

Tatsächlich ging es nicht lange, bis sie eingeschlafen war. Sie spürte noch den Kuss auf ihrem Haarschopf, so wie es ihre Mutter immer getan hatte, als sie klein war.

Kapitel 21

Als sie am nächsten Morgen erwachte, wusste sie im ersten Moment nicht, wo sie war.

Ein paar Sekunden später stellte sie fest, warum. Sie lag quer im Bett, fest umklammert von Jon. Ein Gefühl von Glückseligkeit durchfuhr ihren Körper. Er hatte sie die ganze Nacht nicht losgelassen.

Ganz sachte versuchte sie jetzt, sich von ihm zu befreien, und als sie es geschafft hatte, blieb sie noch einen Moment sitzen um ihn zu betrachten. Er sah so friedlich aus, wie er da lag und schlief. Doch nicht einmal das tat seiner Männlichkeit einen Abbruch. Nein, er war einfach verdammt heiss.

Seufzend stand sie auf, um unter die Dusche zu gehen. Danach machte sie Kaffee und setzte sich schliesslich wieder neben ihn aufs Bett. Nur um ihn zu betrachten.

In der einen Hand hielt sie die Kaffeetasse, mit der anderen strich sie ihm eine braune Haarsträhne aus dem Gesicht.

„ Guten Morgen." murmelte er, noch bevor er die Augen öffnete.

Ein Mundwinkel zog sich zu einem schiefen Grinsen nach oben. Wie sie diesen Anblick liebte.

„ So würde ich gerne immer geweckt werden."

„ Kaffee?" fragte sie lächelnd.

„ Mmhh…oh ja bitte."

Aber als sie aufstehen wollte, um ihm eine Tasse zu holen, hielt er sie am Bein fest. „ Geh nicht. Bleib bei mir."

Jetzt öffnete er seine wunderbaren grünen Augen und ihr blieb wieder einmal die Luft weg.

„ Süsser, wenn du Kaffee willst, musst du mich gehen lassen." seufzte sie, als sie wieder Luft bekam.

„ Süsser, ja?" Er grinste sie an.

„ Ich nehme einfach einen Schluck von deinem."

Summer lachte laut auf.

„ Spinnst du? Hast du das Gefühl, ich teile mein Lebenselixier mit dir?"

Sie wollte sich abdrehen und aufstehen. Doch diese Rechnung hatte sie ohne ihn gemacht.

Jon packte sie, drehte sie unter sich, schnappte sich die Tasse, ohne etwas zu verschütten und nahm einen grossen Schluck. Summer starrte ihn mit offenem Mund an.

„ Ja, Schätzchen, wenn ich etwas will, bekomme ich es auch. Und ich will dich und den Kaffee."

Nun musste Summer lachen. Noch einmal nahm er einen kräftigen Schluck. Dann blickte er auf Summers Wecker auf dem Nachttisch.

„ Oh Gott, schon halb acht. Ich muss zur Arbeit."

Fragend blickte er auf Summer hinunter. „ Musst du nicht zur Arbeit?"

„ Ich habe gestern gekündigt." antwortete sie ganz lässig.

Jon zog eine Augenbraue hoch.

„ Ok, so nebenbei erwähnt. Ich glaube, du hast mir noch vieles zu erzählen."

Dann erhob er sich und gab ihr ihre Tasse wieder zurück.

„ Darf ich kurz deine Dusche benutzen?"

Sie nickte. Noch bevor er im Bad verschwunden war, rief sie ihn zurück. „ Jon?"

Er drehte sich sofort zu ihr um und sah sie fragend an.

„ Ja Liebes?"

Wie sollte sie bloss anfangen? Am besten einfach raus damit.

„ Es tut mir leid wegen gestern Nacht. Ich weiss, ich habe dir etwas anderes versprochen und du dir auch etwas anderes gewünscht. Aber trotzdem danke."

Fassungslos kam er zu ihr zurück und drückte sie aufs Bett.

„ Jetzt pass gut auf. Diese letzte Nacht war eine der intimsten meines Lebens. Noch nie habe ich so viel Nähe und

Emotionen gespürt wie in dieser Nacht. Jetzt hör auf dich zu entschuldigen. Denn ich tue es nicht. Ich will diese Nacht nie mehr missen. Hast Du verstanden?"

Summer nickte, gerade jetzt schlug ihr Bauch wieder Purzelbäume vor Glück. Jon küsste sie noch einmal leidenschaftlich bevor er im Bad verschwand.

Sie konnte hören, wie er das Wasser aufdrehte und wusste genau, dass er jetzt splitternackt mit seinem muskulösen Körper unter der Dusche stand, und sie nur ein paar Schritte von ihm entfernt.

Das Verlangen nach ihm war enorm. Sie wollte sich nur einen kleinen Blick gewähren.

Langsam drückte sie gegen die angelehnte Badezimmertüre, bis sie ihn deutlich sehen konnte.

Da stand er, Adonis höchstpersönlich, mit dem Rücken zu ihr, muskulös und maskulin. Ein Tattoo schlängelte sich von der Hüfte bis über die Schulter, auch über die Arme. Sie wusste, dass es sich vorne über der Brust und dem Hals fortsetzte. Er hatte einen verdammten Knackarsch und muskulöse Beine. Vermutlich vom Kampfsport. Aber ohne Hosen war es ein Arsch zum reinbeissen.

Sie wollte zwar nur einen Blick auf ihn werfen, aber jetzt konnte sie diesen nicht mehr von ihm lösen. Nicht einmal, als er das Wasser wieder abstellte und sich umdrehte. Er blieb stehen und starrte zu ihr zurück.

Nun sah sie ihn in ganzer Grösse und sie musste schwer schlucken. Dieser Oberkörper, das ausgeprägte V in seiner Lendengegend, und dann natürlich sein intimster Bereich. Summer biss sich auf die Unterlippe, während sie ihn von oben bis unten betrachtete. Und Jon machte keinen Hehl daraus, wie sehr in das erregte. Dieses Spiel mit ihrer verdammten Unterlippe brachte ihn erneut aus der Fassung. Sie sah so sexy aus wenn sie das tat, aber auf eine unschuldige Art und Weise. Summer seufzte leise und machte einen kleinen Schritt in seine Richtung. Nur einmal anfassen, wollte sie sich einreden. Als sie ihm ganz sanft mit den Fingerspitzen über seine Brust strich, erzitterte sein Körper und er schloss die Augen. Als er sie wieder öffnete waren sie dunkel vor Lust und er konnte einen leisen Fluch nicht unterdrücken.

„ Verfluchte Scheisse, vergiss die Arbeit!"

Er packte sie an den Armen und drückte sie wild und ungestüm gegen die Wand, um sie heftig zu küssen. Summer erwiderte den Kuss, ihre Zungen spielten miteinander und Jon zog an ihrer Lippe, knabberte zärtlich daran, bevor er seine Zunge wieder in ihrem Mund vergrub und die ihre suchte. Ein verlangender Seufzer entfuhr Summer und dieses kleine Geräusch sorgte dafür, dass seine Nervenenden explodierten. Nach kurzer Zeit waren beide ausser Atem, doch Summer hatte noch lange nicht genug. Sie wollte ihn, jetzt und hier. Mit ihren Händen fuhr sie an seinem Bauch hinunter. Jon knurrte wild. Ihre Berührungen allein brachten ihn schon fast zum Orgasmus. Nein, er durfte noch nicht kommen, wollte nicht. Er packte ihre Hände und drückte sie über ihrem Kopf an die Wand.

Summer stöhnte auf ab soviel Animalität und öffnete ihre Augen. Ihre Blicke begegneten sich und seine grünen Augen schienen goldene Funken zu speien. Seine Halsschlagader pochte wie wild und er konnte seine Lust nur mühsam unterdrücken. Das erregte sie so sehr, dass sie ihre Beine um ihn schlang und somit seine pochende Erektion genau dort spürte, wo sie wollte. Was eine neue Welle der Lust in ihr entfachte. Herrgott, wie war das nur möglich?

Stöhnend schloss er die Augen, ohne ihre Hände nur einen Millimeter los zu lassen und küsste sie stürmisch. Noch nie hatte er seinen Penis so hart gespürt. Das machte es nicht besser, er musste sich beherrschen.

„ Du hast zu viel an." knurrte er und liess ihre Hände los, nur um ihren kleinen, festen Po zu umfassen, der immer noch in einer Jeans steckte.

Während er sie auf das Bett hinüber trug, liess er ihr wunderschönes Gesicht nicht aus den Augen. Er ertrank förmlich in ihren blauen Tiefen. Er legte sie ab, nicht unbedingt sanft, aber sanft genug.

Summer lag da und konnte sich nicht satt sehen an seiner perfekten Männlichkeit. Klare Gedanken? Vergessen! Ungeduldig zog sie sich ihr Top über den Kopf und war froh, heute den roten Spitzen-BH angezogen zu haben, nachdem sie geduscht hatte. Jon sog die Luft ein und ein kleiner Triumph bahnte sich in ihren Kopf. Sie biss auf ihre Lippe und räkelte sich unter seinem sengenden Blick.

„ Tu das nicht, Baby." warnte er sie flüsternd.

Doch sie konnte nicht aufhören, sie musste ihn spüren.

Endlich bückte er sich zu ihr runter, liess sie nicht aus den Augen und öffnete ihre Jeans. Seine Finger an ihrer Haut am Bauch zu spüren war unglaublich erotisch. Wieder erhob er sich, um ihr die Jeans von jedem Bein einzeln runterzuziehen. Er wollte es voll auskosten, wollte sie anschauen wie sie da vor ihm lag, in dieser bezaubernden roten Unterwäsche. Sie war wunderschön. Diese sanfte, alabasterfarbene Haut, leicht gerötet von der Erregung, ihre roten, welligen Haare, die sich über das Bett ergossen und ihr sehnsüchtiger Blick aus diesen topasblauen Augen, voller Leidenschaft und Verlangen…nach ihm! Konnte ein Mann etwas Schöneres sehen? Er war sich sicher, dass das unmöglich war.

Doch da täuschte er sich. Seine Augen wurden grösser als er feststellte, dass sie sich an den Rücken griff, um ihren BH zu öffnen und ihn dann leicht verlegen zur Seite warf.

Ok, das war jetzt Perfektion. Ihre Spitzen streckten sich nach ihm und er spürte, wie ihm das Wasser im Mund zusammenlief. Knurrend senkte er sich auf sie hinab, küsste sie wild, während er mit einer Hand eine ihrer genau richtigen Brüste umfasste, sie knetete.

„ Du bist perfekt." stöhnte er auf.

Seine Worte liessen sie seufzen, seine Berührungen erschauern.

Er hörte auf, sie zu küssen, um mit seinem Mund an ihrem Hals hinunter zu streichen. Jeden Zentimeter neckte er mit seinem Atem. Er rückte weiter hinunter. Sein Mund umfasste ihren Busen, zuerst einen, dann den anderen. Seine Zunge spielte mit ihren Spitzen. Summer wand sich vor Lust.

„ Halt still, Baby." hörte sie ihn sagen, seine Stimme war gepresst.

Er benötigte seine stärkste Selbstbeherrschung, um sie nicht sofort auszufüllen. Seine Zunge strich weiter hinunter, umkreiste den Bauchnabel, und weiter. Sein Atem ging stossweise, als er beim Höschen angelangt war. Ganz sanft blies er ihr über den Schoss, was sie in eine gewaltige Ekstase trieb. Summer drückte ihren Rücken durch, um ihm nahe zu sein.

Doch er drückte ihren Bauch mit einer Hand hinunter. Mit der anderen Hand zog er ihr den Slip aus. Ein Stöhnen entfuhr ihm.

„ So wunderschön."

Er küsste ihre Innenschenkel hinauf. Sie konnte seinen Atem spüren an ihrem intimsten Punkt, noch bevor seine Zunge diesen erreichte. Doch als er darüberstrich jauchzte sie laut auf und warf den Kopf zurück. Lange würde sie das nicht mehr aushalten.

Was dann geschah raubte ihr fast den letzten Verstand. Seine Zunge umkreiste ihren heikelsten Punkt, bevor er sie in ihr versenkte. Nach Luft schnappend erhob sie ihre Hüften, welche sogleich wieder von seiner starken Hand hinunter gedrückt wurden.

„ Du riechst fantastisch." murmelte er voller Hingabe, dann versenkte er seinen Mund immer wieder, spielte und sog. Sein Stöhnen wurde lauter. Seine Errektion hämmerte fast schmerzhaft, verlangte nach ihr. Summer war fast so weit, sie schrie leise und konnte nicht mehr ruhig liegen bleiben. „ Ich will dich spüren, bitte." bettelte sie heiser. Jetzt konnte er sich nicht mehr zurückhalten. Voller Lust kam er hoch, schnappte ihre Hände und hielt sie über ihrem Kopf zusammen. Mit dem Knie spreizte er ihre Beine, er senkte sich auf sie hinab. Seine Erektion berührte ihre Mitte und liess ihn laut aufstöhnen. Sie war so feucht, bereit für ihn. Und während er ganz langsam in sie eindrang zersprang ihm fast die Schädeldecke. Das Gefühl, wie sie ihn umfasste, war einfach überwältigend. Sie war so eng, aber er passte genau, füllte sie aus.

Als er sich ganz in sie versenkt hatte, hielt er einen Moment inne um sie anzuschauen. Diesen Moment wollte er voll auskosten. Ihr Blick war fiebrig vor Leidenschaft, ihre Wangen gerötet und der Mund leicht geöffnet. Sie wand sich unter seinem Griff. Er konnte nicht mehr warten.

Er senkte seinen Mund auf ihre Lippen und küsste sie voller Hingabe, während er sich immer wieder in ihr versenkte, immer heftiger. Ihr beider Stöhnen wurde lauter, der Atem wilder. Sie umklammerte ihn mit ihren Beinen, um ihn tiefer in sich aufzunehmen.

Jon liess ihre Hände los, welche sich sofort in seine starken Schultern gruben. Das Spiel seiner Muskeln nahm sie nur zu deutlich wahr. Sie war all ihrer Sinne beraubt. Summers Körper begann zu beben.

„ Ja, Baby, komm für mich." knurrte er und stiess tiefer in sie ein. Ein Orkan baute sich in ihr auf, die Lust stieg ins Unermessliche, bis die Wogen der Ekstase über ihr zusammenschlugen. Summer kam mit einem lauten, kehligen Schrei. Irgendwo splitterte Glas, doch das interessierte im Moment keinen der beiden. Jon spürte jede Bewegung, jedes kleinste Zucken und Vibrieren ihres wunderschönen Körpers. Nachdem sie ein weiteres Mal ihr Becken gegen ihn drückte, war es auch um ihn geschehen. Keine Chance mehr irgendetwas zurück zu halten. Mit einem lauten Brüllen ergoss er sich in ihr, immer wieder, während er heftig zustiess. Dann liess er sich fallen. Mit seinem ganzen Gewicht lag er auf ihr, doch es war ihr egal. Sie liebte es, seinen verschwitzten Körper auf ihrem zu spüren. Es brauchte eine ganze Weile, bis sie beide wieder zu Atem kamen.

„ Das war fantastisch."

Summers Stimme holte ihn in die Realität zurück. Scheisse, er erdrückte sie ja unter sich. Sachte zog er sich aus ihr heraus, wobei ihr ein kleiner Seufzer entfuhr. Sofort reagierte er darauf. Er könnte sie gerade nochmals nehmen. Reiss dich zusammen, sagte er zu sich selbst.

Als er neben ihr lag, aber nur so weit weg, dass er ihren ganzen Körper spüren konnte, streichelte er über ihren Bauch.

„ Machst du Witze? Das war unglaublich! Nein, das reicht nicht aus. Ich glaube, es gibt gar kein Wort für das, was ich gerade erlebt habe."

Der Blick, den sie ihm schenkte, war unbezahlbar. Voller Liebe und Dankbarkeit. Sie ahnte gar nicht, was das in ihm auslöste.

Ja, er liebte sie, da war er sich spätestens jetzt absolut sicher.
Obwohl er es schon immer gewusst hatte, seit ihrer ersten
Begegnung. Am liebsten hätte er es laut gesagt.
Mach mal langsam mit den jungen Pferden, hielt er sich
jedoch zurück. Sein Mundwinkel zog sich nach oben und
Summers Blick verschleierte sich.
Sie machten es nochmals, etwas langsamer, aber nicht
weniger intensiv und genauso schön, bevor er schliesslich
doch noch zur Arbeit ging.

Summer las die Scherben der Weingläser zusammen, welche
noch immer neben dem Bett gestanden haben.
Sie wusste genau, dass sie das gewesen war. Zum Glück
hatte Jon das nicht realisiert. Sie musste lächeln, als sie an
ihn dachte.

Kapitel 22

Den heutigen Tag verbrachte sie mit ihrem Vater und Pater Noah. Voller Elan ging sie ihren Arbeiten nach und half dem Pater wo sie nur konnte. Es war eine Freude für ihn, sie so erleben zu dürfen. Er hatte es sich nicht mehr zu hoffen erlaubt, doch nun, wo sie lächelnd und summend um ihn herumwirbelte, kannte seine Freude keine Grenzen mehr.
Als Summer am späteren Nachmittag vom Spaziergang mit ihrem Vater zurückkam, erwartete der Pater sie bereits mit frischem Kaffee und Kuchen.

Kurz hatte sie in Erwägung gezogen in ihre Trance zu gehen, dann aber den Gedanken ganz schnell wieder verworfen. Um keinen Preis wollte sie einen Schatten über ihr Glück aufkommen lassen. Nicht heute.
Pater Noah schenkte ihr Kaffee ein. Summer war sein wissendes Lächeln nur allzu bewusst.
„ Es freut mich von Herzen dich so glücklich zu sehen, mein Engel."
„ Ach Pater, es ist unbeschreiblich." Und sie begann zu erzählen.
Schwärmen traf wohl eher den Punkt. Pater Noah hörte ihr einfach zu. In ihrem Glück bemerkte sie nicht, wie ein ganz schwaches Lächeln über Benjamins Gesicht huschte. Wohl aber der Pater. Er dankte Gott dafür seinen Glauben aufs Neue bestärkt zu haben. Denn er wusste nur zu gut, dass noch eine schwere Zeit auf seinen Schützling wartete. Aber er wusste auch, dass sie es jetzt schaffen würde.
Er dankte für Jonathan und betete auch für ihn und seine Mutter.
„ Hilf ihm. Er ist ein guter Junge."

Später, es war bereits nach fünf Uhr, klingelte das Telefon in der Abtei. Pater Noah stand auf, um ran zu gehen und kam wenig später mit dem Hörer in der Hand wieder auf die Veranda hinaus. Summer lag neben ihrem Vater im Liegestuhl und streichelte seinen Arm.

„ Es ist für dich." lächelte er und streckte ihr das Telefon hin. Summer setzte sich auf und sah ihn fragend an. Doch als sie sein verschmitztes Lächeln wahrnahm wusste sie nur zu genau, wer am anderen Ende war. Sofort tanzten die Schmetterlinge wieder in ihrem Bauch.

„ Hallo?"

„ Hi." Jons Stimme war ein sanfter Hauch, der ihre Ohren streichelte. Sie grinste wie ein Honigkuchenpferd.

„ Ich habe versucht, dich bei dir zu Hause zu erreichen, aber als du nicht abnahmst, hoffte ich, dich beim Pater zu finden. Ich hoffe, du nimmst mir das nicht böse?"

„ Nein…nein, überhaupt nicht." stammelte sie.

Sie freute sich sogar sehr darüber, trotzdem wollte sie sich zusammen nehmen. Sonst würde er vielleicht noch denken, sie wäre eine hysterische Gans.

„ Hör zu Summer, ich habe diese Woche nicht mehr viel Zeit. Aber ich will…muss dich heute Abend unbedingt nochmal sehen."

Er machte eine Pause und Summer überlegte, warum er wohl keine Zeit mehr hatte. Doch als er weitersprach beschloss sie, ihn das später zu fragen.

„ Hast du Lust, heute Abend bei mir vorbei zu kommen?" er klang sehr unsicher.

Doch als Summer freudig bejahte, wich diese Unsicherheit in seiner Stimme der Erleichterung. Wie konnte er nur denken dass sie ihn nicht sehen wollte? Summer schüttelte lächelnd den Kopf, wohlwissend, dass er das nicht sehen konnte.

„ Wann soll ich bereit sein?" fragte sie sanft.

„ Ich hole dich um halb sieben bei der Abtei ab. Wir müssen noch etwas erledigen, bevor wir zu mir gehen. Dann koche ich uns allen etwas. Emma wird sich freuen, dich zu sehen. Und meine Mom auch."

Summer konnte sein Lächeln förmlich durch den Hörer fühlen.

„ Was müssen wir noch erledigen?"

„ Das siehst du dann, Süsse. Ich freue mich auf dich."

Mit diesen Worten beendete er das Gespräch. Summer drückte den Telefonhörer gegen ihre Brust und strahlte mit Pater Noah um die Wette. Dann küsste sie ihren Vater auf die Stirn und flüsterte: „ Ich glaube ich weiss jetzt, was Liebe ist."

Pünktlich um halb sieben war ein Auto zu hören, dass auf den Kiesplatz vor der Abtei heranfuhr. Das musste Jon sein. Voll freudiger Erwartung schnappte sich Summer ihre Tasche und drückte ihrem Vater und auch Pater Noah einen Kuss auf die Wange.

„ Bis morgen." rief sie noch, bevor sie um die Ecke verschwand.

Pater Noah blickte ihr überrascht und zutiefst gerührt nach. Das hatte sie noch nie zuvor gemacht.

Als Summer um die Ecke kam, blieb sie ruckartig stehen und ihr Mund öffnete sich zu einer stummen Frage. Da stand Jon, an das Auto gelehnt, und wartete auf sie. Seinen Mund zu einem schiefen Lächeln verzogen. Doch das Auto war nicht sein Pickup, sondern Charlys Taxi.

Grinsend stiess er sich vom Wagen ab und schlenderte langsam auf sie zu. Er genoss den Anblick ihrer Verwunderung sichtlich. Wie sie da stand, kaum fähig, zu sprechen.

„ Ich dachte, wir bringen zusammen Charly sein Auto zurück, was meinst du?"

Sie musste blinzeln, eine einzelne Träne rann ihr über die Wange. Eine Träne des Glücks. Aber sogleich hatte sie sich wieder gesammelt und fiel ihm in kindlicher Freude um den Hals.

„ Oh Jon! Ja, danke. Danke!"

Für einen kurzen Moment verlor er beinahe seinen Stand unter ihrem kraftvollen Körper, als sie sich in seine Arme schwang. Doch dann hielt er sie einfach fest an sich gedrückt.

„ Ich habe dich heute den ganzen Tag vermisst." hörte sie ihn flüstern und ein Kribbeln lief ihr über den Rücken. Wie schaffte er es immer wieder, sie so völlig aus dem Konzept zu bringen.

„ Und ich dich erst."

Schliesslich drückte er sie sanft von sich weg. „ Wollen wir?" Summer konnte nur nicken, was ihn aber dazu verleitete, ihr sein schönstes Lächeln zu schenken.

Dann küsste sie ihn, sanft. In diesen einen Kuss legte sie das Versprechen nach mehr und sie wurde mit einem lodernden Blick aus grünen Augen bezahlt.

Die ganze Fahrt zu Charly hielt Jon ihr Bein gedrückt. Nur zum schalten zog er sie hin und wieder weg.

„ Weiss Charly, dass wir kommen?" wollte Summer wissen. Sie war sehr aufgeregt und konnte es kaum erwarten, sein Gesicht zu sehen. Schliesslich war sein Taxi seine ganze Einnahmequelle. Und Jon hatte ein wahres Wunder vollbracht. Das Auto erstrahlte in neuem Glanz und sogar ein Navigationssystem hatte er eingebaut. Verstohlen sah sie zu ihm hinüber. Dieser Mann war ein Engel, tatsächlich.

„ Nein, Charly weiss nichts. Aber ich habe seine Frau informiert." lächelte dieser, während er konzentriert auf die Strasse achtete.

Summers Aufregung wurde von einem vor Glück weinenden Charly belohnt, der es gar nicht fassen konnte, dass ihm so viel Gutes wiederfuhr. Er war so dankbar und umarmte die beiden immer wieder.

„Was hätte ich nur ohne euch getan? Ich bin euch so vieles schuldig." stammelte der gute, alte Charly.

Und während Jon abwinkend dagegenhielt übermannte sie ein dunkler Schauer der Verbitterung. Auf einen Schlag wurde ihr wieder bewusst, dass sie an allem schuld gewesen war. Um ein Haar hätte sie ihn ruiniert, oder noch schlimmer, umgebracht. Langsam zog sie sich wieder in ihr Schneckenhaus zurück.

Was hatte sie nur getan? Was tat sie hier überhaupt? Sie brachte alle in Gefahr.

In Gedanken versunken realisierte sie nicht, wie Jon sie beobachtete. Wie immer entging ihm keine ihrer Regungen. Sanft nahm er sie in den Arm, und bald verabschiedeten sie sich von dem immer noch weinenden Charly.

Jon führte Summer langsam die Strasse hinunter, fest an sich gedrückt. Obwohl ihr seine starken Arme guttaten, wusste sie, dass sie es nicht verdient hatte, von ihm beschützt zu werden.

Doch je mehr sie versuchte, sich aus seinen Armen zu winden, umso mehr umklammerte er sie.

Bis er stehen blieb und sich eine halbe Armeslänge vor ihr aufbaute. „Was ist denn los Summer?"

Sie starrte ihn an. Wie sollte sie ihm das denn erklären, bitteschön? Hey, ich habe Charly beinahe umgebracht, weil ich meine Energie nicht unter Kontrolle hatte. Und dann?

Natürlich war es so, doch davon hatte Jon wirklich keine Ahnung. Sie würde ihn vergraulen, von ihr wegtreiben. Und das, das wusste sie, würde sie nicht verkraften.

„Hör zu, verdammt. Ich werde es nicht zulassen, dass du dich von mir entfernst. Nicht schon wieder. Niemals mehr.

Verstanden? Also hör auf, mich von dir wegzustossen. Du gehörst zu mir! Es wird Zeit, dass du das kapierst!" Diese Worte kamen zornig aus seinem Mund und trotzdem gehörten sie zu den schönsten Worten, die Summer je zu hören bekam.

Sie blinzelte, als sie zu ihm aufsah, und dann gestand sie ihm ihren Gedanken.

„ Charly hat mich an diesem Abend heimgefahren. Ich war schuld an seinem Unfall. Gott, wenn ich darüber nachdenke was sonst noch hätte passieren können..." Sie schlug sich eine Hand vor den Mund um einen Schluchzer zu unterdrücken. Jon sah sie erst schockiert, dann wütend an. Ok. Jetzt war es soweit. Sie hatte es geschafft, in zu vertreiben. Voller Angst wartete sie auf seinen Wutanfall.

„ Bist du verrückt? Du bist doch nicht schuld an dem, was ihm passiert ist? Wieso denkst du so schlecht über dich?"

Das waren nicht die Worte, die Summer erwartet hatte, und erleichtert atmete sie auf.

Nur sie alleine wusste, dass sie recht hatte. Doch sie konnte noch nicht darüber reden. Sie wollte ihn nicht verlieren. War es unausweichlich? Oh ja. Aber noch nicht heute. Ihr Egoismus überraschte sie selbst.

Sie erwachte erst wieder aus ihrer Gedankenwelt, als sie Jons Lippen auf den ihren spürte. Warm und männlich. Sie liebte seinen Geschmack auf der Zunge. Rund um sie herum blieb die Welt stehen.

Als sie sich ihm hingab konnte sie spüren, wie auch sein Zorn und seine Anspannung sich auflösten. Alles konnte doch so einfach sein.

Jons Atmung ging schwer, als er sich von ihr löste.

„ Und jetzt komm, meine Mom wartet schon auf uns."

Bei diesen Worten erhellte ein sanftes Lächeln sein Gesicht.

Es war ein wunderschöner Abend. Sie sassen im Garten, wo Jon ein geniales Abendessen serviert hatte. Es gab einen Rindsbraten vom Grill, den er schon am Nachmittag vorbereitet hatte wie er gestand, dazu Kartoffelstock und Zucchetti an Honig-Senfsauce. Es war fantastisch. Danach sassen sie da, tranken Wein und unterhielten sich angeregt. Summer hörte meistens gespannt zu, wie die drei Geschichten aus Jons und Emmas Kindheit erzählten. Es war schön, diese Familie lachen zu sehen. Sie beobachtete Jon immer wieder, wie er voller Stolz seiner Mutter zuhörte, die Liebe, die er ihr entgegenbrachte.

Sie kannte diese Gefühle und sie freute sich dafür, dass er sie erleben durfte. Auch wenn sich ein kleiner Stich in ihrer Brust bemerkbar machte, ignorierte sie ihn einfach.

Dieser Abend gehörte von jetzt an zu den Erinnerungen, die sie behalten wollte. Und darum bat sie schliesslich darum, ein Foto machen zu dürfen.

Jon blickte voller Bewunderung zu ihr hinüber. Bevor er etwas sagte, lehnte er sich zu ihr und küsste sie innig. Er hatte genau verstanden, was sie ihm damit sagen wollte.

Dann stand er auf, um die Kamera zu holen.

Etwas peinlich berührt sah Summer vorsichtig zu Beccie. Schliesslich hatte ihr Sohn sie gerade nicht auf nur freundschaftliche Art geküsst, vor seiner Mutter und seiner kleinen Schwester.

Doch die beiden schmunzelten nur und Beccie zwinkerte ihr liebevoll zu.

Es war ja klar, dass es nicht nur ein Foto geben sollte.

Summer musste mit jedem einzelnen posieren, bevor sie schliesslich ein Foto von den dreien als Familie machen durfte.

Es war bereits zehn Uhr, als Rebecca sich an ihre kleine Tochter wandte.

„ Liebes, alles Gute geht mal zu Ende. Es ist Zeit fürs Bett."
Emma murrte etwas, stand aber ohne weitere Diskussion auf.
Auch Beccie wollte aufstehen, um ihre Tochter zu begleiten,
wurde dann aber von Jon gestoppt.
„ Setz dich hin Mom, ich mache das."
Er gab ihr einen sanften Kuss auf die Wange und sie lächelte
ihm dankbar zu.
„ Na komm Kleine, ab ins Bett." befahl er dann im Grosser-
Bruder-Ton. „ Sag gute Nacht."
Emma kam sofort zu Summer hinüber, um ihr einen Gute-
Nacht-Kuss zu geben, bevor sie zu Beccie ging und sie fest
drückte. „ Schlaf gut, mein Kind."
Dann rannte sie zu Jon und packte ihn bei der Hand.
„ Sie liebt es, wenn Jon sie ins Bett bringt." sagte Beccie ganz
aufgelöst neben ihr.
Wer konnte das der kleinen Emma verübeln, dachte sich
Summer mit einem Schmunzeln, versuchte aber, ihre
Gedanken zu zügeln. Schliesslich sass sie hier neben Jons
Mutter, um Gottes Willen.
Dann richtete sich Rebecca wieder an Summer. „ Es ist so
schön, ihn so glücklich zu sehen, Summer. Ich danke Dir."
Verlegen betrachtete Summer ihre Hände auf dem Tisch.
„ Er ist es, der mich glücklich macht." flüsterte sie, und Beccie
lächelte wieder.
„ Du solltest ihn sehen, wenn er von dir spricht. Seine Augen
glühen und er lächelt unentwegt." Sie nahm Summers Hand
in die ihren.
„ Steh ihm bei, wenn ich es nicht mehr kann, versprich mir
das."
Erschrocken blickte Summer in Rebeccas hoffnungsvolle
Augen. „ So was darfst du nicht einmal denken, Beccie. Du
wirst ihn noch lange nicht verlassen. Jon tut alles dafür."

Ein resignierter Seufzer entfuhr der kranken Frau. „Ich weiss, was mein Sohn für mich in Kauf nimmt."

Summer stockt der Atem. „Wie meinst du das?"

Nun lächelte sie sie verständnisvoll an.

„Ich bin vielleicht krank, aber ich bin immer noch seine Mutter. Ich weiss, dass er es zu verstecken versucht, und trotzdem…was soll ich denken, wenn er wieder einmal mit verschlagenem Gesicht und geschundenem Körper heimkommt? Glaube mir, ich weiss, was er da tut. Und ich weiss auch, warum er das tut."

Wieder ein Seufzer. Summer konnte die Last, die diese Frau auf ihrem Herzen trug, förmlich spüren.

„Emma erzählt mir immer wieder, wie viel er trainiert. Heute hat er wieder damit angefangen, was bedeutet, dass demnächst wieder ein Kampf stattfindet. Glaub mir, ich weiss das."

In Summer begann es, zu arbeiten. Hatte er deshalb gesagt wenig Zeit diese Woche?

„Beccie, ich weiss nicht, was ich dazu sagen kann."

„Du musst gar nichts sagen, Summer. Ich weiss, dass du daran nichts ändern kannst. Genauso wenig wie er. Er wird es nicht aufhalten können, nur ist ihm das noch nicht bewusst. Und das macht mir so weh."

Jetzt war es Summer, die Beccies Hand ganz fest drückte.

„Gib nicht auf. Jon erreicht alles, was er will. Er wird es schaffen. Er ist so erstaunlich."

„Ja, nicht?!" lächelte Rebecca, „Meine Kinder sind das Beste, was mir in meinem Leben passieren konnte."

Dann wurde sie wieder ernst.

„Darum wünsche ich mir, dass du zu ihm stehst, wenn es so weit ist. Ohne dich wird er es nicht schaffen. Aber mit deiner Liebe wird er es. Ich habe mein Leben gelebt, habe das Beste bekommen, was sich eine Mutter wünschen kann. Ich bin so stolz auf die beiden. Jonathan ist ein wunderbarer Mann. Und er liebt dich, das sehe ich. Mit dir wird er wieder glücklich sein können."

Summer zuckte zusammen. Sie sagte, er liebte sie. Konnte das wirklich sein? Sie glaubte schon, dass er Gefühle für sie hatte, aber ob es Liebe war? Er selbst hatte es noch nie erwähnt. Aber das war jetzt egal. Sie wusste, dass sie ihn liebte. Und sie liebte auch seine Familie, seine Mutter, nach all diesen Worten noch viel mehr.

Und darum sagte sie etwas, was sie sonst nie im Leben gesagt hätte. „ Beccie, ich schwöre dir aus tiefstem Herzen, dass egal, was kommen mag, ich für Jon da sein werde. Ob er das dann will oder nicht. Ich verspreche dir, dass ich ihn auffangen werde. Ob wir zusammen sind oder nicht."

Der Gedanke daran, dass sie nicht mehr zusammen sein könnten, machte ihr Herz schwer wie Blei.

„ Aber ich bitte dich. Glaube an ihn. Er wird es schaffen!"

Dieser Überzeugung war Summer wirklich. Sie wusste, dass er nicht aufgab, bevor er das Geld für die Therapie zusammen hatte. So gut kannte sie ihn mittlerweile.

Beccie gab ihr einen Kuss auf die Stirn, genau in dem Moment, als Jon auf die Terrasse zurückkam.

„ Komme ich ungelegen?" schmunzelte er.

Während Summer nicht recht wusste, wie sie jetzt reagieren sollte wechselte Beccie gekonnt, wie nur eine besorgte Mutter es konnte, in den unbeschwerten Modus zurück.

„ Nein, mein Junge, ich habe Summer nur gerade vorgeschwärmt, was für ein wunderbarer Sohn du bist."

Sie zwinkerte ihr keck zu und Summer bewunderte sie über alle Massen.

„ Aber jetzt muss ich mich wirklich hinlegen."

Beccie erhob sich mühsam, man sah ihr an, wie ihr Körper ihr Schmerzen bereitete. Sofort eilte Jon zu ihr, um sie zu stützen.

„Komm Mom, ich helfe dir." sagte er mit kräftiger Stimme, doch der Ausdruck in seinem Gesicht sprach Bände. Er litt. Beccie strich noch einmal sanft über Summers Wange. Ihre Lippen formten sich zu einem tonlosen „Dankeschön", bevor sie, gestützt von ihrem Sohn, ins Haus zurückging.

Summer blieb allein zurück. Gedankenverloren sass sie am Tisch, die Hände krampfhaft ineinander verschränkt. Schwermut legte sich über sie als sie über Beccies Worte nachdachte. Es klang so endgültig. Ob sie mit Jon auch so darüber gesprochen hatte? Bestimmt. Aber hörte Jon ihr überhaupt zu? Summer ahnte, dass er diesen Gesprächen auswich. Für ihn gab es dieses Ende nicht. Er kämpfte um etwas, was er vielleicht nie erreichen würde. Doch diese Option bestand für ihn nicht.

Eine Träne rann über Summers Wange, genau dort, wo sie noch immer Beccies Hand spürte.

„Glaub an ihn." Das waren ihre eigenen Worte. Und ja, sie tat es wirklich. Und falls es doch anders kommen sollte, würde sie ihr Versprechen halten. Dieses Mal würde sie nicht davonrennen, sich nicht verjagen lassen.

Ihre Gedanken überschlugen sich. Sie musste etwas tun, sonst würde sie Jon erklären müssen, warum sie wie ein Häufchen Elend hier sass, wenn er zurückkam. Seufzend stand sie auf um den Tisch abzuräumen und mindestens die Küche zu machen.

„Hier bist du." Jon schlang seine Arme von hinten um ihre Hüften und küsste sie auf den Hals.

Sie lehnte sich an ihn und er drückte sie noch fester.

Langsam entspannte er sich, seine Sorgen verpufften augenblicklich, als er sie in seinen Armen spürte.

Summer war fast fertig in der Küche, nur noch die Geschirrspülmaschine musste gestartet werden. Langsam drehte sie sich zu ihm um um ihn anzusehen.

„ Möchtest du noch ein Glas Wein?" fragte sie ihn. Die halbleere Flasche hatte sie bereits ins Haus zurückgetragen. Jon schüttelte beinahe unmerklich den Kopf und sein unergründlicher Blick scannte ihr Gesicht.

„ Was ich jetzt will bist du."

Sofort machte sich das verräterische Feuer in ihrem Unterleib wieder bemerkbar. Sanfte Röte stieg ihr in ihre Wangen.

„ Gott bist du schön." Es war nur ein Flüstern, doch mit diesen Worten packte er sie und führte sie aus der Küche in sein Schlafzimmer.

Leise schloss er die Tür hinter sich, liess sie aber nicht aus den Augen. Wie ein Raubtier seine Beute, dachte sich Summer. Und allein dieser Gedanke erregte sie noch mehr. Ja, in seiner Nähe verliess sie ihr Verstand regelmässig. Sie fühlte sich mit ihren 28 Jahren wie ein verdammter Teenager. Jon stand immer noch an der Türe angelehnt und musterte sie eindringlich. Was ging nur in seinem schönen Kopf vor? Nun gut, dachte sie sich. Ich werde dir helfen, deine Sorgen zu vergessen, wenn es auch nur für einen Moment ist.

Sie führte ihre Hände an den Saum ihres Tops und zog es sich ganz langsam über den Kopf, um es dann achtlos auf den Boden fallen zu lassen. Seine grünen Augen verdunkelten sich und er sog geräuschvoll die Luft ein, während er sie beobachtete. Gut so, schmunzelte sie innerlich. Sie öffnete ihre Jeans, und strich sie sich leicht gebeugt von den Beinen. Dabei achtete sie auf jede kleinste Regung in ihm. Sein Körper verkrampfte sich, seine Fäuste geballt rang er nach Beherrschung. Trotzdem blieb er wie angewurzelt stehen. Es schien ihm zu gefallen, was sie da tat. Während sie einen Schritt auf ihn zu machte, fiel der BH zu Boden, und mit einem weiteren Schritt ihr Höschen. Ein Knurren kam aus seiner Kehle, seine Augen verengten sich vor Lust.

Jetzt stand sie ganz nah vor ihm, sie konnte ihn riechen, diesen unglaublich leckeren Geruch von Moschus und Caramel. Sie biss sich auf die Lippe, was sein unglaubliches sexy Lächeln heraufbeschwor.

„ Gefährlich!" drohte er leise und wollte sie packen. Doch sie drückte ihn mit einem Arm an die Wand zurück. Er stöhnte und schluckte schwer, liess es aber geschehen. Sein Blick streichelte ihren ganzen Körper.

Mit beiden Händen schob sie sein Shirt nach oben, strich dabei sie sanft über seine Brust. Sein Körper zitterte leicht und er schloss einen Moment die Augen. Der Stofffetzen flog beiseite. Summer schmiegte ihren nackten Körper an ihn. Seine Wärme erfüllte sie augenblicklich.

Wieder wollte er seine Arme um sie schlingen, doch auch jetzt drückte sie sie mit beiden Händen neben sich an die Wand zurück. Mit ihrer Nase berührte sie seinen Hals und begann sanft an ihm zu knabbern. „ Verdammt." hörte sie ihn knurren. Er war nur mühsam beherrscht, das fühlte sie. Mit der Hand strich sie über seine kräftige Brust, seine starken Bauchmuskeln. Gefolgt von ihren Küssen fuhr sie jeden einzelnen Muskel nach. Ihre schlanken Finger knöpften seine Hose auf und strichen dann über das ausgeprägte V an seinen Lenden. Sein ganzer Körper erschauerte, als er aufstöhnte.

„ Baby, ich kann mich nicht mehr beherrschen."
Doch Summer hörte nicht auf.

Wieder drückte sie ihn an die Wand, wohl bewusst, dass er, wenn er wollte, sie mühelos unterbrechen konnte. Sie strich ihm die Hosen mitsamt Shorts von den Beinen. Seine mächtige Errektion sprang ihr entgegen und liess sie die Lippen lecken. Sie blieb vor ihm kniend und seine Männlichkeit bestaunend.

„Summer." hörte sie ihn flüstern.

Mit einem leidenschaftlichen Augenaufschlag blickte sie zu ihm hoch, während sie mit der Zunge den Lusttropfen auf seiner Spitze wegleckte.

„Fuck!" knurrte er, seine Augen starrten gross und wild zu ihr hinunter.

Sein starker Kieferknochen angespannt, die Hände krampfhaft gegen die Wand gepresst. Ohne den Blick von ihm abzuwenden hob sie ihre Hand und umfasste seine pulsierende Erektion und nahm ihn schliesslich in den Mund. Ein Zischen war zu hören. Sie fuhr mit geschlossenen Lippen an ihm herunter und spielte mit der Zunge beim hoch kommen, leckte ihm genussvoll über die Spitze, ein paar Mal, zuerst langsam, dann schneller. Jon zitterte und atmete schwer während er sie beobachtete.

Jetzt liess sie ihre Hand mitgleiten, saugte und rieb stärker. Knurrend packte er ihren Kopf und krallte sich in ihre Haare.

„Baby, du bist der Wahnsinn."

Sein Stöhnen wurde lauter, sein Pulsieren stärker. Er war kurz davor und Summer labte sich an seinem Anblick. Es törnte sie an, ihn so zu sehen, an der Grenze seiner Beherrschung. Jeder Muskel seines kräftigen Körpers angespannt. Fast war es soweit, sie konnte es nur zu gut spüren.

Doch soweit kam es nicht. Jon schloss ganz kurz seine Augen, presste die Kiefer aufeinander und drückte den Kopf an die Wand. Dann packte er ihren Kopf erneut, die Finger immer noch in ihren Haaren verkrallt, zog sie heftig zu sich hoch, während er sich voller Kraft von der Wand abstiess. Noch bevor sie sich wehren konnte, hatte er die Rollen vertauscht.

Nun war sie es, die an die Wand gedrückt wurde, ihre Beine schlangen sich wie automatisch um seine Hüften. Mit den Händen krallte sie sich an seinen Schultern fest. Jons Arme waren links und rechts von ihrem Kopf gegen die Wand gestemmt. Und mit loderndem Blick aus seinen verschleierten, grünen Augen stiess er in sie. Ein lautes Stöhnen entfuhr ihr, sie schloss ihre Augen und drückte ihren Kopf gegen die Wand, während ihr Unterleib sich gegen Jon drückte, sich an ihm rieb.

Er drang immer heftiger und schneller in sie ein, füllte sie aus, zog sich zurück, voller Kraft und Leidenschaft. Summer biss sich auf die Lippen um nicht immer lauter zu werden. Doch das hatte den Effekt, dass er ungestümer wurde. Es war soweit, ein Orkan baute sich über ihr auf und drohte jeden Moment über ihr einzustürzen.

„ Sieh mich an Baby. Ich möchte dich sehen, wenn du für mich kommst." knurrte Jon.

Auch seine Erlösung hing nur noch an einem seidenen Faden. Summer tat, wie befohlen. Zu hören war nur noch das aneinanderklatschen ihrer beider Körper, begleitet von schwerem Atmen und lautem Stöhnen. Bis schliesslich die Wogen der Lust über ihr zusammenschlugen und sie mit einem unterdrückten Schrei in seinen leidenschaftlichen, grünen Augen mit ertrank. Das Zusammenzucken ihres Körpers, die erneute Feuchtigkeit zwischen ihren Beinen und das weiche, krampfhafte Pulsieren in ihrer Mitte raubten ihm fast den Verstand. In das blaue Meer ihrer Augen zu versinken während sie alle ihre Hüllen seinetwegen fallen liess, kostete ihn jede Beherrschung, und er liess los.

„ Fuuck! Summer!" stöhnte er laut auf, als er sich in ihr ergoss.

Einen Moment blieben sie mit verschwitzten Körpern aneinander gelehnt stehen und versuchten, wieder zur

Besinnung zu kommen, bis Jon sie schliesslich mit letzter Kraft zum Bett trug. Erst dort lösten sie sich voneinander und blieben jeder für sich auf dem Rücken liegen.

Als sie wieder atmen konnten, griff Jon nach ihrer Hand.

„ Das war unglaublich! So etwas habe ich noch nie erlebt."

Summer lächelte in sich hinein, stolz auf sich selbst. Ja, es war absolut überirdisch. Er weckte ein ungeahntes Feuer der Lust in ihr. Nie hätte sie geglaubt, so empfinden zu können.

„ Ich liebe dich!" war alles, was sie flüstern konnte. Mehr zu sich selbst als zu ihm. Doch mit einem Ruck war er über sie gebeugt.

„ Sag das nochmal, bitte."

Mit grossen, ungläubigen Augen starrte er sie an.

„ Ich liebe dich." wiederholte sie lauter.

Jon schluckte schwer, schloss abermals die Augen, und als er sie wieder öffnete, lag nur der Ausdruck von Dankbarkeit in ihnen.

„ Ich liebe dich auch! Du kannst dir gar nicht vorstellen, wie sehr."

Mit diesen Worten küsste er sie, tief und innig. Sie erwiderte es ebenso leidenschaftlich. Wie zwei Ertrinkende umschlangen und küssten sie sich eine halbe Ewigkeit.

Als sie später aneinander gekuschelt im Bett lagen, Summer hatte ihren Kopf auf seine Brust gelegt und fuhr mit einem Finger seine Tattoos nach, sagte er schliesslich leise:

„ Ich habe einen Kampf am Samstag."

„ Habe ich mir schon gedacht."

Summer stützte ihren Kopf in die Hände, um ihn anschauen zu können.

„ Wenn ich gewinne, wird es mein letzter Kampf sein. Ich habe das Geld fast zusammen, Summer. Ich muss es tun, verstehst du?"

Es machte ihr Angst, ihn gehen zu lassen. Sie erinnerte sich an das letzte Mal, als sie ihn kämpfen gesehen hatte, und es zerriss ihr fast das Herz. Trotzdem wusste sie, dass sie ihn machen lassen musste. Darum nickte sie einfach.

„ Ich werde mich bei dir melden, wenn es vorbei ist. In deiner Nähe bin ich schwach. Ich sehne mich danach, dich zu berühren, wenn ich dich sehe. Meine Beherrschung ist wie weggeblasen. Doch ich brauche sie um zu trainieren."

In seinem Blick lag Hoffnung und auch Angst. Sie wusste, er brauchte ihr Verständnis dafür, auch wenn sie es nicht gutheissen konnte. Sie hatte zu grosse Angst davor, dass ihm etwas passierte. Sie wollte gar nicht daran denken, was alles geschehen konnte. Sie schluckte sie den Kloss in ihrer Kehle hinunter und antwortete flüsternd:

„ Komm einfach gesund zu mir zurück. Versprich es mir!"

Jon drückte sie ganz fest an seine Brust und küsste ihren Schopf.

„ Ich verspreche es!"

Summer glaubte ihm.

Später, als Jons Atem tief und ruhig war, setzte sie sich im Bett auf und sah ihm einen Moment beim schlafen zu. Dann strich sie ihm sachte über seine Wange, sein Gesicht war völlig entspannt und er sah so friedlich aus.

„ Ich liebe dich." flüsterte sie erneut.

Dann zog sie sich an und verliess das Haus. Der Abschied am Morgen wollte sie sich beiden ersparen, zu sehr schmerzte die bevorstehende Trennung. Die Angst vor dem Kampf sass ihr in den Knochen. So war es für beide einfacher, die Woche zu überstehen.

Kapitel 23

Die nächsten Tage verliefen träge. Die Zeit wollte nicht vergehen.

Summer beschäftigte sich damit, die ganze Kirche und Pater Noahs Haushalt zu putzen und aufzuräumen und sich übermässig um ihren lieben Vater zu kümmern. In ihrer eigenen Wohnung war sie nur selten. Höchstens um hin und wieder ein paar ihrer Sachen zu holen. Seit dem Abend mit Jon fühlte sie sich in ihren vier Wänden nicht mehr wohl. Seine Worte steckten immer noch in den Räumen und je mehr sie sich umsah, umso mehr musste sie ihm recht geben. Es war eine Wohnung gewesen, nur für ihr Überleben gedacht. Die Leere schmerzte sie jetzt. Und was noch erschwerend dazu kam war Jons mächtige Präsenz, die sie so sehr vermisste.

Heute war erst Donnerstag. Das hiess, es dauerte noch weitere zwei oder drei lange Tage, bis sie ihn wieder in die Arme nehmen konnte. Immer wieder schlich sich ein entsetzlicher Gedanke in ihren Kopf. Was war, wenn es nicht gut ging? Wenn ihm etwas Furchtbares zustiess? Aber diesen entsetzlichen Gedanken durfte sie nicht zulassen. Er würde sie verschlingen, und dann würde sie Jon von dem abhalten wollen, was für ihn so wichtig war. Noch ein letztes Mal, sagte sie sich immer wieder hoffungsvoll.

Das Telefon in der Abtei klingelte beharrlich, doch der Pater war in der Kirche, um jemandem eine Beichte abzunehmen. Summer überlegte kurz, ob sie den Anruf entgegennehmen sollte. Normalerweise machte sie das nicht.

Niemand wusste, dass sie sich hier aufhielt, und das sollte auch so bleiben, um den Pater zu schützen. Aber heute war es irgendwie anders. Eine innere Stimme drängte sie dazu, es doch zu tun. Also nahm sie ab.

„ Hier bei Pater Noah." war ihre kurze Begrüssung.

Ihr Herz begann sogleich heftig an zu klopfen, als sie Lydias ängstliche Stimme hörte.

„ Summer, bitte, es tut mir leid, dass ich dich störe, aber ich habe solche Angst."

„ Lydia, beruhige dich. Was ist los." Summer versuchte, die aufsteigende Panik zu unterdrücken.

„ Ich habe versucht, Greg zu erreichen, aber er ist bei der Arbeit und geht nicht ran." Im Hintergrund war ein lauter Knall zu hören. „ Jemand ist hier."

Summers Hand krallte sich um den Hörer.

„ Lydia, ganz ruhig. Wo bist du?"

„ In der Kanzlei."

„ Gib mir die Adresse, ich komme vorbei." Schnell suchte sie sich einen Stift und ein Blatt Papier.

„ Wilson Street 5. Beeil dich bitte. Ich drehe durch." Lydia war völlig ausser sich und Summers Magen drehte sich um 180 Grad.

„ Ich bin gleich bei dir. Verhalte dich ruhig." Mit diesen Worten brach sie die Verbindung ab.

Dann rannte sie nur noch. Heraus aus dem Haus in den Holzschopf zu ihrem Auto. Sie setzte sich hinters Steuer und raste los, ohne nachzudenken. Mit einem Blick auf die Uhr stellte sie fest, dass es kurz vor sechs war. Um diese Zeit war Lydia immer alleine im Büro und machte die Abrechnungen.

„ Wo ist diese verdammte Wilson Street, verfluchte Scheisse!" Summer schlug auf das Steuerrad ein, weil sie in eine Sackgasse eingebogen war. Es musste hier irgendwo sein.

Verzweifelt rammte sie den Rückwärtsgang rein und preschte retour, zurück auf die Hauptstrasse. Nur eine kurze Minute später hatte sie sie gefunden. Sie war vorhin einfach eine Strasse zu früh abgebogen. Mit quietschenden Reifen hielt sie vor dem Haus Nummer 5, stellte den Motor ab und rannte die Stufen zum Eingang hoch, in den Flur und nahm dann die weiteren Stufen zur Kanzlei in Angriff.

Schon fast hatte sie das Gefühl, die Treppe wollte niemals enden, als sie vor der offenen Türe zum Büro stand. Das Schloss war aufgebrochen.

„ Lydia?" rief sie voller Angst. „ Lydia? Wo bist du?"

Summer hastete von einer Tür zur anderen, doch alle Räume waren leer. Dann stand sie vor der letzten, halb offenen Tür und stoppte augenblicklich.

Heftig atmend lauschte sie, während sie ihre Hand gegen die Türe legte, um sie aufzustossen. Ganz leise hörte sie ein Wimmern. Das musste Lydia sein. Ohne zu überlegen drückte sie die Türe auf.

„ Lydia, wo b..."

Die Worte blieben ihr im Halse stecken als sie ihre Freundin sah.

Sie war hinter einem Schreibtisch an einen Stuhl gefesselt und geknebelt, Tränen rannen ihr übers Gesicht und ihre Augen waren voller Panik. Hinter ihr stand jemand, mit der Waffe auf sie gerichtet.

Erst jetzt fing ihr Verstand wieder an zu arbeiten. Schockiert hob Summer abwehrend ihre Hände. Warum hatte sie nicht daran gedacht? Lydia hatte Angst, sie sagte ihr noch, dass sie nicht alleine war. Wie konnte sie nur so dumm sein und so unvorbereitet und unüberlegt hier hinein zu stürmen? Es hätte genauso gut das Ende sein können für sie, als sie die Türe aufgestossen hatte. Und wie hätte sie dann Lydia helfen können? Wie konnte sie sie denn jetzt retten? Der Typ hatte einen schwarzen Kapuzenpullover tief ins Gesicht gezogen. Doch die Augen und das fiese Grinsen kamen ihr bekannt vor.

„ Was wollen sie von ihr?" flüsterte Summer mit schwacher Stimme.

Zuerst sagte er nichts, dann lachte er laut auf.

„ Ich hole mir zurück, was mir gehört."

Diese Stimme! Wie Schuppen fiel es ihr von den Augen.

„ Duncan, du Arschloch!"

Sein Lachen wurde lauter, dann zog er sich die Kapuze vom Kopf. Er war es wirklich.

„ Hast mich vermisst?"

Summer blieb der Mund offenstehen, ihre Augen weiteten sich, als eine Panikattacke sie zu übermannen drohte.

„ Nana, ein bisschen mehr Freude habe ich schon erwartet." säuselte er weiter und fuchtelte dabei mit der Waffe herum.

„ Es ist schon ein Momentchen her, als wir uns das letzte Mal gesehen haben...oder soll ich eher sagen, als du mich verarscht hast?"

Atme, Summer, atme...versuch dich zu konzentrieren, sagte sie sich immer wieder innerlich.

Ohne sich zu bewegen blickte sie zu Lydia hinunter. Diese schluchzte noch immer in ihren Knebel hinein und ihre Augen wurden immer grösser und verquollener, die Panik hatte sie voll im Griff. Summer durfte jetzt unter keinen Umständen die Kontrolle verlieren, sonst war alles vorbei.

„ Was hat Lydia damit zu tun? Lass sie gehen." sagte sie mit lauter Stimme, um ihre Unsicherheit zu überdecken.

„ Du hast keine Ahnung, was?" Duncan grinste noch breiter.

„ Wie gesagt, ich hole mir, was mir zusteht. Und ich hasse es, wenn mir blöde Weibsbilder einen Strich durch die Rechnung machen."

Jetzt bohrte er den Lauf der Pistole gegen Lydias Schädel. Sie schrie erstickt durch den Knebel auf und starrte flehend zu Summer hinüber.

„ Du bist mir schon einmal dazwischengekommen, als ich diesem Luder hier Geld abnehmen wollte. Als du um die Ecke gekommen bist."

Wie mit einem Hammer kam die Erinnerung an den Abend zurück, an dem sie Lydia kennen gelernt hatte.

Der Überfall, das war Duncan. Sie erinnerte sich auch daran, dass er ihr im Gecshäft schon irgendwie bekannt vorgekommen ist. Vor allem seine Augen. Jetzt wusste sie auch, warum er sie in die Pfanne hauen wollte danach.

„ Hör zu, Duncan. Das betrifft nur dich und mich. Also, lass sie gehen und nimm mich dafür." Doch das schien ihn nur zu amüsieren.

„ Denkst du, ich bin blöd? Ich lasse sie gehen und dann kommen die Bullen?"

Jetzt richtete er seine Waffe gegen Summer.

„ Hättest du dich rausgehalten, wäre alles gut gegangen…ich hätte das Geld gehabt, um meine Wettschulden zu begleichen, und alles wäre wieder in Ordnung gewesen. Aber nein…dann vermasselst du mir auch noch den Auftrag mit diesem blöden Wichser und das schlimmste kommt ja noch…du lässt mich voll auflaufen beim Boss…"

Verdammte Scheisse…ja, da hatte sie wohl einen riesen Schlamassel losgetreten, und alles begann mit Lydia. Die Arme drehte im Moment fast völlig durch.

Ehrlich gesagt, einen Ausweg aus dieser Situation gab es praktisch keinen mehr. Und nun musste sie mitanhören, dass sie selbst daran schuld war?

Wieder einmal hatte sie einen lieben Menschen in Gefahr gebracht. Resignation machte sich in ihr breit.

Doch dann hörte sie erneut einen erstickten Schrei ihrer Freundin und realisierte, dass Duncan um den Tisch herumgekommen war und mit gestreckter Waffe vor ihr stand. Zur gleichen Zeit klingelte Lydias Telefon. Vermutlich Greg, der erst jetzt zurückrief...und vermutlich auch gerade am Durchdrehen war. Sie musste Lydia hier rausholen, das war sie ihr schuldig.

Sie blickte Duncan direkt in die Augen und wurde komischerweise ganz ruhig.

„Na? Hat's Klick gemacht?" Duncan schnalzte mit der Zunge. Und Summer begann zu lächeln. „Oh ja, Duncan. Mir ist gerade bewusst geworden, was für eine miese Freundin ich bin."

Zuerst blinzelte er sie verwundert an, und hinter ihm liess Lydia ein verzweifeltes Gurgeln hören. Doch dann grinste er wieder.

„Wohl wahr...nur wirst du dich nie mehr bei deiner Schlampenfreundin entschuldigen können."

Er hob die Waffe an und spannte den Finger.

Von da an ging alles wie in Zeitlupe. Summer hob die Arme und ihr Blick wurde ernst. Sie konzentrierte sich auf ihr Inneres und flüsterte leise Worte der Beschwörung.

„Was machst du da?" knurrte Duncan und wollte den Abzug durchdrücken.

Doch sein Finger bewegte sich nicht. Summer hob die Arme noch etwas mehr, bis sie Schulterhoch waren. Ein Wind kam auf und wirbelte ihre roten Haare umher, während sie weiter und weiter flüsterte.

„De profundis, sartan. Mors certa, hora incerta!"

Sie registrierte nichts mehr um sich herum, sah nur noch Duncan. Dieser bekam es mit der Angst zu tun, er konnte sie nur noch durch seine grossen, verschissenen Augen anstarren, konnte sich weder bewegen noch schreien. Die Pistole in seiner Hand löste sich und drehte sich ganz langsam um 180 Grad in seine Richtung, bis ihr Lauf zwischen seine Augen zielte.

Und dann, ganz plötzlich hörte sie Lydia schreien.

„ Summer, tu's nicht!"

Verwirrt wachte sie aus ihrer Trance auf und blickte über Duncans Schulter zu ihrer Freundin. Irgendwie hatte sie es geschafft, den Knebel loszuwerden.

„ Tu es nicht, er ist es nicht wert."

Erst jetzt wurde Summer bewusst, dass sie kurz davor war, ihn zu erschiessen. Was machte das aus ihr? Sie war dann nicht besser als dieser Scheisskerl.

Die Pistole vor Duncan geriet ins Wanken, bis sie zu Boden fiel. Doch sie liess die Energie weiter fliessen, damit er sich nicht bewegen konnte. Seine Augen schienen beinahe überzuquellen vor Angst und er hatte sich in die Hosen gepisst, wie sie erheitert feststellte.

Mit der einen Hand machte sie eine Bewegung, und sofort löste sich das Seil um Lydia.

„ Bind ihn fest." befahl sie.

Lydia, welche mit der ganzen Situation gerade völlig überfordert war, starrte sie einfach nur an.

„ Nun mach schon Lydia."

Endlich bewegte sie sich und fesselte ihn. Summer senkte die Arme und Duncan glitt kraftlos zu Boden.

Er schnappte nach Luft und japste laut umher.

„ Du Hexe! Du bist eine Hexe."

Summer schaute auf in hinunter und lächelte nur.

„ Und wer, denkst du, glaubt denn an Hexen?"

Mit einem Blick zu Lydia musste sie aber leider einsehen, dass diese wohl auch nicht an dieser Aussage zweifelte. Mit flehendem Blick wollte sie ihr sagen, dass es nicht so ist, wie es aussah, dass sie bitte niemandem etwas sagen sollte. Doch wem wollte sie hier etwas vormachen? Sie konnte von Lydia nicht verlangen, ihr zu verzeihen oder für sie dicht zu halten. Nicht nach allem, was Summer selbst verschuldet hatte. Draussen donnerte es. Es war Zeit, sie musste hier weg, sofort. Da war ein weit grösseres Problem.

Sie hatte sie jetzt gefunden. Der Gebrauch von so viel Energie und Macht konnte nicht ungesehen bleiben. Nicht, wenn sie nur darauf wartete, dass Summer einen Fehler machte.

„ Ruf die Polizei und lass ihn einbuchten. Ich werde dir morgen noch weitere Informationen zukommen lassen, um einen Diebesring auffliegen zu lassen. Das wird dir in deiner Kanzlei helfen."

Sie drehte sich um und wollte schon zur Türe hinaus, als Lydia ihr nachrief:

„ Summer, bleib bitte. Wo willst du hin?"

Mit einem leidenden Gesichtsausdruck drehte sich Summer nochmals zu ihr um.

„ Ich kann nicht bleiben, es ist für alle zu gefährlich. Bitte Lydia, sag Jon nichts. Er soll sich keine Sorgen machen. Er hat am Samstag einen wichtigen Tag. Ich weiss, es steht mir nicht zu, dich um etwas zu bitten, aber tu es für ihn."

Dann rannte sie davon.

Kapitel 24

Eine Ewigkeit rannte sie einfach durch die Nacht, immer weiter und weiter. Der Donner war ohrenbetäubend und Blitze durchjagten die Dunkelheit.

Aber immerhin folgte sie ihr. Das war in diesem Moment ihr einziges Ziel: Carmen abzulenken von ihren Lieben. Ihrem Vater, Pater Noah, Lydia und Greg...und Jon.

Sie musste sie schützen.

Sie rannte und rannte, bis sie irgendwann auf steinigem Boden vor Erschöpfung stolperte und hinfiel. Ihre ganze rechte Seite brannte, war aufgeschürft und blutete. Doch sie hatte keine Zeit, sich darum zu kümmern. Der Donner war ganz nah.

Summer hob den Kopf und blickte sich um. Steine, Bäume und Felsen. Sie hatte keine Ahnung wo sie war. Aber das war gut so. So gut es in ihrem Zustand ging, kam sie wieder auf die Beine.

Da sah sie ihn.

Orcus, der grosse, graue Wolf.

Ihr Seelengefährte. Er war zurück.

Durch die Unterdrückung ihrer Bestimmung und ihrer Macht hatte sie auch ihn unterdrückt.

Doch jetzt, wo sie losgelassen hatte, kam er zurück um ihr zu helfen. Ein Stich in ihr Herz zeigte ihr, wie sehr sie ihn vermisst hatte.

„ Orcus." flüsterte sie.

Er winselte leise, rannte ein paar Schritte vorwärts, blieb wieder stehen und schaute sich nach ihr um.

„ Ich komme." murmelte sie und humpelte ihm so gut es ging nach.

Er führte sie zu einer Höhle in einer Felswand. Dort versteckten sie sich. Vorsichtshalber zog sie eine Schutzwand über den Eingang. So blieb sie wenigstens für den Augenblick unauffindbar.

Erschöpft legte sie sich auf den kalten Boden. Orcus legte sich zu ihr und sie kuschelte sich an ihn. Wie warm er war. „Orcus." Dann schlief sie erschöpft ein.

Der Regen weckte sie auf. Ihre Kleidung war bis auf die Haut durchweicht. Was ist passiert? Summer schreckte hoch. Wo war sie?

Sie sass mitten auf einer Waldlichtung, aber alles wirkte so surreal...die Farben waren in ein Sepia getaucht, es war düster. Überall raschelte es. Fremde Geräusche traten an ihr Ohr. Laute voller Zorn und Leid. Sie erschauerte.

„Orcus?" rief sie nach ihrem Wolf.

Ängstlich sah sie sich nach ihm um, doch er war nicht zu sehen. Plötzlich knackte es hinter ihr und ein scheussliches Schmatzen war zu hören. Erschrocken drehte sie sich um die eigene Achse und fiel geradewegs wieder auf ihren Allerwertesten zurück.

Vor ihr stand ein riesengrosses, einäugiges Etwas, das fast wie ein grosser Brocken Schleim aussah. Die schmatzenden Geräusche kamen aus einem von kleinen, spitzen Zähnen gesäumten Loch.

„Um Himmels Willen..." schrie sie auf.

Panik ergriff sie. Was war das? Da hörte sie ein Jaulen aus dem Wald heraus, und kurz darauf erschien Orcus zwischen den Bäumen. Er rief nach ihr.

Hastig stand sie auf und rannte stolpernd in seine Richtung. Er führte sie durch dieses unwirkliche Geäst, welches sie immer wieder einzufangen drohte. Die spitzen Dornen rissen ihre Haut auf.

Dann hörte sie sie. Die Stimmen. Sie riefen nach ihr. Kalter Schweiss trat auf ihre Stirn.

„ Nein." wimmerte sie.

Sie war durch das Tor gegangen. Das Tor aus ihren Meditationen. Das Tor zur Anderswelt. Aber wann? Sie konnte sich nicht daran erinnern.

Wieder jaulte Orcus auf und riss sie aus ihrer Lethargie. Die Schlingranken hatten schon fast ihre Beine erreicht. Schnell sprang sie darüber und rannte weiter, bis sie den Wald verlassen hatte.

Sie stand jetzt am Eingang zu einem Dorf. Die Stimmen wurden lauter.

„ Summer! Hilf uns! Befreie uns!"

Es war so laut, dass sie sich beinahe die Ohren zuhalten musste. Doch Orcus ging weiter. Und sie folgte ihm gehorsam.

Auf den ersten Blick schien es ein normales Dorf zu sein, jedoch aus dem 18 Jahrhundert. Nur dass sich die Menschen in den stinkenden Gassen als Monster entpuppten, widerliche, abartige Kreaturen aus den schlimmsten Albträumen. Sogar die Tiere, die Schweine und Hunde, Pferde und Kühe hatten zerrissene Schädel oder schreiende Fratzen.

Summer versuchte, weder nach links noch nach rechts zu schauen. Sie hielt sich die Ohren zu und versuchte sich durch diesen schwarzen Schleier auf Orcus zu konzentrieren.

Vor einer mit Blut verschmierten Türe blieb er schliesslich stehen und blickte auffordernd zu ihr auf. Einen kurzen Moment zögerte sie. Doch sie vertraute ihm. Also stiess sie die Tür auf und trat ein. Als sich die Türe hinter ihnen wieder schloss herrschte eine absolute und angenehme Stille.

Sie stand in einer Bar, aber niemand war da. Oder doch…ganz vorne an der Theke, dort sass jemand. Ihre Beine bewegten sich fast automatisch auf ihn zu, bis sie schliesslich neben ihm stand. Der junge Mann blickte auf, doch sie kannte ihn nicht. Wenigstens hatte er ein normales Gesicht. Er lächelte sie freundlich an.

„Wo bin ich hier?" flüsterte sie unsicher.

„Hallo Summer. Ich habe auf dich gewartet." war seine freundliche Antwort.

Sie starrte ihn mit zusammengekniffenen Augen an. Wer war das bloss? War das eine Falle?

Sein Lachen wurde breiter. „Hab keine Angst. Ich möchte dir helfen."

Ihre Skepsis verschwand erst, als Orcus sich zu ihren Füssen hinlegte. Jetzt entspannte sie sich.

„Wo bin ich?" fragte sie erneut.

„Erinnerst du dich nicht? Du warst schon einmal hier. Vor ein paar Jahren, als du mit deiner Ausbildung angefangen hast."

Langsam dämmerte es ihr. Richtig. Sie konnte sich an diesen Raum erinnern. Jedoch nicht an die Welt, die hinter dieser Türe lag.

Als hätte sie laut gedacht, antwortete er: „Diese Welt gab es so damals noch nicht. Alles hat sich geändert, seit deine Mutter nicht mehr lebt, und Carmen das Zepter in der Hand hält. Vorher war es eine schöne Welt. Die Welt der Ahnen und der grossen Hexen."

Der Schleier lichtete sich und sie konnte vor ihrem inneren Auge sehen, wie es einst war. Eine Oase des Glücks. Grüner Wald und Blumen, soweit das Auge reichte. Hier irgendwo lebten die grossen Hexen, die man aufsuchte, um die Ausbildung abzuschliessen. Nur sie konnten dir die Macht der Führung verleihen.

Doch man musste entweder von einer grossen Hexe auf Erden geboren worden sein, damit man dieses Privileg hatte, oder die zweite Möglichkeit war, man tötete die privilegierte Hexe.

Und das war Carmens Plan. Darum suchte sie sie so verzweifelt. Summer war damals hier, kurz bevor ihre Mutter starb. Danach hatte sie die Suche nach den grossen Hexen abgebrochen.

„ Du erinnerst dich. Wie schön." sagte der junge Mann liebevoll. „ Nun denn, es ist Zeit. Wir brauchen deine Hilfe." Und langsam verschwand er vor ihren Augen.

„ Halt, warte! Was soll ich denn jetzt tun?" Doch er kam nicht mehr zurück. Sie wartete noch eine ganze Weile. Verzweiflung machte sich in ihr breit. Tränen stiegen ihr in die Augen. Wie konnte sie denn nur helfen? Da kam ihr plötzlich etwas in den Sinn.

Ganz langsam tastete sie den unteren Rand der Theke ab, immer weiter, bis sie schliesslich die Mitte erreicht hatte. Dort fand sie ihn. Den Zettel, den sie damals hierhin geklebt hatte, als Erinnerung, bevor sie die Suche abgebrochen hatte und zurück in die „reale" Welt ging..

Mit zittrigen Händen las sie, was sie geschrieben hatte. Darauf standen ihr Name und das Jahr, in dem sie hier war:

„ *Summer Stonewell Jones war hier im Jahre 2002. Gefunden habe ich: 1864* "

„ 1864" wiederholte sie die Zahl leise vor sich hin. Was mochte sie wohl bedeuten?

Mit dem Zettel in der Hand schaute sie sich in dem Raum um. Es schien, also wäre schon lange niemand mehr hier gewesen.

Überall hingen Spinnweben von den Wänden und Decken. Auf den Tischen standen schmutzige Gläser, auf der Bar selbst lagen umgefallene Flaschen, deren Inhalt schon lange nicht mehr existierte.

Eine einzige Tür befand sich im hinteren Ende des Raumes. Langsam schritt Summer durch den modrig riechenden Raum, stieg über umgestürzte Stühle und kämpfte sich durch die dicken Spinnweben, bis sie schliesslich vor der Türe stand. Sie war abgeschlossen, mit einem dicken Zahlenschloss gesichert. Summer starrte auf das Schloss, dann auf den Zettel und begann, die grossen Zahlenräder zu drehen: 1...8...6...4.

Mit einem lauten Klack öffnete sich das Schloss. Eilig entfernte sie es und stiess die Türe auf. Was sie dahinter sah, raubte ihr fast den Atem.

Falls es ein Paradies geben sollte, dann war es hier. Wie paradox! Summer stand auf einer riesigen Lichtung. Das Gras zu ihren Füssen war durchwachsen mit Blumen aller Art und Farben. Die Sonne glänzte golden. Ein kleiner Flusslauf schlängelte sich neben ihren Füssen vorbei. Vögel zwitscherten. So viele Vögel. Ihr blieb der Mund vor Staunen offen.

Hinter der einen Tür lag das schlimmste Grauen, dass ein Mensch sich nur vorstellen konnte, und auf der anderen Seite das Paradies. Das war alles zu verrückt, um real zu sein. Und doch war es das.

Orcus erschien neben ihr und stubste sie sachte an. Sie begann zu lächeln, Friede erfüllte ihr trauriges Herz und sie fühlte sich plötzlich ganz stark. Zusammen folgten sie dem Flusslauf ins Tal hinunter. Sie sah es schon von weitem glitzern, wie eine Fatamorgana.

Plötzlich standen sie vor ihr. Die grossen Hexen. Allesamt, wie sie sie aus den Büchern und Geschichten ihrer Mutter kannte. Die Hexe, welche in der Mitte stand, kam auf sie zu. Die Grosse Nurrana, die Mutter alles Hexen. Ehrfürchtig senkte Summer den Kopf. Nurrana umfasste ihr Kinn und hob ihr Gesicht, um ihr tief in die Augen zu sehen. Dann legte sie ihre linke Hand auf ihre Stirn. Summer schloss die Augen. Ein Gefühl enormer Kraft und Liebe erfüllte ihren ganzen Körper. Sie glaubte, sie würde schweben. Vor ihrem dritten Auge erschienen ein paar Symbole. Ein Kreuz, ein Herz und ein Anker. Das war nun also das Vermächtnis der grossen Hexen an sie. Die Macht des Glaubens, der Liebe und der Hoffnung ist ihr Führungswerkzeug.

Als sie nach einer Weile die Augen wieder öffnete, standen Wakanda, ihre Mutter, und Sivan, ihr Bruder, vor ihr, mit weit geöffneten Armen.
Tränen der Freude schossen in ihr hoch und sie stürzte sich auf sie, um sie nie mehr los zu lassen.
„ Summer, mein Kind. Hör auf, dir Vorwürfe zu machen. Bestraf dich nicht länger selbst. Es ist nichts deine Schuld."
Die Stimme ihrer geliebten Mutter drang sanft an ihr Ohr.
Summer konnte nicht aufhören zu weinen.
„ Doch, es ist alles meine Schuld. Ich vermisse euch so sehr."
„ Manchmal kann man den Lauf des Schicksals nicht ändern. Es ist einem vorbestimmt. Und dir ist es vorbestimmt, Grosses zu tun."
„ Ich will nicht mehr weg von euch." schluchzte Summer.
„ Du musst wieder zurück, Liebes. Du hast eine Aufgabe. Du hast Menschen, die auf dich warten. Halte deine Versprechen."
Wakanda stiess sie ganz sanft von ihr weg.
„ Ich bin stolz auf dich."
Ihr Kuss war wie eine Feder, sanft und voller Liebe. Sivan lächelte ihr aufmunternd zu. „ Wir sind immer bei dir, wenn du uns brauchst."
Auch er hauchte ihr einen Kuss zu. Dann spürte sie ganz plötzlich eine weitere Hand auf ihrer Schulter. Als sie sich umdrehte stand da Benjamin, gesund und lächelnd. „ Dad?"

„Komm mein Kind, ich bringe dich zurück."

Summer öffnete ihre schweren Lider. Es war kalt, doch sie konnte Orcus Wärme an ihrem Gesicht spüren. Langsam setzte sie sich auf und sah sich um. Kahle, steinige Wände, sie war zurück in der Höhle. Wie Blei fühlte sie die Traurigkeit wieder zurückkommen. Nein, sie wollte nicht hier sein. Sie wollte wieder zurück. Zurück zu ihrer Familie. Dort war sie sicher gewesen. Orcus blickte zu ihr auf und winselte. Als sie in seine goldbraunen Augen blickte, war die Angst wie weggefegt und an ihre Stelle trat eine absolute Gewissheit. „ Ich habe eine Aufgabe zu erledigen." Ihr Entschluss stand fest. Sie musste sich Carmen und ihren Dämonen stellen. Sie musste ihren Vater retten. Sie musste die Hexenwelt aus der Hölle befreien. Und sie musste zurück zu Jon. Bei dem Gedanken an ihn drohte ihr Herz zu zerplatzen, so fest begann es zu schlagen. „ Lass uns gehen." Zusammen mit Orcus verliess sie die Höhle.

Kapitel 25

Es war dunkel, als sie vor der kleinen Abtei stand. Orcus, ihr spiritueller Begleiter, für die menschlichen Augen unsichtbar, stand neben ihr. Er war jetzt wieder immer an ihrer Seite, wie früher.

Die Läden an den Fenstern wurden vom Wind gegen die Mauern geschlagen. Da ging die schwere Holztüre auf und Pater Noah stand mit offenen Armen in der Türe.

„ Summer, mein Engel." Voller Freude schloss er sie in die Arme.

„ Pater, ich muss mit ihnen reden." Sie vergrub ihr Gesicht an seiner Schulter und genoss einen Moment seine friedliche Nähe, bevor er sie schliesslich hineinführte und ihr einen Tee hinstellte.

„ Wie geht es meinem Vater?"

Pater Noah lächelte.

„ Unverändert. Aber gestern schien er sehr glücklich zu sein." Nicht unbedingt verwundert darüber lächelte sie zurück.

„ Jetzt erzähl mir alles, meine Liebe."

Summer atmete tief ein und dann erzählte sie alles. Kein Detail liess sie aus. Der Pater hörte ihr aufmerksam zu, schien aber weder zu zweifeln, noch erzürnt zu sein. Er glaubte ihr. Und das bedeutete ihr so viel.

Als sie schliesslich fertig war, nickte er.

„ Es ist schön, dass du mir alles anvertraut hast, meine Liebe. Und ich bin sehr froh, dass du deinen Weg jetzt gefunden hast. Offen gesagt habe ich es immer gewusst."

Erstaunt blinzelte sie zu ihm hinüber. „ Wie meinen sie das, Pater?"

„ Nun ja." lächelte er. „ Vielleicht nicht alles. Jedoch wusste ich immer, dass du etwas Besonderes bist und deinen Weg verloren hast. Vergiss nicht, ich bin ein Mann Gottes."

„ Ja, aber genau deswegen muss es sich ja so verstörend für sie anhören. Hexen und die Kirche...die standen sich noch nie gut gegenüber."

Jetzt lachte er herzlich.

„ Ich bin ein Mann Gottes, nicht der Kirche. Glauben wirkt sich auf vielen Wegen aus, mein Kind. Aber da ist noch jemanden, den du unbedingt aufsuchen und ihm dein ganzes Vertrauen schenken solltest."

Pater Noah wurde ernst. Summer wusste, auf wen er hindeutete.

„ Jon. Ja, ich wollte nach ihnen bei ihm vorbei." Wieder schlug ihr Herz wie wild.

„ Sei behutsam Summer. Er hat dich zwei Tage lang gesucht und ist gänzlich verstört."

Zwei Tage? Das konnte nicht sein.

Gestern erst hatte sich doch das schreckliche Szenario mit Lydia abgespielt.

„ Welcher Tag ist heute?"

Die schlimmste Befürchtung jagte durch ihren Schädel, wie ein Blitz.

„ Es ist Samstagnacht Summer, Mitternacht, um genau zu sein."

Jetzt klappte sie in ihrem Stuhl zusammen. Sie war zwei ganze Tage auf ihrer Reise.

Ungläubig starrte sie den Pater an, welcher ganz vorsichtig weitersprach:

„ Jonathan war hier, Donnerstag nachts. Greg hatte ihn angerufen, weil er Lydia nicht erreichen konnte. Sie hatte ihm aufs Band gesprochen, dass sie Angst hatte, weil jemand bei ihr im Büro war. Wie du bereits erzählt hast. Sie hatte ihm auch gesagt, dass sie versuchen würde, dich zu erreichen. Als sie dann nicht mehr ans Telefon ging, und er auch dich nicht auffinden konnte, hatte er bei Jon nachgefragt. Dieser liess alles stehen und liegen und suchte dich, zusammen mit Lydia. Als sie dich nicht finden konnten, kam er zu mir, in der Hoffnung, du wärst hier. Er sagte mir, dass Lydia ihm wirres Zeug erzählt hätte, und dass er sich Sorgen machte. Er blieb eine ganze Weile, bevor er dich schliesslich weitersuchen wollte." Summer brach immer mehr zusammen. Armer Jon.

"Heute Morgen war er wieder hier. Er sah aus, als ob er kein Auge zu gemacht hätte. Er wollte wissen, ob ich vielleicht etwas von dir gehört habe. Als ich verneinte, erzählte er mir, dass er ein paar Nachforschungen angestellt hätte. In Pierre sind sie offensichtlich sehr in Sorge um dich, weil du verschwunden bist, mit deinem Vater. Sie erzählten ihm, dass du die Frau deines Bruders wegen Mordes angeklagt hättest, daraufhin aber wie vom Erdboden verschluckt warst. Aber das soll er dir dann selber erzählen. Jedenfalls weiss ich von ihm auch, dass er an diesen wichtigen Kampf musste. Ich wollte es ihm ausreden, weil er wirklich völlig kraftlos war. Jedoch hatte ich keine Chance. Und du weisst auch, warum er das tun musste, nicht Summer?"

Mit Tränen überströmtem Gesicht nickte sie.

"Ja, seine Mutter…" Weiter konnte sie nicht sprechen, weil ein neuer Weinkrampf sie erfasste.

Wie konnte sie ihm das antun? Hoffentlich ging es ihm gut…hoffentlich! Erinnerungen an den letzten Kampf kamen ihr in den Sinn. Wie er am Schluss seinem Gegenüber, The Machine, die Lichter hätte ausknipsen sollen.

"Oh Nein." schrie sie auf und schlug sich die Hände vors Gesicht. Dann stiess sie den Stuhl weg und rannte zur Haustür. "Ich muss ihn finden!"

"Ich habe das Auto geholt, es steht auf dem Hof." hörte sie entfernt noch die Stimme des Paters, doch sie war schon draussen.

So schnell sie konnte raste sie zu Jon nach Hause. Alles war dunkel, doch sie klingelte trotzdem. Mehrmals. Es öffnete niemand. So schnell sie die Beine trugen rannte sie zum Auto zurück.

Leichenblass stürmte sie zu Gregs Bar. Dieser war gerade am Schliessen. Es war bereits zwei Uhr morgens.

„ Greg!" rief sie, während sie auf ihn zueilte.

„ Summer? Wo hast du bloss gesteckt?" In seiner Stimme schwang ausserordentliche Freude mit.

Doch sie antwortete ihm nicht darauf. Das konnte sie immer noch nachholen.

„ Hast du Jon gesehen? War er heute hier?"

Greg schüttelte den Kopf. „ Nein. Was ist los Summer?"

Doch sie rannte bereits wieder zum Auto. Dort hielt sie inne, weil ihr etwas Wichtiges in den Sinn kam. Im Handschuhfach suchte sie mit zittrigen Fingern nach Papier und Stift. Gott sei Dank fand sie dies und kritzelte etwas auf das Blatt.

Dann rannte sie zu Greg zurück, welcher immer noch ganz verdattert dastand.

„ Gib das bitte Lydia. Hier steht alles drauf, was sie wissen muss, um diese Bude auseinander zu nehmen, Adresse und Namen."

Als sie wieder im Auto sass und die Strasse entlang bretterte, überlegte sie fiebrig, wo er sein könnte. Plötzlich wusste sie, wo sie ihn finden würde.

Vor der Country Bar hielt sie an. Hier hatte er sie damals hingebracht.

„ Das ist meine Lieblingsbar." sagte er ihr an jenem Abend. Es brannte noch Licht.

Sie schlug die Tür auf und sah sich nervös um. Die Bar war leer, die Mannschaft war bereits am aufräumen.

Aber da, ganz hinten an der Bar, da war jemand. Mit wild schlagendem Herzen ging sie näher und nach ein paar Schritten erkannte sie Jon. Er hing nur so an der Theke, mit dem Rücken zu ihr, wie ein Häufchen Elend und bei jeder kleinsten Bewegung schwankte er gefährlich. Er war aufs übelste betrunken.

Langsam ging sie um ihn herum und stellte sich neben ihn.

„ Jon." flüsterte sie.

Er hob den Kopf, nur ein wenig, und ihr blieb das wild schlagende Herz stehen. Sein Gesicht war grün und blau, seine Lippen aufgeschlagen. Das linke Auge war total zugeschwollen.

„ Du meine Güte Jon." stammelte sie und wollte ihn in die Arme nehmen.

Wieder rannen ihr die verdammten Tränen über das Gesicht. Dieses Mal jedoch, weil der Anblick sie beinahe umbrachte. Als sie ihn berühren wollte, stiess er sie so fest von sich weg, dass er vom Stuhl fiel. Stöhnend blieb er liegen und krümmte sich. Erst jetzt sah sie, dass auch er weinte.

„ Ich habe alles verloren." nuschelte er. „ Beide sind weg."

Lautes Schluchzen ging ihr durch Mark und Bein. Er litt grausam. Sie kniete sich neben ihn und wollte ihn auf die Beine stellen, doch sie hatte keine Chance. Er wehrte sich mit Händen und Füssen.

„ Lasst mich, ich will sterben." schrie er.

Summers Herz zersplitterte in tausend Stücke. „ Jon, ich bin's, Summer. Steh auf."

„ Summer ist weg…" flüsterte er.

„ Nein. Nein Jon, ich bin hier…"

Er reagierte nicht. Endlich sah sie Füsse neben sich stehen und als sie aus ihren verquollenen Augen aufblickte, erkannte sie seinen Freund, den Barkeeper.

„ Lass mich dir helfen."

Er bückte sich und zog Jon mit einiger Mühe auf die Beine. „ Na komm, alter Knabe, geh nach Hause. Schlaf dich aus." Zu Summer gewandt fragte er: „ Hast du ein Auto?"

Sie nickte und lief ihm nach, während er den schlimm schwankenden, schönen und sonst so starken Mann zu ihrem Auto bugsierte. Als er ihn auf den Rücksitz gelegt und die Türe zugemacht hatte, sah er Summer eindringlich an. „ Pass auf ihn auf. Seine Mutter liegt im Sterben. Das haut ihn um."

„ Was?" Summer musste sich am Auto abstützen, damit sie den Boden unter den Füssen nicht verlor.

„ Ja, er sagte etwas von verloren und kein Geld für die Therapie…auf jeden Fall wurde sie vor zwei Stunden ins Spital gebracht."

„ Danke." war alles, was sie nach einigen Sekunden rausbekam.

Er nickte ihr traurig zu und ging wieder in die Bar zurück.

Während sie langsam zurückfuhr, liefen die Tränen nur so. Immer wieder schaute sie in den Rückspiegel, um sich zu versichern, dass er noch gut lag. Sie weinte und über ihr schlug alles zusammen. Er hatte den Kampf verloren und auch daran war sie vermutlich schuld. Er hatte das Geld nicht zusammen bekommen, konnte die nötige Therapie nicht bezahlen, und Rebecca lag nun im Sterben. Und das alles, wegen ihr.

Doch sie hatte keine andere Wahl gehabt. Hätte sie anders gehandelt, wäre Lydia nicht mehr am Leben. Und sie auch nicht.

Sie fuhr zur Abtei. Sie brauchte Pater Noahs Unterstützung. Alleine würde sie ihn nie aus dem Auto bekommen.

Als sie ihn schliesslich ins Gästebett gelegt hatten, hatte er sich bereits zweimal übergeben. Summer half ihm, die Schüssel zu halten und tupfte seine Stirn. Pater Noah brachte ihm irgendein Gebräu, anscheinend gegen die Vergiftung und den Kater. Die ganze Zeit sprach sie kein Wort, dachte nur nach. An das Versprechen, welches sie Beccie gegeben hatte. Ja, sie würde für ihn da sein, auch wenn dies vermutlich das letzte war, dass er jetzt noch von ihr wollte. Plötzlich wusste sie, was sie zu tun hatte.

„ Pater, kann ich Jon bei ihnen lassen? Ich muss ins Krankenhaus!"

Sanft lächelnd nickte er. „ Tu, was immer du tun musst, Liebes. Ich passe auf ihn auf."

Summer erhob sich und streckte die Schultern. Schon lange war ihr nicht mehr so klar gewesen, was ihre nächsten Schritte waren. Sie würde dafür sorgen, dass ihr Versprechen noch lange nur ein Versprechen bleiben würde.

„ Hallo, ich muss ganz dringend zu Mrs. McGee." Summer stand an der Anmeldung des Krankenhauses und schaute die Frau am Empfang flehend an.

„ Gehören sie zur Familie?"

Sie zögerte einen kurzen Moment, bevor sie mit sicherer Stimme antwortete.

„ Ja, ich bin ihre Schwiegertochter."

Wenig später stand sie in der Türe zum Krankenzimmer. Beccie lag in ihrem Bett und atmete schwach. Die Kleine Emma lag neben ihr und schlief eng an sie gekuschelt.

Summer fasste sich ein Herz und trat ein. Als sie ganz nah am Bett stand, öffnete Emma die Augen.

„ Summer." jubelte sie. „ Ich wusste, dass du zurückkommst."

Sie stand auf und rannte ums Bett, um sie zu umarmen. Doch mitten in der Bewegung blieb sie stehen.

„ Wer ist denn das?"

Mit dem Finger deutete sie auf eine Stelle neben Summer, etwa auf Beckenhöhe. Summer schaute nach unten und blickte direkt in Orcus wunderschöne, tröstenden Augen. Ja natürlich, Kinder hatten manchmal noch die Fähigkeit, die verschiedenen Welten zu sehen. Offensichtlich hatte sich Emma diese Fähigkeit erhalten. Sie sah mit dem dritten Auge. Summer lächelte. „ Das ist Orcus, mein Freund. Du darfst ihn streicheln."

Das tat die Kleine auch sofort. Summer hob derweil ihren Blick wieder zu Beccie. Sie zeigte keinerlei Reaktion, nur das flache Atmen ging relativ gleichmässig. Sie war intubiert und hing am Tropf.

„ Emma Liebes? Macht es dir etwas aus, wenn ich mich zu deiner Mama setze und mit ihr rede?"

Emma drückte ganz kurz ihre Hand und flüsterte: „ Bitte hilf ihr."

Mit einem aufrichtigen Lächeln setzte sie sich nun zu Rebecca ans Bett.

„ Ich tue mein Bestes."

Dann nahm sie Beccies Hand und versetzte sich in eine tiefe Trance. Ein leichter Windstoss liess ihre Haare aufflattern und als sie die Augen öffnete, standen Sivan und ihre Mutter neben ihr. Mit einem aufmunternden Zwinkern sagte Sivan leise:

„ Ich hab' dir gesagt, wir sind da, wenn du uns brauchst."

Ihr Herz füllte sich mit Dankbarkeit und Liebe. Jetzt wusste sie, dass sie es schaffen konnte.

Eine laute Kinderstimme liess Summer aufwachen. Ihr Kopf brummte und ihre Augenlider waren schwer wie Blei. Es war hell, zu hell. Sie war erschöpft.

„ Jon, Jon, da bist du ja." hörte sie Emma rufen.

Augenblicklich erinnerte sie sich daran, wo sie war und sofort war sie hellwach.

Hatte es funktioniert? Sie richtete sich auf, ihr Rücken schmerzte von der Haltung, die sie anscheinend in Trance eingenommen hatte. Sie sass immer noch auf dem Stuhl, hatte aber vornübergebeugt neben Beccie den Kopf abgelegt, ohne ihre Hand los zu lassen.

Ängstlich blickte sie zu ihr rüber. Jons Mom hatte wieder Farbe im Gesicht und atmete tief und regelmässig. Freudentränen bahnten sich einen Weg in Summers Augen, doch sie blinzelte sie erfolgreich weg.

„ Die Ärzte sagen, es sei ein Wunder." hörte sie wieder Emmas leises Stimmchen.

Summer hob den Kopf. Jon stand mit Emma in den Armen vor ihr. Sie hatte ihren Lockenkopf an seine Schulter gedrückt und weinte leise vor sich hin. Jon sah sie mit einem unergründlichen Blick an, das eine Auge war immer noch stark geschwollen. Er stand einfach da und starrte sie an. Summer wollte etwas sagen, konnte aber nicht. Ihre Stimme versagte ihr den Dienst und sie hatte einen dicken Kloss im Hals. Sie räusperte sich und stand auf. Er regte sich nicht, liess sie aber nicht aus den Augen.

War es ihm zu verübeln? Nein. Er hatte alles Recht der Welt auf sie wütend zu sein. Wenn er jetzt nichts mehr von ihr wissen wollte, geschah ihr das recht. Und obwohl es ihr Herz zerriss musste sie es akzeptieren.

Beccie bewegte sich und schlug die Augen auf.

Damit wurde die schmerzhafte Stimmung zwischen Jon und ihr augenblicklich in Luft aufgelöst. Er stürmte mit der kleinen Emma in den Armen zu ihr ans Bett. „ Mom! Gott sei Dank."

Beccie lächelte ihre beiden Kinder mit Tränen in den Augen an.

„ Meine Babies." flüsterte sie.

Summer schlich sich aus dem Zimmer. Auch wenn sie fast zusammen brach, weil sie Jon wohl für immer verloren hatte, so konnte sie ihm wenigstens seine Mutter zurück bringen. Sie wollte nur das Beste für ihn und das würde immer so bleiben. Mit schnellen Schritten verliess sie das Krankenhaus und rannte beinahe über den Parkplatz zum Auto. Die Tränen brannten in ihren Augen.

Fast hatte sie es geschafft und das Auto erreicht, wo sie sich dann ganz ihrem Schmerz hingeben konnte.

Sie hörte Kies, welches unter schnellen Schritten splitterte und wurde plötzlich von einer kräftigen Hand gepackt und herumgeschleudert.

Jon hielt ihren Arm ganz fest. Er atmete stark und versuchte, seine Emotionen im Zaun zu halten. Aber ein nasser Schimmer in seinen Augen verriet ihn.

„ Das warst du, hab ich recht?" Seine Stimme drohte zu brechen.

„ Nicht ich alleine." schluchzte sie jetzt laut auf.

Vergebene Liebesmüh…die Tränen rannen abermals ungehindert über ihre Wangen

„ Verdammt Summer, wo warst du?" Noch immer hielt er sie am Arm gepackt. Und seine Kiefer malten aufeinander.

„ Es tut mir leid Jon." flüsterte sie.

Er war wütend, verständlicherweise. „ Es tut dir leid?" Seine leidende Stimme liess sie zusammenzucken. Sie konnte ihm nicht in die Augen sehen.

„ Es tut Dir leid? Ist das alles, was du zu sagen hast? Verdammt nochmal Summer, ich war dem Wahnsinn noch nie so nahe. Ich dachte, ich hätte dich verloren, dir wäre etwas passiert! Ich habe dich ununterbrochen gesucht."

Jetzt endlich liess er ihren Arm los. Noch immer konnte sie ihn nicht ansehen.

„Ich weiss. Es tut mir alles so furchtbar leid. Ich wollte dir nie weh tun. Jetzt hast du wegen mir den Kampf verloren, und hattest das Geld nicht für deine Mom, und irgendjemand hat dir so grausam zugesetzt... und ich verstehe, wenn du mich nicht mehr sehen willst. Ich habe es verdient."

Bei den letzten Worten sackten ihre Beine zusammen, als wären sie aus Teig, und sie landete auf dem kiesigen Boden, völlig fertig mit den Nerven und kraftlos.

Sofort kniete Jon neben ihr. „Summer, alles in Ordnung?"

Wäre sie nicht so ein Wrack gewesen, hätte sie sich fast eingebildet, dass er sich um sie kümmerte.

„Summer! Sieh mich an."

Sie tat es nicht, konnte nicht.

„Verflucht Summer."

Mit einer Hand hob er ihr Kinn. „Sieh mich verdammt nochmal an."

Nun denn, diese Strafe hatte sie verdient. Sie wusste, es würde sie zerreissen, wenn sie in seine wunderschönen, grünen, wütenden Augen blicken musste. Aber sie tat es für ihn. Sie hob den Blick. Doch sie konnte bei Gott keinen Hass oder Wut erkennen, sondern nur Sorge und...Liebe?

„Wie kannst du so etwas sagen? Wieso denkst du, ich will dich nicht mehr sehen? Ich bin fast draufgegangen, WEIL ich dich nicht mehr gesehen habe. Als Greg mich angerufen hatte, um mir zu sagen, dass etwas nicht stimmte, habe ich dich überall gesucht. Ich hatte solche Angst um dich. Ja, ich habe den Kampf verloren, aber das war nicht deine Schuld. Er war einfach zu stark für mich. So einfach ist das! Und wenn ich dich schon vorher nicht mehr von der Leine gelassen habe, denkst du allen Ernstes, ich würde es jetzt tun? Nachdem ich dich wiederhabe? Nachdem, was du mit meiner Mutter gemacht hast?"

Verwirrt starrte sie ihn an, hörte seinen Worten zu, verstand aber nicht richtig, was hier gerade passierte.

„W-Was?"

„Verdammt Baby, bist du begriffsstutzig."

Mit seinem Daumen fuhr er über ihre Unterlippe. Ein Kribbeln durchjagte ihren Unterleib und sie sog die Luft ein. Jon zog seinen Mundwinkel zu seinem schiefen Lächeln hoch, dann küsste er sie, innig und voller Liebe. Endlich setzte sich ihr zersplittertes Herz wieder zusammen. Sie umschlang seinen Hals und erwiderte seine Leidenschaft.

Kapitel 26

Summer schlief den ganzen Tag wie ein Baby. Die Heilenergie, mit der sie die ganze Nacht für Beccie gearbeitet hatte, hatte ihr alles abverlangt. Sie war müde, aber überglücklich.

Nachdem sie sich von Jon auf dem Parkplatz vor dem Krankenhaus verabschiedet hatte, fuhr sie in die Abtei zurück und fiel ins Koma.

Jon blieb bei seiner Mutter.

„ Nicht wieder wegrennen." hatte er ihr gedroht.

Leiser Donner war zu hören.

Nein, sie würde nie wieder davonrennen, komme was wolle.

Es war bereits am eindunkeln, als Summer schliesslich erwachte. Sie rieb sich die Augen und setzte sich im Bett auf. Von draussen hörte sie leise Stimmen. Sie konnte Pater Noah erkennen...und Jon. Freudig schlug sie die Bettdecke zurück und ging ins Bad, um sich etwas frisch zu machen. Als sie in den Spiegel schaute, strahlten ihr ihre Augen in weichem topasblau entgegen.

Wenig später ging sie nach unten und fand die beiden Männer in ein Gespräch vertieft auf der Terrasse sitzen. Daneben sass ihr Vater im weichen Ledersessel und es schien, als würde er zuhören.

Einen Moment blieb sie stehen und genoss den Moment. Ihre drei Männer.

„ Ah, da ist sie ja." Pater Noah erblickte sie als erster.

Kein Wunder, Jon sass mit dem Rücken zu ihr.

Kaum hatte der Pater das gesagt, drehte er sich zu ihr um. Das Lächeln aus seinem verschlagenen Gesicht war unglaublich entwaffnend. Mit einem leisen Seufzer trat sie zu ihnen an den Tisch. Sanft strich sie Jon über die Schulter und spürte, wie er sich sogleich entspannte.

„ Setz dich mein Kind. Möchtest du auch ein Glas Wein?"

„ Wein?" Seit wann das denn?

Pater Noah lächelte verschmitzt. „ Zur Feier des Tages."

„ Wein hört sich gut an."

Bevor sie sich zwischen Jon und ihren Vater setzte, gab sie Benjamin einen sanften Kuss auf die Stirn. Jon beobachtete sie liebevoll, doch ganz kurz kräuselte sich seine Stirn. Sie spürte, wie er nach ihrer Hand griff und sie ganz fest umschloss. Pater Noah goss ihr inzwischen ein Glas Rotwein ein. „ Hast du gut geschlafen, mein Engel?"

Summer nickte eifrig und lächelte ihm zu.

„ Gut. Du hast es gebraucht."

„ Wie geht es Beccie?" wandte sie sich an Jon, als ihr plötzlich wieder bewusst war, weshalb sie so müde gewesen war.

Sorgenfalten bildeten sich auf ihrer Stirn. Ging es ihr vielleicht wieder schlechter? War er deshalb hier?

Doch Jon beugte sich zu ihr hinüber, um ihr die Sorgenfalten weg zu küssen. Sein Atem strich über ihre Wangen und sie fing sofort wieder Feuer. Herrgott, lass das bitte niemals aufhören.

„ Ich möchte dir von Herzen danken, Summer. Was du für meine Mom, für uns, getan hast... ich kann dir nie... ich meine...es gibt keine Worte dafür."

„ Jon, bitte. Du musst mir nicht danken dafür."

Verlegen starrte sie auf ihre ineinander verschlungenen Hände.

„ Das ist, was ich bin. Das ist, was ich tun soll."

Nachdenklich blickte Jon zu Benjamin, dann wieder zu Summer.

„ Was ich nicht verstehe, ist, wieso kannst du deinem Vater nicht helfen?"

Unbeholfen blickte sie auf. Aus Jons Blick sprach ehrliches Interesse und Sorge. Sie schaute zum Pater, welcher ihr aufmunternd zu lächelte. Und dann zu ihrem Vater.

„ Ich glaube, ich bin es dir schuldig, dir meine Geschichte zu erzählen."

Summer nahm einen grossen Schluck Wein. Dann begann sie.

„ Ich bin am 21. Juni in Pierre, South Dakota zur Welt gekommen, genau zur Sommersonnenwende. Daher auch mein Name. Mein Bruder Sivan, gleichbedeutend mit September, kam ein Jahr später am 6. September zur Welt. Mein Vater, Benjamin, war Elektriker und meine Mutter, Wakanda, war eine mächtige Hexe. Ihr Name bedeutet „ Innere magische Kraft" . Sie führte den ganzen Hexenzirkel von South Dakota."

Als sie einen weiteren Schluck Wein nahm bemerkte sie, wie Jon ihr gebannt zuhörte.

„ Gibt es denn viele Hexen?" flüsterte er beeindruckt.

Summer musste lächeln. Sie konnte sich denken, wie sich das für ihn anhören musste. Schliesslich handelte ihre Geschichte in der menschlichen Welt nur von Mythen und Legenden.

„ Du wärst überrascht."

Dann fuhr sie fort. „ Das erstgeborene Mädchen einer Hexe, also in diesem Fall ich, ist in der Regel auch mit den magischen Fähigkeiten ausgezeichnet. Und wir haben alle ein Hexenmal."

Mit einem erneuten Blick zu Jon stellte sie fest, wie er über etwas nahgrübelte. Vermutlich ging er im Kopf ihren ganzen Körper durch, auf der Suche nach ihrem Hexenmal.

„ Mein Mal sind meine roten Haare, also keine Warzen oder besondere Muttermale." lächelte sie.

Jon grinste verlegen.

„ Mein Bruder war zwar keine Hexe, denn das können nur Frauen sein. Jedoch hatte er sehr sensible Antennen zur geistigen Welt. Er nahm sie sehr stark wahr, aber das machte ihm Angst. Darum verschloss er sich davor. Das war nicht weiter schlimm, schliesslich muss das jeder selber wissen. Wir hatten eine unglaublich schöne und trotz allem normale Kindheit. Darauf waren meine Eltern stets sehr bedacht. Wir haben die Schule besucht wie andere Kinder auch. Mein Bruder hat Automechaniker gelernt, und ich habe Biologie studiert.

Nebenbei wurde ich von meiner Mom und ihrem Zirkel in der Magie als Hexe ausgebildet. Wie ihr euch denken könnt, musste das immer streng geheim bleiben. Magie darf in der menschlichen Welt nur dürftig existieren. Ihr wisst ja, wie das ist. Was der Mensch nicht sehen kann, glaubt er nicht. Und Hexen waren immer schon verfolgte Wesen.

Während meinem Studium lernte ich Carmen kennen, die spätere Frau meines Bruders. Auch sie ist eine Hexe. Ich war immer schon naiv und gutgläubig und sie hatte immer schon die Fähigkeit, sich sehr gut zu verkaufen. Nun ja, ich habe sie in mein Herz und meine Familie aufgenommen.

Sie war damals so alleine und zornig und ich dachte, wenn sie nur zu einer Familie gehören könnte würde sich ihre Wut auflösen. Wir waren eine ganze Weile sehr gute Freundinnen. Ich dachte immer, sie hätte mich vor allem beschützt. Sie war wie ein kleiner Rottweiler, niemand durfte mir zu nahekommen. Ich genoss es sicherlich eine Weile, doch dann merkte ich, wie sehr ich mich verändert hatte. Ich war wütender und aufsässiger, habe die Menschen um mich herum immer mehr mit den Augen des Hasses angeschaut.

Innerlich machte mich das kaputt. Ich war nie der Mensch zu dem ich geworden bin. Und langsam wurde mir bewusst, dass sie das war. Carmen hatte mich immer mehr zu ihrem Eigentum gewandelt. Als ich es endlich gemerkt hatte, habe ich ihr gesagt, dass ich das nicht mehr will. Dass ich mich nicht leiden kann mit all dem Zorn und dem Hass in mir. Und dass sie damit aufhören soll. Doch da war es bereits zu spät. Inzwischen war sie bereits mit meinem Bruder zusammen, auf mein Gutheissen hin. Zuerst hatte Sivan gar kein Interesse an ihr. Er sagte immer, irgendetwas stimmte nicht mit ihr. Er hatte es damals schon gesehen, nur ich noch nicht. Ich hatte sie doch gerne und wollte ihr helfen. Ich war verantwortlich dafür, dass sie schlussendlich zusammen waren. Irgendwann erkannte ich das Böse in ihr.

Ich versuchte mit meinem Bruder zu reden, immer wieder. Ich wusste so vieles über sie. Wusste, was sie tat, wie sie ihn betrog und benutzte. Aber er war ihr schon so hörig, dass er nichts glaubte. Immer mehr entzog er sich uns. Der Kontakt wurde immer weniger.

Und dann wurde meine Mutter krank, ganz plötzlich. Die Ärzte hatten keine Antwort darauf, sie konnten ihr nicht helfen. Doch meine Mom kämpfte dagegen an. Für kurze Zeit wurde es besser und dann kam es wieder viel stärker zurück. Sie hatte keine Chance und starb.

Wir haben beide gewusst, dass Carmen dafür verantwortlich war. Nach dem Tod meiner Mutter hat mein Bruder den Kontakt zu mir und meinem Vater, sowie zu all seinen Freunden ganz abgebrochen. Ich wollte ihm Zeit geben, aber ich habe zu lange gewartet. Kurze Zeit später kam die Nachricht, Sivan sei ganz unerwartet und plötzlich gestorben. Ich konnte mich nicht einmal von ihm verabschieden."

Als Jon ihre Hand drückte merkte Summer, dass sie weinte.

„ Mein Vater war damals auf Montage in einer anderen Stadt, also nicht zu Hause. Carmen wollte nicht, dass einer von uns beiden ihm die letzte Aufwartung machen konnte und wollte ihn verbrennen lassen. Gott sei Dank hatte sie noch nicht den ganzen Hexenzirkel umdrehen können, es gab noch ein paar, die sich heftig gegen sie wehrten. Und die haben es uns dann ermöglicht, das zu verhindern.

Ich wollte einfach, dass mein Vater seinen Sohn noch einmal betrauern konnte. Und ich auch. Sie drohte mir, mich zu töten, falls sie mich zu Gesicht bekäme. Jedoch hatte ich damals noch genügend Freunde, die auf meine Kraft setzten und mich schützten. Mein guter Freund Christopher, ein Druide, half mir sehr dabei. Seine Energie schützte und stützte mich. Ich konnte es nicht darauf beruhen lassen. Carmen hatte meine geschützte Welt, meine Familie zerstört. Und ich wusste, dass sie Schuld war an dem Tod meiner Mutter und meines Bruders. Ich habe versucht sie anzuzeigen, habe versucht herauszufinden, was die genauen Todesursachen waren.

Doch ich bekam nie eine Antwort.

Daraufhin belegte sie meinen Vater mit einem Fluch. Der Fluch der Schattenwelt. Er erwachte nie mehr aus ihm. Das diente einzig und allein dazu, mir zu schaden und mich zu schwächen. Unser Hexenzirkel bestand nicht mehr. Sie hatte das Ruder an sich gerissen. Alle, die sich gegen sie wehrten, wurden verbannt, in die Schattenwelt.

Ich höre ihre Stimmen hin und wieder. Sie rufen nach mir, brauchen meine Hilfe. Ich aber war noch nicht so weit. Durch all das war es mir noch nicht gelungen, zu den grossen Ahnen-Hexen zu gelangen, die einem dann das wichtigste mitgaben, um zu führen. Dies ist sehr verschieden, von Hexe zu Hexe. Carmen wusste, sie würde niemals soweit kommen. Du kannst nur eine Anführerin sein, wenn du entweder von einer grossen Hexe geboren wurdest, was in meinem Fall zutraf, oder aber die Grosse Hexe und deren Nachfolgerin tötest.

Also hat Carmen nur eine Möglichkeit, und diese verfolgt sie. Es war mir egal, ob sie mich tötete oder nicht. Es ging mir nicht um mich. Aber ich wusste, ich musste meinen Vater schützen. Wenn sie mich töten würde, wäre er für immer verloren. Und auch die Welt wäre verloren. Schwarze Magie ist nicht stärker, aber viel einfacher zu nutzen. Und es wäre ein Leichtes, die gesamte Menschheit zu zerstören. Dann wäre unsere Welt nichts anderes mehr als der Vorhof zur Hölle.

Also floh ich. Ich baute einen Schutzzauber um mich und meinen Vater herum auf, damit sie uns nicht finden konnte. Und ich musste verhindern, meine Magie zu nutzen. Dadurch war und bin ich auffindbar.

Kleine Zauber und Energieflüsse konnte ich nicht verhindern, das ist meine Natur. Nur die waren nie das Problem. Jede Hobby-Hexe, um es mal so auszudrücken, experimentiert damit.

Ich lebte nicht mehr, existierte nur noch. Ich war nur noch dazu da, meinen Vater zu schützen. Ich kam hierher, Pater Noah nahm uns auf. Wofür ich ihm auf ewig dankbar bin. Ich arbeitete für dubiose Machenschaften, weil es mir einfach scheissegal war. Und dann traf ich dich."

Ihr Blick fiel abermals auf Jon.

„ Du hast meine Welt verändert. Du hast Gefühle in mir geweckt, die bereits tot waren. Ich hatte plötzlich wieder ein Gewissen. Sogar jetzt noch hatte diese böse Hexe mich im Griff gehabt. Ich wusste, dass der Zeitpunkt kommt. Aber ich habe es mir anders vorgestellt. Kontrollierter. Dann passierte das mit Lydia, der Überfall in ihrer Kanzlei. Es blieb mir nichts anderes übrig. Ich musste sie retten. So habe ich zum ersten Mal seit langer Zeit meine ganze Macht benutzt. Ich hatte nicht nur gute Gedanken dabei. Gott sei Dank hat Lydia mich gestoppt. Nur war ich somit fast im selben Moment auf Carmens Radar. Sie hatte mich gefunden, und damit euch allen nichts passierte, musste ich meine Energie von euch ableiten. Ihr wisst ja, was mit Charly geschah! Und so rannte ich so weit wie möglich weg…"

Summer erzählte weiter, von Orcus, von der Höhle, von ihrer abschliessenden Reise zu den grossen Hexen und der ganzen Anderswelt.

„ Den Rest kennt ihr ja." waren ihre abschliessenden Worte.

Es war mucksmäuschenstill. Keiner sagte ein Wort.

Summer trank noch einen Schluck Wein, ihr Mund war ganz trocken. So viel hatte sie noch nie geredet. Dann blickte sie auf, direkt in Jons weit aufgerissene, grüne Augen. Er war hin- und her gerissen zwischen Bewunderung und Panik. Nach einer fast nicht endenwollenden Ewigkeit sagte er endlich etwas.

„ Du meine Güte, Summer…das bedeutet also, dass das, was du für meine Mom und mich getan hast, dich wieder erneut in grosse Gefahr gebracht hat!"

Mit dem hatte sie nun wirklich nicht gerechnet. Sie hatte gedacht, er würde nach ihrer Geschichte Reissaus nehmen. Oder sie auslachen. Sie hatte damit gerechnet, dass er sie als Spinnerin abtun und sich verabschieden würde. Doch stattdessen machte er sich Sorgen? Wortlos starrte sie ihn an. Pater Noah unterbrach die erneute Stille.

„ Ja, das bedeutet es wohl. Trotzdem war es das Richtige. Ich denke, es ist an der Zeit, sich ihr zu stellen, Summer."

Langsam drehte sie ihren Kopf zu ihm und nickte.

„ Genau das habe ich vor. Ich kann nicht mehr davonlaufen. Und ich darf euch nicht mehr in Gefahr bringen. Ich muss mich meiner Verantwortung stellen. Und ich muss meinen Vater retten. Die Zeit der Angst muss aufhören."

„ Ja aber…was ist, wenn…nun, wenn dieses Biest dich…"
Jon stammelte die Worte, er konnte den Satz nicht beenden,
aus Angst, er könnte Summer verlieren.
Sie lächelte ihn traurig an.
„ Das darf ich nicht einmal denken. Ich muss es schaffen,
verstehst du?"
Er antwortete nicht sofort, schluckte aber schwer und seine
Augen begannen verräterisch zu glänzen.
„ Was ist denn deine Macht, die dir die grosse Hexe
mitgegeben hat?"
„ Die Kraft des Glaubens, der Hoffnung und der Liebe. Das ist
das Symbol welches sie mir mitgegeben hat, bestehend aus
Kreuz, Anker und Herz. Das ist meine geschenkte Macht."
„ Und wie soll das gegen das Böse funktionieren?" Jons
Flüstern war mit purer Resignation getränkt.
Kein Wunder. Er hatte in den letzten Monaten in einer
äusserst brutalen Welt bestehen müssen. Eine Welt, in der
diese drei Wörter keinen Bestand hatten.
„ Das ist die höchste göttliche Kraft." sinnierte der Pater. „ Nur
mit dem Guten kann man erfolgreich gegen das Böse
ankämpfen. Mit Glaube wird alles möglich, mit Liebe wird alles
einfach, mit Hoffnung wird alles gut. Summer wird es schaffen.
Sie ist ein Engel."
Mit diesen Worten legte er seine Hand ermutigend auf Jons
Schulter. „ Und wir werden ihr dabei helfen."
Jon nickte mit Tränen in den Augen. „ Wann wird sie dich
gefunden haben?"
„ Schon bald."
Kaum hatte sie es gesagt, war in der Ferne ein Donner zu
hören. Summer wurde mit einem Schlag bewusst, dass sie
sich vorbereiten musste. Und zwar sofort!

Kapitel 27

Wenig später hatte Summer sich zurückgezogen, um sich unter ihrer Linde wieder in eine tiefe Meditation fallen zu lassen. Dieses Mal ohne Angst.

Es war der Moment gekommen, das Tor zur Tiefe der Anderswelt zu öffnen.

Ruhe erfüllte sie, als sie mit geschlossenen Augen ein paar tiefe Atemzüge nahm. Es dauerte nicht lange und die erwünschte Trance hatte sie vollkommen erfüllt. Orcus stand neben ihr, bereit sie zu begleiten. Sanft strich sie über sein glänzendes Fell und nickte ihm dankbar zu, während sie beide immer weiter den imaginären Weg zum Tor entlanggingen.

Die Stimmen, sie waren laut, riefen nach ihr. Summer nahm die Hoffnung in ihnen wahr wie nie zuvor. Sie hatte bereits das Tor erreicht. Dieses Mal stand die Tür weit offen und der Sog, welcher sie erfasste, war enorm. Nach einem weiteren tiefen Atemzug war sie bereit, hindurchzugehen. Orcus ging schützend voraus, aufmerksam und angespannt. Ihnen beiden war absolut bewusst, dass ihre Energie im selben Moment, in dem sie das Tor durchschritten hatten, absolut stark und sichtbar, und somit für Carmens Antennen klar erkennbar war.

Sie wusste nicht, was sie erwartete. Allerdings hatte sie mit diesen Emotionen überhaupt nicht gerechnet.

Es war ein dunkler, kalter Ort. Und er war überfüllt mit den armen, verlorenen Seelen ihrer Freunde, den Mitgliedern ihres Hexenzirkels. Sie alle waren von Carmen verbannt worden, weil sie sich ihr nicht fügen wollten. Nur ihre menschliche Hülle war für sie von Nutzen, um ihre Boshaftigkeit in sie zu geben, damit sie ihr Werk verrichten konnte. Verzweiflung und

Angst war so stark spürbar, dass es Summer fast die Luft wegnahm. Grosse Schuld erfasste sie.

„ Es tut mir so leid, dass ich euch habe hängen lassen." schluchzte sie aus tiefstem Herzen. Augenblicklich wurde es ruhig um sie herum, die Seelen schauten sie gebannt an. Aber nicht mit wütendem Blick, sondern mit Hoffnung und Zuversicht in den Augen. Das alleine gab Summer wieder Kraft, weiter zu machen.

„ Die Zeit des Wartens ist vorbei, meine Freunde. Ich brauche eure Hilfe, falls ihr mir diese noch gewähren wollt."

Lautes Raunen machte die Runde, doch statt zu antworten, stellten sich alle Seelen vor ihr im Halbkreis auf, das Zeichen der Hingabe und der Zusammengehörigkeit im Zirkel. Orcus setzte sich mit einem leisen Winseln hin. Er war zufrieden. Ein Gefühl tiefer Liebe erfüllte die Umgebung und Summer lächelte.

„ Ich danke euch."

Sie machte eine Pause und schaute jeden einzeln an. Ja, sie waren bereit zu kämpfen.

„ In den frühen Morgenstunden, noch vor dem Aufgehen der Sonne, werde ich mich Carmen stellen. Dafür brauche ich eure Energie. Die Macht des Bösen ist grenzenlos und nur gemeinsam können wir sie bezwingen."

„ Wir sind bei dir, Meisterin."

Das war die sanfte Stimme Dianas, einer guten, alten Freundin aus ihrem Zirkel.

Dankend nickte Summer ihr zu.

„ Lasst uns zusammen herausfinden, was ich benötige, um den Bann zu brechen und Carmen ein für alle Mal zu besiegen."

Dann, wie aus einem Munde, drang der Sprechgesang durch die Runde:

„ Spiritus, numen deam terrae, memento.

Spiritus, numen de caelo, memento.
Exaudi me o Hekate.
Veniunt ad me verbum autem in virtute Zidur,
Petitionem meam audiunt et urgente. "

Mit immenser Kraft schlug Summer die Augen auf. Sie wusste jetzt, was zu tun war.

Über der Linde am Himmelszelt zogen sich schwarze Wolken zu einem Sturm zusammen und der Donner grollte über den Wald in der nahen Ferne. Es blieb nicht mehr viel Zeit.

Summer stürmte in die Kapelle hinein, wo sie Pater Noah vermutete, nachdem sie ihn im Haus nicht gefunden hatte. Tatsächlich sass er dort, in der vordersten Reihe, zusammen mit Benjamin... und Jonathan. Was machte er hier? Bevor sie am frühen Abend zu ihrer Linde gegangen war, hatte sie sich von ihm verabschiedet. Er wollte zu seiner Mutter ins Krankenhaus zurück. Und sie war dankbar dafür, denn auf keinen Fall wollte sie ihn heute Abend dabeihaben. Es war zu gefährlich.

Als die Tür hinter ihr ins Schloss fiel, drehten sich beide zu ihr um.

Seufzend ging sie zu ihnen. „ Jon, du solltest wirklich nicht hier sein."

Er stand auf und sah ihr tief in die Augen. „ Ich werde dich nicht alleine lassen, niemals. Also kannst du damit aufhören, mir etwas anderes einzureden versuchen. Denn das wird nicht funktionieren."

Er war blass. Es war ihm anzusehen, dass er Angst hatte. Angst um sie. Doch sein Blick sagte unmissverständlich, dass er keine Widerrede duldete. So stark und durchdringend war er. Eine Woge der tiefsten Sehnsucht nach ihm durchlief ihren Körper. Ja, sie liebte ihn. Und sie brauchte ihn. Aber sie würde es sich nie verzeihen, wenn ihm etwas zustossen würde.

Gerade, als sie etwas erwidern wollte, hörte sie Pater Noahs Stimme.

„ Summer, mein Engel, die Liebe hat so viel Kraft. Lass Jon bleiben. Liebe ist Glaube und Hoffnung. Und das ist eine so grosse Macht, deine Macht. Du wirst sie brauchen."

Er hatte recht, das wusste sie. Darum nickte sie seufzend. „ Na gut."

Jon strich ihr sanft über die Wange, bevor er sich zu ihr hinunter beugte und ihr einen langen, sehnsüchtigen Kuss gab. Oh ja, wie sie das brauchte.

Orcus winselte leise neben ihr und holte sie in die Wirklichkeit zurück. Es war Zeit, anzufangen.

Sachte löste sie sich von Jon und räusperte sich, bevor sie mit starker Stimme sagte:

„ Nun gut. Ich weiss jetzt, wie ich es schaffen kann. Ich habe mit meinem Zirkel die grosse Hekate angerufen." Die Details liess sie aus, dafür war keine Zeit mehr. „ Ich brauche Brot, Mehl und Salz, Pinien oder Zedernholz."

„ Pinienholz habe ich in der Garage. Meine Mutter liebt dieses Holz im Cheminee." Jon war bereits auf dem Weg nach draussen, um es von zuhause zu holen.

„ Habt ihr sonst alles hier?"

Pater Noah nickte. „ Den Rest habe ich in der Küche."

Ein kurzes Nicken und schon war Jon verschwunden.

Summer wandte den Blick von der sich schliessenden Türe ab und sah zu Noah hinüber, welcher ihr sanft zulächelte.

„ Es ist richtig, Summer. Lass ihn dir helfen. Er würde es sich sonst nie verzeihen."

Eine Träne kullerte über ihre Wange. „ Ich habe Angst um ihn. Was, wenn ich es nicht schaffe?"

„ Du wirst es schaffen!"

„ Ich muss!"

„ Ich werde mit Benjamin hierbleiben und beten. Du gehst und besorgst dir alles, was du brauchst."

Pater Noah war aufgestanden und hatte ihr eine Hand auf die Schulter gelegt.

„ Wir sehen uns später, wenn alles vorbei ist."

Der Glaube in seinen Worten gab ihr so viel Kraft, dass sie aus ihrer Starre erwachte. Sie ballte ihre Fäuste und nickte.

„ Ja, wir sehen uns später."

Kurz darauf hatte sie alles beisammen. Salz, Mehl, Brot. Dann rannte sie in das Zimmer ihres Vaters hinüber. In einem Schrank, ganz tief hinten, hatte sie eine Schatulle, die sie nie mehr hervorgeholt hatte, seit sie damals hierher geflüchtet waren. Jetzt kramte sie sie heraus und öffnete sie.

Mit zitternden Händen nahm sie ehrfürchtig ihre Athame hervor. Das war ein dolchähnliches Instrument mit einer Glasklinge. Nie hätte sie geglaubt, es je wieder zu benützen. Es war beeindruckend, wie sich dieser Gegenstand sogleich mit ihrer Hand verband. Als ob sie nie getrennt gewesen wären. Doch jetzt war nicht die Zeit für Sentimentalitäten. Hastig steckte sie die Athame in ihre Jeans und stopfte die restlichen Sachen in ihren Rucksack.

„ Summer?" hörte sie Jon rufen.

Er musste wie ein Henker gefahren sein, dass er schon zurück war.

„ Ich komme." rief sie zurück, während sie den Rucksack schnappte und das Zimmer verliess.

Er stand im Eingang, immer noch blass, aber mit glühendem Blick. Seine atemberaubend männliche Wirkung machte nicht einmal jetzt vor ihr Halt. Unmerklich schüttelte sie den Kopf.

„ Reiss dich zusammen, Summer." schimpfte sie innerlich mit sich selber. „ Da musst du verdammt nochmal eine Bestie besiegen und denkst trotzdem nur an das eine."

Sie spürte, dass sie rot wurde. Ihre Gefühle ignorierend rannte sie auf ihn zu.

„ Das Holz ist im Auto. Wo soll es hin?"

„ Gib es mir, dann geh in die Kapelle zu Pater Noah und meinem Vater und warte dort auf mich."

Jon verschränkte seine Arme vor seiner Brust und baute sich bedrohlich vor ihr auf.

„ Auf keinen Fall. Ich werde mit dir kommen."

„ Jon…"

„ Summer!"

Se blickte zu ihm hoch, beinahe flehend. Doch sie erkannte im gleichen Augenblick, dass es keinen Sinn hatte, darüber zu diskutieren. Er starrte sie unbeirrt an. Sie durfte keine Zeit mehr verlieren.

„ Ok, komm mit. Wir müssen auf den Hügel hinauf, zu der Waldlichtung."

Schon rannten sie zu Jons Pick Up zurück.

Summer klammerte sich am Handgriff fest, während Jon mit rasender Geschwindigkeit den Waldweg zur Lichtung hinauf fuhr. Wenn sie ihm nicht vertraut hätte, wäre sie schon jetzt vor Angst gestorben, und alle Vorkehrungen wären vergebens gewesen.

Dann waren sie endlich da. Leise befahl sie ihm am Waldrand anzuhalten. Noch bevor sie ausstieg, legte sie ihre Hand auf seinen Arm.

„ Jon. Versprich mir jetzt bitte etwas."

Nun war es an ihr, keine Wiederrede zu dulden, als sie in seine verzweifelten Augen blickte.

„ Du bleibst hier beim Auto. Auf keinen Fall darfst du zu mir kommen, hörst du. Egal was passiert. Versprich mir das bitte."

Zögernd blickte er auf ihren Mund.

„ Bitte Jon. Sie würde dich umbringen. Nur so kann sie mich stoppen, verstehst du das?"

Jetzt nickte er, und noch bevor er etwas sagte, drückte er seinen Mund auf den ihren und küsste sie, als wäre es das letzte Mal.

„ Versprich mir, dass du mich nicht verlassen wirst." flüsterte er, als er von ihr abliess.

Summer legte ihre Hand auf seine Wange und sah ihm tief in die Augen.

„ Ich verlasse dich nicht."

Sie wünschte sich von ganzem Herzen, dass sie ihr Versprechen halten konnte.

Dann schnappte sie sich ihren Rucksack und das Holz und stieg aus dem Auto. Orcus war bereits wieder neben ihr und gemeinsam gingen sie mit schnellen Schritten auf den höchsten Punkt der Lichtung zu.

Mittlerweile windete es schon sehr stark und Blitz und Donner waren fast über ihnen. Hastig packte Summer alles aus, was sie mitgebracht hatte. Dann zog sie die Athame aus ihrem Hosenbund. Mit der rechten Hand umfasste sie kräftig den aus Silber gefertigten Griff und schloss die Augen. Sie konnte spüren, wie es in ihrer Hand warm wurde.

„ Oh Algiz, ich suche deinen Schutz! Du hast den Schutzsuchenden stets geholfen. Behüte nun auch mich vor den Kräften Carmens. Beschütze nun auch mich, oh Algiz, mit Deiner Liebe und Stärke!"

Summer öffnete die Augen und führte die Athame, welche nun golden leuchtete, an ihr linkes Handgelenk. Wie von Geisterhand zeichnete die Stele ihr die Algiz-Rune, eine starke Schutzrune, auf ihre Haut. Es brannte ganz leicht, aber Summer nahm es gar nicht mehr wahr. Sie war in ihrem Element. Es konnte losgehen.

Andächtig stapelte sie das Pinienholz aufeinander und entfachte ein Feuer.

Das Donnergrollen war bereits über ihrem Kopf. Sie musste sich sputen. Als das Feuer sachte anfing zu züngeln, packte sie das Brot und das Salz aus und legte es vor das Feuer.

Dann erhob sie ihre Arme zum Himmel und rief laut:

„ Hekate, ich rufe dich und beschwöre deine Macht.

Weberin der Welten, Spinnerin des Schicksals, Herrscherin aller Reiche.

Grosse Mutter.

Alles entspringt aus dir, alles kehrt zu dir zurück.

Lichtbringende, Beschützerin der Pforten und Tore, Herrin über die Geister und der Wegkreuzungen.

Königin der Hexen.

Durch das Blut in meinen Adern rufe ich dich an.

Unser Blut, Mein Blut, Dein Blut. Erfülle mich!"

Der Sturm tobte mit voller Macht über ihrem Kopf, Donner und Blitze erfüllten die Nacht. Es war unglaublich laut.

Carmen war hier. Ihre Macht hatte sie gefunden. Doch Summer liess sich nicht beirren. Sie brach das Brot und gab es ins Feuer, um Hekate zu ehren. Das Feuer loderte in einer enormen Flamme auf und erhellte die ganze Lichtung mit einem goldenen Kranz. Hekate hatte sie erhört und reinigte mit ihrer goldenen Energie die ganze Umgebung von allen unerwünschten Geistern und Dämonen.

Summer gab Salz als weitere Opfergabe ins Feuer. Die Flammen wurden blau und ihr Lichtschein umrandete Summer wie eine Schutzhülle. Dankbar für Hekates Schutz fuhr Summer mit ihrer Zeremonie fort. Mit dem Mehl zog sie einen Schutzkreis um sie und das Feuer herum. Dabei murmelte sie die Beschwörung des Feuergottes:

„Gibil, Geist des Feuers, erinnere Dich!

Girra, Gesit der Flammen, erinnere Dich!

Oh Gott des Feuers, mächtiger Sohn von Anu, Schrecklichster unter deinen Brüdern, erhebe dich!
Erhebe dich, oh Gott des Feuers, in deiner Erhabenheit und verschlinge meine Feindin Carmen.
Erhebe dich, oh Gott des Feuers in deiner Macht, und verbrenne die Hexe Carmen, die mich verfolgt.
Vernichte ihre Kräfte. Trage sie von dannen.
Erhebe dich, Gishbar ba Gibil ba Girra, zi aga kanpa!
Geist des Feuergottes, du bist beschworen!"
Was sich jetzt ereignete, war so unrealistisch wie faszinierend.
Und unwahrscheinlich beängstigend. Der Sturm fegte wie ein Orkan über Summer hinweg, ihre roten Haare wirbelten wie Feuer im Wind, während sie mit erhobenen Armen in der Mitte des Kreises stand und zum Himmel emporschaute. Sie bildete die Algiz Rune nach, wie ein Ypsilon stand sie da, das Leben und der Tod vereint in ihr. Die Flammen des Feuers stiegen bis weit in den Himmel hinauf.
Doch Summer nahm nichts ausserhalb ihrer selbst mehr wahr. Ihre Konzentration war auf ihr Inneres gerichtet. Sie konnte die Verbindung mit Hekate, aber auch mit ihrem ganzen Hexenzirkel förmlich spüren. Während sie mit aller Kraft versuchte, dem Sturm und der unglaublichen Macht Carmens standzuhalten, rief sie weiterhin laut die Kräfte an:
„ Geist der Erde, erinnere dich!
Geist der Meere, erinnere dich!
Geist der Winde, erinnere Dich!
Im Namen meiner Mutter Wakanda und in meinem, rufe ich euch zu meiner Hilfe!
Erhebet euch, oh ihr Kräfte, im Namen Hekates. Füllt die gesamten Himmel mit euren Stürmen.
Vernichtet die Hexe Carmen. Vernichtet ihre Kräfte und tragt sie von dannen."

Ohrenbetäubender Lärm, fast wie ein grelles Schreien, war zu hören. Der Sturm war gigantisch. Die Mächte kämpften am Himmel, welcher von den sich jagenden Blitzen erhellt war. Wasserfallartiger Regen durchnässte Summer binnen Sekunden bis auf die Knochen, und doch löschte er das starke Feuer, welches immer noch in mächtigen Flammen zum Himmel emporstieg, nicht im geringsten. Summer gelang es kaum noch, sich auf den Beinen zu halten. Der Wind, das Rütteln des Berges, der sturmartige Regen, aber auch Carmens enorme Macht, welche zu ihr hinunter dringen wollte, um sie ein- für allemal auszulöschen, raubten ihr fast ihre ganze Kraft. Trotzdem hielt sie stand, mit den ausgestreckten Armen, und den immer wiederholten Rufen:

„ Carmen, ut sementem feceris, ita metes. Omnia vincit amor! "

Es wurde lauter, stärker und wilder. Blitze schossen auf Summer hinab und wurden kurz vor ihrem Kopf von kräftigem Wind davongetragen. Sie konnte sich nicht mehr aufrecht halten und fiel auf die Knie.

Doch sie hörte nicht auf und rief immer wieder die Worte, mit ausgestreckten Armen:

„ Carmen, ut sementem feceris, ita metes. Omnia vincit amor ! "

Dann passierte alles auf einmal. Blitz und Donner jagten einander mit einem schmerzerfüllten Jaulen durch die Luft und schossen auf Summer hinunter. Mit letzter Kraft erhob sie sich. Die Erde bebte, der Wind erhob Summer gen Himmel und die Flammen loderten zum Schutz um sie herum, während sie laut schrie:

„ Omnia vincit amor! De profundis, consummatum est! Kryesto!"

Ein lauter Knall war zu hören und eine gewaltige Explosion erfüllte den Himmel, als die Mächte auf Carmens Blitz und

Donner traffen. Ihre Stimme war zu hören, ein schmerzverzerrtes Schreien, so hässlich und fürchterlich, dass man es kaum nicht aushalten konnte. Dann war alles vorbei. Carmen war besiegt. Der Wind verebbte, der Sturm hatte aufgehört und das Feuer erlosch. Als Summer den Boden wieder unter ihren Füssen spürte, sank sie kraftlos in sich zusammen. Alles verschwamm vor ihren Augen. Dunkelheit hüllte sie ein.

Jonathan stand wie erstarrt neben seinem Auto und hielt sich mit aller Kraft an der Türe fest, während er Summers Spiel mit den Elementen, von Panik erfüllt, betrachtete. Immer wieder konnte er sehen, wie die Blitze auf sie hinab schossen, und jedes Mal schrie er aus Angst, sie würden sie umbringen, laut auf. Er durchlebte die Hölle, nicht nur einmal. Er musste sich mit aller Kraft zurückhalten, damit er sie nicht aus diesem Kreis herausholte.

Und als sie dort in mitten der Naturgewalten auf die Knie fiel, beinahe am Ende ihrer Kräfte und zitternd, hatte er die Hoffnung fast aufgegeben und die Panik trieb ihn beinahe dazu, einen grossen Fehler zu machen und zu ihr zu rennen, um sich schützend auf sie zu werfen. Doch er rief sich immer wieder mit aller Kraft ihr Versprechen ins Gedächtnis: „ Ich verlasse dich nicht."

Er musste ihr glauben, ihr vertrauen. Er würde sie nicht retten können, indem er sie da rausholte, auch wenn es ihn beinahe zerriss. Und so flüsterte er die ganze Zeit unter qualvollen Tränen:

„ Bitte lieber Gott, beschütze sie. Bring sie zu mir zurück."

Es kostete ihn seine ganze Kraft und trieb ihn fast in den Wahnsinn.

Dann war es vorbei. Genau in diesem Moment sah er seine über alles geliebte Summer wie eine Marionette in sich zusammenfallen.

„ Nein!" schrie er aus voller Lunge und jetzt hielt ihn nichts mehr zurück.

Es scherte ihn einen feuchten Dreck, ob es zu Ende war, oder nicht. Er musste zu ihr. „ Bitte, lass sie am Leben sein. Bitte." Bei ihr angekommen sank er neben sie auf den Boden und packte sie in seine Arme. „ Summer? Baby...bitte, wach auf." Doch sie rührte sich nicht. Voller Panik hob er seinen Finger auf ihre Halsschlagader, um ihren Puls zu fühlen. Zuerst war da nichts und er wollte schreien. Doch dann fühlte er ihn. Ganz schwach, aber er war da.

„ Oh Gott sei Dank, Baby." flüsterte er und ein lautes Schluchzen der Erleichterung entwich seiner Kehle.

Er hob sie hoch und trug sie zum Auto, während er ihr einen sanften Kuss auf die Stirn gab. Summers Augenlider flackerten ein wenig auf und sein Herz wurde mit einem Schlag etwas leichter.

„ Ich bring dich nach Hause."

Kapitel 28

Es war eine leise Stimme, die sie aus ihrer Dunkelheit riss. Eine vertraute, liebevolle Stimme, die sie so sehr vermisst hatte. Aber es war nicht die von Jon. Auch nicht die von Pater Noah...

Von grosser Hoffnung erfüllt schlug sie ihre Augen auf. Es war Benjamin, welcher neben ihr auf dem Bett sass und ihr immer wieder über die Wange streichelte.

„ Da bist du ja, mein Kind." lächelte er ihr voller Liebe zu und in demselben Augenblick erfüllte unglaubliche Freude Summers Herz.

„ Vater!" flüsterte sie und Tränen füllten ihre Augen. „ Ich habe es geschafft!"

„ Ja, mein Liebling. Du hast es geschafft! Ich bin so stolz auf dich."

Mit einem Freudenschrei jagte sie hoch und fiel ihrem Vater um den Hals.

„ Ich habe dich so vermisst!"

Dann weinten sie beide eine halbe Ewigkeit lang.

Erst, als ihr Schluchzen verebbte und ihre Tränen versiegten, öffnete sie ihre Augen wieder und sah Jon an der Türe gelehnt dastehen. Sein Blick war so voller Liebe für sie, dass ihr fast die Luft wegblieb.

„ Jon." konnte sie nur murmeln.

Er lächelte mit einer Sanftheit, die sie tief in ihrem Herzen berührte. Benjamin strich ihr liebevoll über die Haare, dann stand er auf und liess Platz für Jon, welcher sich augenblicklich von der Türe löste und mit wenigen Schritten neben ihr war. Sie fielen sich in die Arme. Die ganze Anspannung in Jonathans Körper schien in diesem

Augenblick wie aufgelöst zu sein. „ Ich liebe dich so sehr, Baby." flüsterte er in ihr Ohr.
Mit einer Hand drückte sie sachte gegen seine Brust, damit sie ihn ansehen konnte. „ Ich liebe dich Jon."
Ihre Lippen trafen auf die seinen. Zuerst ganz sanft. Und dann küssten sie sich so voller Hingabe wie noch niemals zuvor. Als ob sie sich eben erst wiedergefunden hätten, wie zwei Ertrinkende auf einem Boot über den Tiefen des Meeres.

An diesem Abend hatte Beccie sie alle zu einem Essen eingeladen.
Sie wollte nicht mehr im Krankenhaus bleiben, da sie sich so stark fühlte wie schon lange nicht mehr. Und sie wollte wieder einmal kochen, zur Feier des Tages, wie sie Jon am Telefon sagte. Er hatte sie angerufen um ihr Bescheid zu geben, dass es Summer gut ging. Natürlich hatte er ihr am Tag zuvor, als er kurz bei ihr war, so einiges erzählt. Er wusste nicht, wie sie es auffassen würde. Schliesslich war die ganze Sache sehr weit weg von allem, was in dieser Welt als real galt. Doch er hatte keine Angst, dass sie es nicht verstehen würde. Nicht nachdem Summer ihr das Leben gerettet hatte.
Genau wie Jon war sie stur und duldete keine Wiederrede, also machten sie sich alle in Jons Pick Up auf den Weg zu Beccie.
Pater Noah auf dem Beifahrersitz, Benjamin und Summer auf dem Rücksitz, wo sie ihrem Vater in den Armen lag. Wie lange schon hatte sie sich das gewünscht. Sie hatte ihren Vater zurück!
Als Jon die Haustüre öffnete, fiel ihm die kleine Emma freudestrahlend um den Hals. Er lachte liebevoll, bevor er sie wieder auf den Boden setzte. Sogleich umklammerte sie auch Summers Beine. Sie kniete sich hin um die Kleine herzlich zu umarmen.

„ Danke Summer, dass du meine Mama zurückgebracht hast."
Summer erwiderte zuerst nichts darauf. Sie drückte sie nur
ganz fest an sich.
„ Das war nicht ich alleine, Liebes."
Ein dankbares und wissendes Lächeln umspielte Emmas
Mundwinkel und erinnerte Summer sogleich an ihren grossen
Bruder.
„ Ist Orcus auch hier?"
„ Natürlich. Er ist immer bei mir."
Und schon kam Orcus hinter ihr hervor. Emma stürzte sich
sofort auf ihn und umarmte seinen felligen Nacken. Für alle
anderen musste das wohl sehr komisch ausgesehen haben,
wie das kleine Mädchen einen imaginären Wolf umarmte.
Doch er war nicht imaginär und keinen hier erstaunte noch
irgendetwas. Darum lächelten alle leise vor sich hin.
Dann kam Beccie aus der Küche. Mit einer Kochschürze
gerüstet stand sie da in ihrer vollen Grösse, kräftig und mit
gesund geröteten Wangen.
Jon erblickte sie als erster und umarmte sie mit all seiner
Liebe. Als er sie kurz hochhob, jauchze sie vor Freude.
„ Ich freue mich so, dass ihr hier seid."
Pater Noah begrüsste sie als nächster, dann Benjamin.
„ Es ist mir eine Freude sie kennenzulernen, Mrs. McGee."
Rebecca errötete ganz leicht.
„ Ach bitte." schmunzelte sie verlegen. „ Nennen sie mich
Beccie."
Benjamin lächelte zurück. „ Beccie, ich bin Ben."

Jon führte alle in den Garten hinaus, wo bereits alles festlich
gedeckt war.
Nur Summer blieb in der Diele stehen.
„ Beccie, ich freue mich so, dass es dir besser geht?"

„ Ach mein Kind. Besser ist gar kein Ausdruck. Ich bin dir so dankbar für alles."
Mit diesen Worten fiel sie Summer um den Hals.
„ Ich danke dir. Auch dafür, dass du meinen Jungen gerettet hast. Und ich danke dir für alles, was ich selber noch nicht verstehen kann."
Dann liess sie sie wieder los und drückte ihre Hand.
„ Du bist ein Geschenk des Himmels, meine Liebe."
Summer wusste nicht, was sie darauf sagen sollte. Verlegen schaute sie zu Boden. Nein, sie war kein Geschenk des Himmels.
„ Beccie, wäre Jon nicht gewesen, wäre alles anders. Jon ist ein Geschenk Gottes, nicht ich."
Sie schaute wieder zu Beccie hoch, nur um festzustellen, dass sie ihr liebevoll zuzwinkerte. „ Ja, das ist er!"
Sie wurden unterbrochen von besagtem „ Geschenk", als dieser wieder vom Garten ins Haus zurückkam, um Summer zu suchen.
„ Da seid ihr. Mom, kann ich meine Freundin zurückhaben?"
Die beiden lachten, während Jon Summer an der Hand nach draussen führte. Summer strahlte übers ganze Gesicht. Meine Freundin, hatte er gesagt. Wie gut sich das anhörte.

Das Essen war wundervoll.
Beccie hatte einen fantastischen Rindsbraten mit Kartoffeln und Gemüse gezaubert. Anscheinend eine ihrer Spezialitäten, wie Jon stolz erklärte. Dazu gab es guten Wein und die Stimmung war fröhlich und ausgelassen.
Summer sass zwischen ihrem Vater und Jon, und sie hätte nicht glücklicher sein können als in diesem Moment.
Als die kleine Emma schliesslich mit Orcus im Garten herumtollte blickte Beccie plötzlich neugierig zu Summer.
„ Liebes, was gedenkst du nun zu tun?"

Alle Blicke richteten sich gespannt auf Summer.

„ Ich meine, ich weiss nicht viel, nur das, was mein Junge mir erzählt hat. Aber das, was ich spüre, sagt mir so einiges. Und ich hatte regen Kontakt mit deiner Mutter, als ihr bei mir wart. Deine Aufgabe ist gross."

Summer nahm einen Schluck Wein, bevor sie antwortete.

Auch das konnte sie nicht mehr erstaunen.

„ Ich werde meinen Zirkel wieder aufnehmen. Sie brauchen mich."

Jons Blick trübte sich, als er sie wortlos anstarrte, und sie wusste sofort, was ihn bekümmerte. Darum lächelte sie ihm aufmunternd zu.

„ Aber ich werde sie von hier aus leiten. Was ich hier habe, werde ich niemals mehr aufgeben."

Seine Erleichterung war nicht zu Verstecken gewesen.

Benjamin lachte laut auf.

„ Du meine Güte Jonathan. Dein Gesicht spricht Bände."

Doch dann wurde er ernst und langte über Summer hinweg nach Jons Schulter.

„ Du gehörst zu uns, mein Sohn. Meine Tochter liebt dich. Zweifle niemals daran."

Jon lächelte dankbar, bevor er Summer tief in die Augen schaute.

„ Ich werde sie auch niemals mehr gehen lassen."

Genau in diesem Moment konnten sie alle es spüren. Die einzige, welche es auch sehen konnte, war Summer.

Wakanda und Sivan standen hinter ihr und Benjamin, mit einem Lächeln voller Liebe. Und der Abend war perfekt.

„ Wer sind die beiden?" flüsterte Emma. Natürlich die kleine Emma. Auch sie hatte das dritte Auge.

„ Summers Familie." war Pater Noahs freundliche Antwort.

Einige Gläser Wein später zog Jon Summer von ihrem Stuhl hoch. „ Gehen wir etwas spazieren?"

Sie nickte glücklich und beide verliessen wortlos den Garten. Hand in Hand schlenderten sie den Weg entlang. Erst bei dem Baum angekommen, bei dem sie sich zum ersten Mal nähergekommen waren, hörte sie Jon flüstern:

„ Ich hatte solche Angst um dich. Wenn ich dich verloren hätte…. Ich wüsste nicht, was…wie ich weiterleben hätte können."

Summer stoppte ihn und legte ihre Hand auf seine Brust. „ Hey, ich bin doch hier. Alles ist gut."

Sie sah zu ihm auf und er lächelte. „ Ja, alles ist gut."

Sie schwiegen einen Moment und sahen sich einfach an. Dann murmelte er wieder.

„ Da heisst, fast. Es ist fast alles gut."

Summer zog eine Braue hoch und erwiderte skeptisch seinen unruhigen Blick.

„ Was ist los Jon?"

Er zögerte. Irgendetwas schien ihn zu bedrücken. Jetzt bekam sie es mit der Angst zu tun. Wollte er sie vielleicht unter all diesen Umständen doch nicht mehr? Konnte das sein? Hatte er dies alles nur gespielt, um seine Mutter glücklich zu machen? Sie könnte es ja verstehen, wer wollte sich schon mit ihrer Welt auseinandersetzen müssen. Und doch würde sie ihn nicht gehen lassen können. Es würde ihr das Herz brechen.

„ Jon, sag es mir, bitte." flüsterte sie flehend.

„ Summer…das Leben ist nicht einfach. War es noch nie. Und ich denke, an deiner Seite wird es mich bestimmt an meine Grenzen bringen."

Ihr Herz setzte aus. Es war tatsächlich so weit, er verabschiedete sich von ihr. Ohne etwas sagen zu können hörte sie ihm tapfer weiter zu. Doch ihr Verstand wollte sich bereits verabschieden.

„Ich habe dir so viel zu verdanken. Aber es ist nicht das. Baby, sieh mich an."

Sein befehlender Ton riss sie ins Jetzt zurück. Hatte er gerade Baby gesagt? Durfte man so was sagen, wenn man gerade drauf und dran ist, jemanden zu verlassen? Zögernd blickte sie in seine leuchtend grünen Augen.

„Oh nein." flüsterte er. „So schnell wirst du mich nicht los."

Und was dann geschah, raubte ihr den Atem.

Jon kniete sich vor ihr nieder und hielt ihre Hände ganz fest.

„Du bist das Beste, was mir je passiert ist. Ich kann und will ohne dich nie mehr leben müssen. Ich liebe dich über alles, Summer Stonewell. Und darum frage ich dich nicht, sondern ich will dich als meine Frau an meiner Seite."

Ungläubig starrte sie ihn an. Sie brachte kein Wort über die Lippen.

Dieser Mann, der da vor ihr kniete, brachte sie um den Verstand. In einem Moment glaubte sie, er würde sie verlassen, und im nächsten Augenblick wollte er sie heiraten? In ihr spielte alles verrückt. Ihr Herz schlug dreimal so schnell wie normal, Schmetterlinge tanzten in ihrem Bauch und sie war unfähig, einen klaren Gedanken zu fassen.

Ja…oh ja…sie wollte ihn heiraten. Und wie sie das wollte, jedoch kam kein Mucks über ihre Lippen, so perplex war sie.

„Bitte Summer, sag doch was."

Erst seine flehende und ängstliche Stimme brachte ihren Verstand zurück. Zitternd und kraftlos sank sie neben ihn auf den Boden. Erst dann kam ihre Stimme zurück. Mit beiden Händen umfasste sie sein Gesicht und lachte überglücklich.

„Ja…natürlich Jon. Ja ich will dich heiraten! Und wie ich dich heiraten will…ich meine…ich…"

Sie wurde unterbrochen von seinen Lippen auf den ihren. Er küsste sie mit einer Hingabe, die ihr erneut jegliche Kraft raubte.

„ Gott sei Dank." stiess er zwischen den Küssen hervor. „ Spann mich nie mehr so auf die Folter."

Und wieder küsste er sie. Die ganze gelöste Anspannung lag in diesem Kuss. Mit einem Ruck lag sie auf dem Rücken im Gras. Jonathan war über sie gebeugt. Sein Blick war dunkel vor Verlangen, seine Stimme noch tiefer vor Lust.

„ Dein Körper ist der Wahnsinn Baby."

Wieder ein Kuss.

„ Du riechst so gut."

Seine Zunge glitt ihren Hals hinab zum Schlüsselbein.

„ Der Sex mit dir ist unbeschreiblich."

Seine Hände fuhren unter ihr Top.

Summer keuchte vor Erregung auf.

„ Deine Haut ist so sanft."

Seine Worte waren nur noch ein Stöhnen.

Er zog ihr mit einem Ruck ihr Shirt aus, dann packte er ihre Handgelenke und hielt sie über ihrem Kopf auf den Boden gedrückt und sah ihr noch einmal tief in die Augen.

„ Du gehörst mir!"

Summer war nicht imstande zu antworten.

In ihr explodierte gerade so alles und sie verging fast vor Sehnsucht. Erneut bearbeitete er sie mit seinen Lippen, seiner Zunge. Spielte mit ihren Brustwarzen und Summer stöhnte wieder und wieder laut auf. Seine Berührungen waren so fordernd und doch so zärtlich. Es gab nur noch sie und ihn, nichts anderes war mehr existent. Als er bei ihrem Bauchnabel angekommen war, liess er ihre Handgelenke los, und öffnete ihre Jeans. Auch diese waren mit einem Ruck weg. Nun lag sie vor ihm im Gras, nur noch in ihrer Unterwäsche und verging unter seinem glühenden Blick.

„Wunderschön." murmelte er und zog sich dabei sein T-Shirt über den Kopf.

Seine Muskeln spielten im Licht der Sterne und Summer betrachtete jeden Zentimeter seines starken, tätowierten Körpers, bis hinunter zu dem sexy V, welches in seiner Jeans verschwand.

„Du bist so verdammt heiss." flüsterte sie heiser und nestelte an seiner Hose herum. „Ich will dich!"

Jon zog seinen Mundwinkel zu diesem unglaublich entwaffnenden Lächeln hoch, dass sie so sehr liebte. „Geduld, Mrs. McGee. Ich bin noch nicht fertig mit dir."

Und dann senkte er seinen Kopf zwischen ihre Schenkel. Seine Lippen, seine Zunge, sein Atem, alles spielte mit ihrer erogensten Zone. Summer konnte sich kaum noch beherrschen. Ihre Finger krallten sich in sein Haar und drückten ihn noch fester an sich. Es gab keine Zurückhaltung mehr.

Und während sie sich ihrem gewaltigen Orgasmus hingab, war der Himmel erhellt von tausenden von Sternschnuppen, welche sich in ihren topasblauen Augen widerspiegelten.

Nachwort

Als ich mein Manuskript meinem lieben Freund Ivo zum lektorieren vorgelegt habe, hat er mir ein wunderschönes Geschenk gemacht, welches ich euch nicht vorenthalten möchte.
Auf Seite drei, der Widmungsseite, habe ich einen Satz geschrieben, der wie folgt endet: ...so ist das Leben eben."
Vielleicht habt ihr euch geachtet.
Nachdem mein Freund diesen Satz gelesen hatte, kam ihm sofort ein Songtext in den Sinn, welchen er mir im Manuskript niedergeschrieben hat.
Hier der Ausschnitt aus dem Songtext „Nelli" von Ludwig Hirsch, gewidmet von Ivo:

Bald scheint die Sunn', Nelli,
bald schaust wieder ins Licht!
Bald setzt sich ein Lächeln, Nelli,
wieder mitten auf Dein G'sicht.
...
Bald scheint die Sunn', Nelli,
weißt eh warum, Nelli,
bald bin ich bei Dir.

Bald fallt der Regen, Nelli,
langsam verdunkelt sich's schon!
Bald kullern Tränen, Nelli,
bald fliegt das Lächeln davon.
...
Bald fallt der Regen, Nelli,
weißt eh weswegn, Nelli,
bald geh' ich wieder weg von Dir.

Sonne und Regen, Nelli,
kommen und gehen, Nelli,
so is das Leben.

Ich danke Dir von Herzen Ivo!

Samantha Bröchin, geboren in Rheinfelden CH, liebt die Welt der Magie und Dämonen. Soweit sie weiss ist sie aber noch keinem begegnet – darauf wartet sie noch.

Samantha mag Filme jeglicher Art, Bücher, alle Mysterie - Wesen, Friedhöfe, schwarze Kleidung und den Mond.

Sie mag keine Spinnen, Sport (egal welcher), Gartenzwerge und Clowns (sehr gruselig).

Ausserdem glaubt sie an Gott, das Universum und alles, was es beinhaltet (also auch Geister und Vampire...), an die Liebe, den Glauben und die Hoffnung.

Zu treffen ist sie auf Facebook, ihre Bücher sind erhältlich über Amazon.

81706521R00139

Made in the USA
Columbia, SC
07 December 2017